U0904264

《红楼夢》中的经济管理

陈秋玲　主　编

黄天河　祝　影　副主编

上海大学出版社

·上海·

图书在版编目(CIP)数据

红楼梦中的经济管理/陈秋玲著. —上海：上海大学出版社，20015.9
ISBN 978-7-5671-1843-0

Ⅰ.①红… Ⅱ.①陈… Ⅲ.①《红楼梦》研究 Ⅳ.①I207.411

中国版本图书馆 CIP 数据核字(2015)第 210465 号

责任编辑 焦贵萍
插　　图 项虞之依
封面设计 倪天辰
技术编辑 章　斐

《红楼梦》中的经济管理

陈秋玲 主编
黄天河 祝 影 副主编
上海大学出版社出版发行
(上海市上大路 99 号 邮政编码 200444)
(http://www.press.shu.edu.cn 发行热线 021—66135112)
出版人：郭纯生
*
南京展望文化发展有限公司排版
上海叶大印务发展有限公司印刷 各地新华书店经销
开本 787×960 1/16 印张 13.5 字数 219
2015 年 9 月第 1 版 2015 年 9 月第 1 次印刷
ISBN 978-7-5671-1843-0/J·307 定价：30.00 元

目　录

导 言

《红楼梦》，中国古代四大名著之一，代表古典小说艺术的最高成就，章回体长篇小说，成书于1784年(清乾隆帝四十九年)，梦觉主人序本正式题为《红楼梦》。它的原名有《石头记》、《情僧录》、《风月宝鉴》、《金陵十二钗》等。前80回曹雪芹著，后40回由无名氏续，程伟元、高鹗整理。这是一部具有高度思想性和高度艺术性的伟大作品，作者具有初步的民主主义思想，他对现实社会、宫廷、官场的黑暗，封建贵族阶级及其家庭的腐朽，封建的科举、婚姻、奴婢、等级制度及社会统治思想等都进行了深刻的批判，并且提出了朦胧的带有初步民主主义性质的理想和主张。它以荣国府的日常生活为中心，以宝玉、黛玉、宝钗的爱情婚姻悲剧及大观园中点滴琐事为主线，以金陵贵族名门贾、史、王、薛四大家族由鼎盛走向衰亡的历史为暗线，展现了穷途末路的封建社会终将走向灭亡的必然趋势。并以其曲折隐晦的表现手法、凄凉深切的情感格调、强烈高远的思想底蕴，在我国古代民俗、封建制度、社会图景、建筑金石等各领域皆有不可替代的研究价值，达到我国古典小说的高峰，被誉为“我国封建社会的百科全书”。

对于《红楼梦》，可谓是“仁者见仁智者见智”，经学家看见《易》，道学家看见淫，流言家看见宫闱秘事，孙中山看到了“革命的必然”，毛泽东则看到了阶级斗争。身处现代社会，我们可以从《红楼梦》中，看见经济管理模式，看见职场人生，看见社会网络，看见家政理财。

曹雪芹的红楼一梦，梦见阆苑仙葩，梦中美玉无瑕，梦破水中月，梦碎镜中花。这千古惊世一梦似乎永远不醒，何止一个春秋冬夏，从清末至今，百多年来拜读、沉迷、研究这一文本的人纷纷攘攘、络绎不绝。品读《红楼梦》不仅能提升文学修养，更好地认识历史，而且有助于观照现实。身处现代经济社会，我们可以从《红楼梦》中去品味该如何为人处世，如何经营理财，如何规划职场人生，如何构建社会网络。本书从经济学、管理学、红学三重视角，全面解读我国古典名著《红楼梦》中的经济管理思想、理念、模式和方法。编写本书的主要目的，就是要让读者换一种视角阅读和思考我国古典名著《红楼梦》，评析红楼商场上的尔虞我诈，剖析红楼官商间的腐败体制，解构贾府职场里的种种潜规则。

《红楼梦》作为一部不朽的古典小说、一部辉煌的文学巨著，其中的内容涉及面广，俨然是一个社会的缩影。因为这部小说，在世界范围内的学术界，早已形成了一个“红学界”，形成了一门特有的学问——“红学”。在“红学”这道文化盛宴中，还没有针对经济管理而制作的“菜系”。因此，本书从《红楼梦》这座“洋洋大观”的“大观园”里，采撷一把沾满“经济管理”雨露的“时令蔬菜”，“烹调”一道不属于传统菜系的“时令菜肴”，名为“红楼梦中的经济管理”。

《红楼梦》中的豪门家族就如同当今的企业一样，其兴衰成败有着共同的命运轨迹，真可谓是“一荣俱荣一损俱损”。当我们重新审视《红楼梦》中的女性管理者时，会惊奇地发现，她们的管理思想至今依然闪烁着智慧的光芒，如无为而治的董事长贾母，执行有力却又“五辣俱全”的常务副总经理王熙凤，低调平和的二线管理者李纨，以及改革闯将贾探春、世故管理者薛宝钗、诗意管理者林黛玉，这些奇女子到底有着怎样的超凡本领？她们能给现代在商海中拼搏的企业高管们哪些有益的启示？红楼家族中错综复杂的人际人脉关系又映射了现代职场的哪些规则与生存之道？

但值得一提的是，从曹雪芹著书的初衷来看，《红楼梦》并不是教授商场成功学的范例，反而是一个记述经济管理大败局的反面教材。管理无非是要管人、管财、管物、管思想、管战略、管文化、管信息、管地产、管教育和管风险，而贾府竟然十项俱失。其一，组织管理失序，效率低下；其二，财务管理失控，坐吃山空；其三，物资管理失败，内耗严重；其四，思想管理失招，贪图享乐；其五，战略管理失望，前途迷失；其六，文化管理失范，生活糜烂；其七，信息管理失灵，盲人骑瞎马；其八，地产管理失误，家产被查没；其九，教育管理失准，后继乏人；其十，风险管理失效，家族败亡。

《红楼梦》这部“我国封建社会的百科全书”，同时也是一部经济管理百科全书，体现了丰富的经济管理实践，蕴涵着深刻的经济管理思想，特别是对公司治理结构、领导班子搭配、公共关系管理、人力资源配置、激励机制建构、企业文化管理、信息挖掘利用、代理人制度、企业社会责任以及管理者的素质等现代经济管理学的研究领域，在《红楼梦》中都有着隐约而细腻的着墨。本书从现代经济管理学角度对《红楼梦》这部古典名著做出全新解读，尤其对其中最具代表性的女性精英的管理艺术进行评析，并结合案例深入剖析她们的思想背景、行为方式、管理方法和管理经验，阐释其对现代经济管理的启示，充分揭示中国式管理之道的真谛与精髓。

第一章　贾母的无为而治

贾府的老祖宗：贾母

贾母，又称史太君，中国古典小说《红楼梦》中的主要角色之一，娘家姓史，也是四大家族之一。贾母是宁、荣二府中身份地位最高的家长，人称她为“老太太”、“老祖宗”、“史老太君”。《护官符》中的四大家族中，有一个“阿房宫三百里，住不下金陵一个史”，贾母就是金陵世族史侯家的小姐，嫁给了荣国公贾源的长子贾代善。

贾府的家庭结构其实不是很复杂，荣国府以贾母（老太太）最尊；其有两个儿子贾赦、贾政，一个女儿贾敏；贾赦娶邢夫人为正室，并在晚年又买一小妾，正室生子贾琏，生女贾迎春；贾政娶王夫人为正室，生子贾珠（早亡），女贾元春（入宫为妃），子贾宝玉（衔玉而生）；又娶妾周姨娘、赵姨娘，赵姨娘生女贾探春，生子贾环；贾敏嫁与苏州林如海（贾敏、林如海早亡），生女林黛玉，常驻贾家；贾珠娶李纨为正室，生子贾兰；贾琏娶王熙凤（王夫人内侄女）为正室，生女巧姐；又有王夫人妹妹薛姨妈并子薛蟠女薛宝钗常驻贾家；另贾母侄孙女史湘云与宁国府贾敬幼女贾惜春亦常住贾家。这些都是主子，其他的则都是服务于主子的丫鬟、婆子、奶妈、管家等，其中又分家生的购买的陪嫁的亲的疏的有脸的没脸的，不一而足。

贾母福寿双全，享尽了人间的荣华富贵。她有满堂的儿子、媳妇、孙子、孙女、重孙女、重孙媳妇孝敬，有数不完认不清的丫鬟、婆子、小厮服侍。特别是掌家的孙媳妇王熙凤千方百计地孝顺她、迎合她，使贾母尽情享乐。贾母的八十寿辰，正日子是八月初三，从七月二十八就开始在荣、宁两府齐开筵宴，直到八月初五，整整七日。热闹豪华，非往日家庆活动所比，显示了这位太夫人的尊荣。

贾母对宝玉极其宠爱，把这个孙子当作“心肝”、“命根子一样”来珍视。对于贾政的严厉管教，她不以为然。宝玉不敢去见贾政，她就说“不要紧，有我呢”。贾政有一次打了宝玉，贾母大发雷霆，当下就在要回金陵老家去，结果是贾政不得不向母亲叩头认错。所以，在贾母的庇护下，宝玉得以在大观园中与姐妹们过一段平和、安定的日子。贾母也钟爱她的外孙女林黛玉。是她让这两孩子同行同止，并在生活上同等对待。使得宝玉、黛玉青梅竹马，逐渐产生了纯真的爱情。但是在高鹗的续书中，贾母变成了造成宝黛爱情悲剧的元凶，王熙凤的“掉包计”是得到她的首肯的。当然此乃高鹗续作，不一定符合曹雪芹原意。另外也不得不否认这位表面上看起来慈善和蔼的“老祖宗”始终是封建家长的代表，她将贾琏纳妾看作是正常的事，甚至年过半百的贾赦要纳鸳鸯为妾，她虽然哭着反对，但只因鸳鸯是她身边亲近可信的人，贾母听了，气的浑身打颤，口内只说：“我通共剩了这么一个可靠的人，他们还要来算计！”把身边的人派了一通不是，这事自然是黄了。贾母性格中“伪善”的一面可见一斑。

续书中，贾府被抄后，贾母日夜不宁，思前、想后，眼泪不干。她曾虔诚地向天祷告，保佑她的儿孙们。她拿出了自己全部的体己财物，分给儿孙。没过多久，这位“生来就是为了享福”的老太太，终于在看到贾家一败涂地后，在忧戚中辞世。死时，贾母八十三岁。

精明老练善良有修养的老祖宗

精明老练举重若轻

贾母是荣国府中最精明的一个人，是最懂得装聋作哑，最擅长四两拨千斤的人。她体谅当家人的难处，在凤姐与鸳鸯借当时装做不知道，在亲戚们面前话说得滴水不漏。那些认为贾母喜钗厌黛的人可曾注意到，贾母每次夸奖宝钗都是有薛姨妈在场的，就像家里来个客人，照例要夸夸客人的孩子以表示谦虚。可谁心里又真的让别人家的孩子取代了自己的孩子的地位呢。在别人为宝玉提亲时，含糊带过，以命中不能早娶为借口搪塞，却明里暗里让所有人知

道在这个老祖母眼里，宝黛才是一对璧人。如果没有探到老太太的口风，开玩笑一向有分寸的王熙凤会说：吃了我们家的茶，还不给我们家做媳妇。会在计算大的开销时，认为宝黛的一娶一嫁自有老太太的体己拿出来。甚至明显到连二门上当班的下人都知道，宝玉已经有人了，只未露形，将来准是林姑娘。

据分析，在年轻的时候贾母也做过管家，因此，她比较能理解凤姐。贾母知道王熙凤的才能，有了她，贾府可以有效地运转，这是大者。至于其他的小毛病，则睁一只眼闭一只眼。第三十五回里，贾宝玉挨了父亲的打修养将好的时候，忽然想吃莲蕊羹。这本是一种极精致名贵又极费时不常吃的食品，贾母就吩咐凤姐去做。凤姐于是就叫人去做十碗来，想借此大家都吃点，自己也“尝个新儿”。

> 贾母听了，笑道：“猴儿，把你乖的！拿着官中的钱做人情。”……宝钗一旁笑道：“我来了这么几年，留神看起来，二嫂子凭他怎么巧，再巧不过老太太。”贾母听说，便答道：“我的儿！我如今老了，哪里还巧什么？当日我象凤丫头这么大年纪，比他还来得呢！他如今虽说不如我，也就算好了……”

从中我们可以想象出，贾母当年的精明强干，是丝毫不逊色于王熙凤的。还有一次，贾母夸王熙凤，忧虑地说：你聪明太过，怕活不长。王熙凤回答：这话人人都说，人人都信，只有您老祖宗不该信，不该说。老祖宗，比我聪明十倍的，怎么这样的福寿双全呢？

贾母的精明老练，还表现在她在贾府管理架构的顶层设计。在贾母、王夫人、王熙凤之间是一条自上而下的权力线，三人之间的权力定位是非常清楚的。贾母作为董事长负责把握大方向，是掌舵人，进行宏观管理；王夫人作为总经理是处在管理层面上的，对关键的人事任免、行政事务、财务计划等做决策；而王熙凤是处在执行者的地位，主要是具体落实和执行各项事务。这样，这个精明老练的“董事长”才可以做一个无为而治的“董事长”。

怜老惜贫心地善良

贾母的怜老惜贫心地善良，主要表现在她对刘姥姥、对小道士以及对待下人等方面。比如说第40回刘姥姥到荣国府，跟贾母一起出去玩，

到了关键时刻，贾母要把握这个家族怜老惜贫的价值取向，要梳理并维护家族的品牌。家族品牌绝不是一两个人就能塑造成的，也不是没有感情和内涵的几个冰冷的字，或者仅仅是一个标志，真正品牌应该是靠家族所有人共同塑造，它散发着人间的温情和人性的光辉，贾母在这个方面做得非常成功。

又如第29回，贾母有一次带着全家老老少少到清虚观打醮，也体现了她的仁爱善良。

将至观前，只听钟鸣鼓响，早有张法官执香披衣，带领众道士在路旁迎接。贾母的轿刚至山门以内，贾母在轿内因看见有守门大帅并千里眼、顺风耳，当方土地、本境城隍各位泥胎圣像，便命住轿。贾珍带领各子弟上来迎接。凤姐儿知道鸳鸯等在后面，赶不上来搀贾母，自己下了轿，忙要上来搀。可巧有个十二三岁的小道士儿，拿着剪筒，照管剪各处蜡花，正欲得便且藏出去，不想一头撞在凤姐儿怀里。凤姐便一扬手，照脸一下，把那小孩子打了一个筋斗，骂道："野牛肏的，胡朝那里跑！"那小道士也不顾拾烛剪，爬起来往外还要跑。正值宝钗等下车，众婆娘媳妇正围随的风雨不透，但见一个小道士滚了出来，都喝声叫"拿，拿，拿！打，打，打！"

贾母听了忙问："是怎么了？"贾珍忙出来问。凤姐上去搀住贾母，就回说："一个小道士儿，剪灯花的，没躲出去，这会子混钻呢。"贾母听说，忙道："快带了那孩子来，别唬着他。小门小户的孩子，都是娇生惯养的，那里见的这个势派。倘或唬着他，倒怪可怜见的，他老子娘岂不疼的慌？"说着，便叫贾珍去好生带了来。贾珍只得去拉了那孩子来。那孩子还一手拿着蜡剪，跪在地下乱颤。贾母命贾珍拉起来，叫他别怕。问他几岁了。那孩子通说不出话来。贾母还说"可怜见的"，又向贾珍道："珍哥儿，带他去罢。给他些钱买果子吃，别叫人难为了他。"贾珍答应，领他去了。这里贾母带着众人，一层一层的瞻拜观玩。外面小厮们见贾母等进入二层山门，忽见贾珍领了一个小道士出来，叫人来带去，给他几百钱，不要难为了

他。家人听说，忙上来领了下去。

再如第五十四回“史太君破陈腐旧套　王熙凤效戏彩斑衣”中，我们能够再次体会到贾母那颗怜老惜贫的善良心。

> 却说贾珍贾琏暗暗预备下大笸箩的钱，听见贾母说赏，忙命小厮们快撒钱，只听满台钱响。贾母大悦……
>
> 一时，上汤之后，又接着献“元宵”。贾母便命：“将戏暂歇，小孩子们可怜见的，也给他们些滚汤热菜的吃了再唱。”又命将各样果子，元宵等物拿些给他们吃。

有艺术修养懂生活

贾府里养着戏班子，专供贾母等人玩乐，贾母对戏曲和音乐，有着很高的鉴赏力，比如说，她知道水波会对声音产生影响。于是她就下令，让伶人们在水榭里唱曲奏乐，而她自己则带着人远远地听。她不但为大观园里的风花雪月捧场，下雪带着众人赏雪，还积极地寻找像刘姥姥游大观园这种娱乐项目。

她品位高雅，很有生活情趣，会吃，会穿，懂茶道，喝老君眉这样的养生茶，取用旧年雨水浸泡(41 回)；她欣赏戏剧，爱听琴，讲究赏月之道，说“如此好月，不可不闻笛”(76 回)，比小资还小资；她的音乐审美趣味，是“铺排在藕香榭的水亭子上，借着水音更好听”(40 回)；她指导惜春的画(50 回)，教宝钗居室布置(40 回)，告诉凤姐蝉翼纱和软烟罗的区别(40 回)；在潇湘馆发表的窗纱配色理论(40 回)，更显示了她在家庭装修方面的艺术天分。

贾母还非常幽默风趣，如贾母曾对刘姥姥说过：我要是像你这么大年纪的时候，还不知道怎么动得了呢？刘姥姥说：我们生来是受苦的，老太太您，生来就是享福的。贾母说：我眼睛也花了，耳朵也聋了，记性也没了，什么福分呐？不过是个老废物罢了！

管理模式：无为而治的职场境界

我们从红楼梦中，看到的是王熙凤忙忙碌碌的理家，贾探春风风火火的改革,薛宝钗思维缜密的协助。那么,红楼梦中最厉害的、最聪明的、最有手腕的人是谁?是王熙凤?是贾探春?是薛宝钗?都不是,红楼梦中,最厉害的那个角色,是被儿孙们众星拱月般的、孝敬着的、看上去是万事不管的老祖宗贾母史老太君。尽管我们似乎并没有看到身为"董事长"的贾母精明强干的手腕,看到的是这个"董事长"自在逍遥的享受着幸福的晚年,是一个无为而治的"董事长"。为什么贾母是"董事长"呢?我们从贾母的三次严重发飙就可以窥见。

第一次是在三十三回,贾政因宝玉结交戏子,又误听贾环言语,将宝玉狠命地打了一顿,贾母一听说,立马赶到,先是厉声呵斥,再是冷笑答话,紧接着命人回南京,最后心疼宝玉哭个不停。而贾政只能直挺挺的跪着,磕头谢罪,眼睁睁地看着儿子的实际监护权从自己的手上转移到了贾母手中。

第二次是在第四十六回,她的大儿子贾赦想要娶鸳鸯为妾,鸳鸯拒婚,状告到贾母那里,王夫人无辜受骂,却不敢还一言;邢夫人被骂了个狗血喷头,却不敢擅自离开贾母之所;贾赦只能是无法,又且含愧,更是躲了起来,不敢见贾母之面;王熙凤只得左右哄老太太高兴;贾琏有事都不敢进贾母居所,只得在门外回应;就是薛姨妈,这位贾府的亲戚都不得不随叫随到。

第三次则是在七十三回,贾母以宝玉夜间吓着为由,认为大观园中存在不安定的因素,主要是值夜班的老妈子聚众赌博,亲自发动了一场抓赌运动,对领头的林之孝家的两姨亲家、园内厨房内柳家媳妇之妹、迎春之乳母毫不客气的给予了严厉的惩罚,使奴仆、管家领教了贾母的厉害。

这三次严重发飙既表明贾母在府中的地位绝不允许挑战,也表明贾母还是贾府实质上的"精神领袖"。贾母在贾府中年龄最长、辈份最高,贾府上下人等都得看她的眼色、依她的旨意行事。如果把贾府比作一个现代企业,位高权重的贾母无疑是贾府的"董事长"。这位董事长,精明老练,无为而治,知人善用,树立品牌,享受生活,是一个纵横捭阖的企业家。

谈笑间杀伐决断

在红楼梦主子里,王熙凤的才干,超过了所有的男人。她一手抓权,一手抓钱,八面玲珑,手段毒辣,这贾府里,上上下下,第一怕的就是她。可是,王熙凤遇到危机,谁能救她呢?不是别人,正是贾母。

有一天,王熙凤过生日,喝多了酒,回到房中,却发现自己的老公贾琏和鲍二媳妇在鬼混,并且还说凤姐的坏话。凤姐大怒,闹将起来:"我不活了,我不活了，老祖宗快救救我，琏二爷，要杀我。”一下子她就跪倒在贾母身前。

> 贾母大怒，对贾琏说：我看你的眼睛里没有我，下流的东西，灌了黄汤，不说安分守己的挺尸去，倒打起老婆来了！贾母又劝凤丫头说：小孩子家年轻，馋嘴猫似的，保不住的事，世人起小，都打这么过来的。今天让你多喝了两杯酒，你看，你就吃起醋来了。

可见，在老婆面前凶神恶煞的贾琏，也只能乖乖地听贾母的教训。而贾母表面上看起来，好像是在替王熙凤出气，实际上，是捎带着把王熙凤也给教训了。贾母说这男人偷腥是难免的，做老婆的不该吃醋等等。这等于是让王熙凤再次受了一番三从四德的教育。贾母行事的手腕，可见一斑。

作为贾府真正的一把手，贾母非常懂得用人之道，在《误读红楼》一书中，作者闫红对此也有细致的分析，作为贾府的最高领导人，贾母一直以来推行的是厂长经理负责制。木讷呆板的王夫人只是一个挂名的老总，重担大半压在聪明能干的执行副总王熙凤肩上。

《红楼梦》第51回，王熙凤提出，天气转冷了，不如在大观园里再设一个厨房，省得女孩子们到园子外面吃饭，灌一肚子冷风。贾母马上就向众人说：今日你们都在这儿，都是经过妯娌姑嫂的，还有她这样想得这么周到的没有？除了这种郑重其事的表扬，贾母更是赞同王熙凤的一切提议，为她的所有笑话捧场，用“猴儿猴儿”这样的称呼，表达她对王熙凤的宠爱。

贾母看似无心，实则有力地托起了王熙凤这颗管理界的新星。有了得力的王熙凤替自己出头，贾母自然就可以在幕后，安享晚年了。

帷幄中知人善用

权衡利弊、任人唯能

如果说贾母是董事长，那么谁给她具体办事当总经理呢？理所当然地应该由她大儿子贾赦的太太邢夫人担任，贾母安排担任总经理的却是二房贾政的媳妇王夫人。王夫人当总经理就是贾母权衡利弊、任人唯能的选择结果。

贾母任用王夫人做贾氏家族企业的总经理，是经过左右衡量、深思熟虑的。与邢夫人相比，王夫人一是具有显赫的家庭出身和背景，受到过良好的封建大家庭教育；二是确实具有高超的管理才能，能够为贾府的未来谋划；三是王夫人有一得力助手王熙凤，能够对贾府进行直接有效的管理。而邢夫人一股子左劲，说明这个人比较愚钝，而且比较自私，如果她当总经理，肯定不能号令全军。因此贾母放弃了长房媳妇持家的旧有观念，任用王夫人和王熙凤共同执掌内务。

无为但是却做了不拘一格选拔人才的事情，这本身就是无为胜有为。在这种不拘一格当中，值得一说的是王熙凤的任命。

爱而知其恶、择其大者

对于王熙凤的任命也很关键。本来长房长媳（邢夫人）该出来当总经理的，贾母没让她当，由二房的媳妇（王夫人）当了，就必须在长房里找一个人来当副总经理，那就是王熙凤，王熙凤是贾赦的儿媳妇，而且她又是王夫人的侄女，两个人又能协调好，大家都没有反对意见。家族高层管理人员安排好了，其实董事长的成功就基本上完成一半了。

贾母深知“水至清则无鱼、人至察则无徒”的道理。贾母虽然知道王熙凤雁过拔毛，收受贿赂，将公家的钱弄到自己口袋的事，但考虑到她直接管理大观园，一年到头，人来客往，自己也难免要拿出私房钱来补贴，也就对她的那些小问题睁一只眼闭一只眼。当贾府资金周转不灵，贾琏通过鸳鸯倒卖自己的东西时，贾母一不吝啬于钱财，二不上纲上线视晚辈算计自己，把东西交给贾琏去当。真可谓是爱而知其恶，择其大者。

扶持高管、关心下属

贾母这个无为而治的董事长，她看似不插手，可是她真的什么都不干预吗？任命凤姐当常务副总经理，很多人都不服，因为她辈分低，那怎么办呢？贾母就很注意扶她一程。

有一次，贾珍的夫人尤氏到荣国府来给贾母祝寿，结果下人之间闹了点矛盾。王熙凤为了顾全尤氏的面子，处理了两个惹事的婆子，可后来邢夫人却以贾母生日为由，要求王熙凤放人，而贾母就在关键时刻，给了凤姐莫大的支持，老太太说凤丫头可是知礼的。

其实不光是对凤姐，贾府中有才能的人，贾母基本上都会重用，比方说重用鸳鸯，她就体现了三个层次：第一个层次是善于识人，贾母在工作中发现，这是个金子，是个人才，所以在鸳鸯很小的时候，她就带着她、培养她。第二个层次，是信人，鸳鸯不管是怎么做工作，贾母永远是一句话，便叫鸳鸯吩咐去了，也就是说，随便怎么做，反正永远支持她。更重要的是第三个层次，善于帮人。鸳鸯碰到的最为难的事，就是贾母的大儿子要抢婚，这个时候鸳鸯以她个人的力量是斗不过贾赦的，怎么办呢？贾母挺身而出，保护了她的手下。

在封建社会等级那么森严的情况下，老太太为了一个下人，把自己的儿子、媳妇给骂一顿，这也挺不寻常的，难怪鸳鸯能够感恩戴德，对老太太忠心耿耿。所以贾母作为一个董事长，她真正做到了人性高手。另外其实我们也可以看到，贾母在大观园当中的那种精神领袖的作用，同时她也特别支持李纨所带领的诗社的那些活动，支持她营造家族的文化氛围。

家族外重视品牌

有很多人以为，企业就是做经营的，但实际上现代的那些企业家包括学者已经认识到，企业真正摔不垮打不烂的是企业的魂，又叫企业精神、企业文化。现在有几句话很流行，叫做“今天的文化，明天的企业”。贾母在这个方面，从管理的角度看，应该说她做的是一个董事长应该做的事。她总带着她的家人听戏、赛诗、猜灯谜。从表面上看她没干什么真正跟工作有关的事，但是实际上她干了跟工作最有关的事，那就是为这个家族赋予了一个大家都公认的家族精神，在这个方面贾母是高手。

贾母是无为而治，但是有的时候，她还是亲自出面，她还是治的。主要表现在重视直接涉及家族品牌形象的方面的重大问题。比如说第40回刘姥姥到荣国府，跟贾母一起出去玩，

> 刘姥姥让出路来与贾母众人走，自己却艽走土地。琥珀拉着她说道：“姥姥，你上来走，仔细苍苔滑了。”刘姥姥道：“不相干的，我们走熟了的，姑娘们只管走罢。可惜你们的那绣鞋，别沾脏了。”她只顾上头和人说话，不防底下果 滑了，咕咚一跤跌倒。众人拍手都哈哈的笑起来。贾母笑骂道：“小蹄子们，还不搀起来，只站着笑。”说话时，刘姥姥已爬了起来，自己也笑了，说道：“才说嘴就打了嘴。”贾母问她：“可扭了腰了不曾？叫小丫头们捶一捶”。

到了关键时刻，贾母要把握这个家族怜老惜贫的价值取向，要树立并维护家族的品牌。家族品牌绝不是一两个人就能塑造成的，也不是没有感情和内涵的几个冰冷的字，或者仅仅是一个标志，真正品牌应该是靠家族所有人共同

塑造，它散发着人间的温情和人性的光辉，贾母在这个方面做得非常成功。

贾母通过她的努力塑造一个家族的正面形象，尤其是公众形象，这一点她做得很到位。可见，贾母作为董事长，在事关贾府内部文化和外部形象的大是大非面前，不仅亲力亲为，而且拿捏得很准，非常注意贾府的品牌塑造的。

威严下彰显魄力

像贾母这样很温和、很具有亲和力的领导，会不会纵容或者姑息家族内部的一些不良现象呢？答案是否定的。如第73回，贾母以宝玉夜间吓着为由，认为大观园中存在不安定的因素，主要是值夜班的老妈子聚众赌博，亲自发动了一场抓赌运动。

> 林之孝家的等见贾母动怒，谁敢徇私，忙至园内传齐人，一一盘查。虽不免大家赖一回，终不免水落石出。查得大头家三人，小头家八人，聚赌者通共二十多人，都带来见贾母，跪在院内磕响头求饶。贾母先问大头家名姓和钱之多少。原来这三个大头家，一个就是林之孝家的两姨亲家，一个就是园内厨房内柳家媳妇之妹，一个就是迎春之乳母。这是三个为首的，余者不能多记。贾母便命将骰子牌一并烧毁，所有的钱入官分散与众人，将为首者每人四十大板，撵出，总不许再入；从者每人二十大板，革去三月月钱，拨入圊厕行内。又将林之孝家的申饬了一番。林之孝家的见他的亲戚又与他打嘴，自己也觉没趣。迎春在座，也觉没意思。黛玉、宝钗、探春等见迎春的乳母如此，也是物伤其类的意思，遂都起身笑向贾母讨情说“这个妈妈素日原不顽的，不知怎么也偶然高兴。求看二姐姐面上，饶他这次罢。”贾母道：“你们不知。大约这些奶子们，一个个仗着奶过哥儿姐儿，原比别人有些体面，他们就生事，比别人更可恶，专管调唆主子护短偏向。我都是经过的。况且要拿一个作法，恰好果然就遇见了一个，你们别管，我自有道理。”宝钗等听说，只得罢了。

贾母的董事长之道，最主要体现在三点：一是她会当一个好的董事长，无为而治，举重若轻。二是为了快乐而工作。在《红楼梦》里，所有人中做得最好，而且做得最快乐的就是贾母，只有贾母想清了一个道理，人生的终极目标是快乐，工作别人可以取代，快乐别人不能取代。三是运筹帷幄之中决胜千里之外，成功的关键在于一个“准”，方向把握准，选人用人准。贾母经过几十年的奋斗和极具个人魅力的管理，不仅赢得了贾氏集团的兴盛，也给自己创造了一个幸福的人生。

无为而治的职场最高境界

纵观全书，贾母心胸豁达、思维敏捷，语言幽默犀利、风趣而又尖锐。她有着丰富的阅历，她的威严存在于她的理性之中，不动而观全局，原则问题不让步。

总之，贾母以“仁”治贾府，重视以人为本，无论是对待下属高管、普通员工、甚至偶尔碰到的小道士，她都赋以和善。她希望贾氏的后代都能像荣国公、宁国公一样英雄能耐，可是她看到贾府的子弟是一代不如一代，只知贪图享受，不务正业，更有的草菅人命、为非作歹。她知道贾氏在这些不孝子弟手中会走向没落的道路，但是她无力扭转这一趋势。她祥和的面容下其实隐藏着很大的痛苦和悲哀，这是封建社会逐渐走向没落的大势给她的悲哀，也是她的不肖子孙带给她的悲哀。无论怎么说，贾母都是一个十分高明的管理者，其功要大于过。正是有了她的存在，贾府才得以维持一段繁荣的局面。

老子《道德经》里有一段话，最适合贾母：“太上，不知有之；其次，亲而誉之；其次，畏之；其次，侮之；……功成事遂，百姓皆谓‘我自然’。”这就是所谓的四重境界，翻译成今天的职场定理，其实是这个道理：最好的董事长是没人知道他是谁。比较好的董事长，是大家愿意跟他在一起，天天簇拥着他。第三类的董事长是大家都躲着他，怕他。第四类董事长是大家到处骂他。

老子的这一段话体现的最高境界就是一个“无”字。也就是说，在工作的环境里找不到他，但是所有人工作的那个灵魂全都是他赋予的。

在《红楼梦》当中，贾母出场不是玩儿就是乐，感觉跟大家在一起乐乐呵呵的，没见她具体要去做什么事儿，这一点就是她的成功。

实际上贾母的无为，也不是什么都不做，做的往往是最关键的事情，比如整个贾府总体方向的掌控，贾府的人事建构和领导班子任命，贾府的家族形象和品牌建设，贾府的文化环境营造和家风整顿等，这些关乎贾府长远利益和深刻影响的战略性事务，都是贾母所重点关心并亲力亲为的。

这些方面，即使以现代社会为参照系，也是每一个有战略眼光的董事长所应该具备的职业素养。所以说，相对照而言，贾母达到了无为而治的职场最高境界，就是当时最好的董事长。

贾母为何无为？

既然贾母这么精明、这么有魄力，为什么当她面对贾府一天一天衰落下去的局面，她无所作为，反而是一味地享乐甚至寻欢作乐呢？对此，我们可以从以下几方面分析。

难得糊涂及时享乐的晚年心境

贾母会享乐，难得糊涂，但并不等于她真糊涂。贾母原是史侯家的千金，嫁到荣府，从重孙媳妇做起，一直到自己也有了重孙媳妇，几十年间，她经历了贾府的兴盛到衰败的全过程。应该说已经修炼到荣辱不惊的程度了，她的生活并不像她和刘姥姥说的，不过嚼的动的吃两口，睡一觉，闷了时和孙子孙女玩笑一回就完了。很多事她看在眼里记在心上，但只要不出大纰漏，她都睁只眼闭只眼。而在她心里口里从来放不下的也只有两个玉儿了。因为一个是酷似她丈夫的亲孙子，一个是她最爱的幺女留在这世上的唯一骨血。也因为只有两个玉儿将她视为祖母而非荣国府的老太君。宝玉在她面前毫不忌惮地撒娇，要东要西，而黛玉听到鞭炮声时则理所应当地躲在她的怀里。第三十回，宝黛吵架刚和好，被凤姐拉到贾母面前，书中写道：林黛玉只一言不发，挨着贾母坐下。而反观其他人，见了贾母无不赔着笑脸赔着小心，包括贾府三艳在内，没贾母的允许，谁敢随便坐在她的身旁。只林黛玉敢，因为那是她的外祖母，这个世上除宝玉外最疼她的人。这个人会时不时送些钱来让她打赏下人，而不被贾府上上下下的势利眼看轻；会在她和宝玉吵架时哭着埋怨自己还不咽气，天天为这两个不省事的小冤家操心；会在自己不在家时千叮咛万嘱咐薛姨妈照管她；会在她父母的忌辰吩咐另外整理肴馔与她私祭。

在《红楼梦》中，贾母多次流露出对家族未来的忧虑。《红楼梦》中有这么一段，元宵节，猜灯谜，元妃出了一个谜让大家猜。后来小太监出来传谕，说娘娘的灯谜大家都猜着了，是爆竹。

贾母心想，娘娘所做“爆竹”是一响而散的东西，在元宵节做一个不祥之物来玩，不是好兆头，这意味着曲终人散，贾府衰败的景象，已经非常明显，贾母之所以没有停止享乐的脚步，除了她首先是个上了年纪的老太太，爱热闹图面子的一些毛病之外，难得糊涂及时享乐的晚年心境这个原因不可忽视。

多年媳妇熬成婆的补偿心理

贾母是一个诗礼簪缨之族的贵夫人。她见多识广，很有修养。她初嫁到贾府时，正是荣国府的鼎盛之时，曾躬逢几次金陵接驾的盛典。她一直是荣府家政的主持人，直到年纪大了，才渐渐地不管事，交给了王夫人、王熙凤。元宵节，贾母点戏，一出《寻梦》、一出《下书》，吩咐只用箫和笙笛。同是贵夫人的薛姨妈甚为惊奇，说："实在戏也看过几百班，从没见过只用箫管的。"贾母却认为没什么稀奇，只是在个人讲究罢了。可见贾母对艺术的赏鉴，是很清雅脱俗的。

贾母曾经对王熙凤说过，在贾府，她是从重孙媳妇做起，而今又有了重孙媳妇。在一个人口多、规矩大的大家族之中，贾母是一点一点熬出来的。她一定也有很多的辛酸，所以到了晚年，成了至尊者，却也来日无多，此时不拼命享受，更待何时呢！因此，多年媳妇熬成婆的补偿心理也是贾母选择无为而治的重要原因之一。

家族败亡无力回天的必然趋势

贾母意识到，家族的败亡是必然的，自己已经无力回天了，不如及时行乐。在贾府，贾母可以说是毋庸置疑的最尊贵的人，可是，在皇帝面前，她却是一个彻头彻尾、完全不能主宰自己命运的奴才。

有一天，贾赦和贾政，突然被召进皇宫，贾府上下都如热锅上的蚂蚁，不知出了什么事?

快说什么事？赖大说：奴才只在灵境门外伺候，里头的信息一概不知。后来，夏太监出来道喜，说咱们家大小姐，晋封凤藻宫尚书，加封贤德妃。

祸福，就在皇帝的一念之间啊，无论是阳光雨露，还是雷霆万钧，做奴才的就得恭恭敬敬地叩谢皇恩，连表示一点不满的自由都没有。

贾母正是清楚地看透了这一点，贾府的荣耀靠的是什么？靠的是皇帝的恩宠，有皇帝在那儿罩着，自己再怎么奢靡，那也没事。可是，一旦失去了皇帝的恩宠，无论再怎么开源节流，再怎么省吃俭用，都挽回不了衰败的命运。

正因为贾母聪明，彻底地看明白了这一点，她才如此贪恋享受，及时行乐，因为她别无选择。《红楼梦》所描述的时代，世上除了皇帝，就再也没有主子了。《红楼梦》中人的悲剧，实际上是那个悲剧时代的一个缩影罢了。

培养贾府领导班子的长远规划

贾母年事已高，从贾府的长远发展来看，必须合理规划安排好接替她的领导班子。贾母在离任之前为贾府配备了一个合理的领导班子，任用了王夫人和王熙凤这两个主要的助手。贾府的高官任命是由贾母提出决策方案，由年中而稳重的王夫人把关，由年轻泼辣、很有管理组织才能的王熙凤具体实施，贾母为贾氏公司配备了一个老中青搭配合理、性格互补、年龄梯次明显的领导班子。同时还配备了以贾探春、李纨、薛宝钗等为代表的后备管理人才，这些后备人才在必要的时候都可登场发挥作用。这是一个相当合理的领导班子，也反映了贾母作为董事长的前瞻性的眼光。在这个领导班子的带领下，贾氏公司上下各负其责、各司其职，三四百人的大家族企业多年运作基本正常。

班子配好了，就开始扶植和培养。作为贾氏公司第一人的贾母，在贾府中拥有着无上的权威。贾母一直以来推行的是层级管理责任制。贾母大胆放权给王夫人和王熙凤，让他们去层层管理，只帮忙不添乱，扶上马，还要送一程。一般的事情都交与王夫人和王熙凤去打理，并不过多地插手具体的事务，使得王夫人、王熙凤的管理才华得以充分发挥，将荣国府打理得井井有条。

贾母管理模式的启示

贾母出身于侯门，嫁到贾府时，正当荣、宁二公功名鼎盛之时，她曾几次参与并目睹了金陵接驾的盛典。因此她从少年时代起就见多识广、富于才智。既精通人情世故，又长于统治权术。她在贾家从重孙媳妇做起，一直到有了重孙媳妇，凭着她的精明能干，坐稳了贾氏公司最高统治者的位置。她虽已年老，但余威犹在。深受儒家思想教化的贾母，推崇仁爱、和谐、诚信、中庸的价值观。孔子的倡“仁”、重“礼”、讲“德”思想在她身上都得到了深刻的体现。

领导者是指带领和引导组织向同一方向前进的人，不仅是企业的决策人，也是企业的精神向导。在《红楼梦》的描写中，荣宁二府的最高领导者就是贾母。

从某种程度上讲，贾母是《红楼梦》整部书中最深藏不露之人。她虽不直接参与贾府的日常管理工作，但看上去无所事事的她其实是贾氏公司的镇宅之宝，是贾氏公司理所当然的“轴心”和领导者，她的一言一行都领导和决定着贾氏公司的走向，维系着整个家族的兴衰。正是在以她为首的贾氏公司女性管理层的领导下，贾氏公司才得以维持一段繁荣的局面。

知人善任方得天下英才

作为家族制企业贾氏公司董事长的贾母在用人上可谓比较成功，她打破固有观念、革除陈规，提拔和任用了王夫人和王熙凤这两位得力的女性助手。

首先是对总经理王夫人的任用。按封建社会的长幼排列顺序，身为长媳的邢夫人地位应该排在王夫人之前。但是贾母打破陈规、选拔贤能，把各方面能力都在邢夫人之上的王夫人提拔起来。

汉代儒家代表人物董仲舒提出“春秋大一统”和“罢黜百家，独尊儒术”的思想，强调以儒家思想为国家的根本指导思想，杜绝其他思想体系。汉武帝采纳了他的主张。从此儒学成为正统思想，研究“四书五经”的经学也成为了显学。

儒家思想倾向于施用仁政管理国家。在“罢黜百家，独尊儒术”的基础上，董仲舒等儒士又提出了“三纲五常”等一整套的封建道德标准和秩序，被封建统治者采用并延续下来，影响了中国近两千年。

“三纲五常”具体内容是：“君为臣纲，父为子纲，夫为妻纲”和“仁、义、礼、智、信”五种为人处世的道德标准。“三纲”是社会伦理，“五常”是个人品德。“纲、常”就用以泛指道德和道德规范。在贾氏公司中，身为长媳的邢夫人庸碌无为，很不得人心，而且事事都听从丈夫贾赦的。但是贾母跳出了“为妻者绝对服从丈夫是贤惠的体现”这个封建的意识，而以大局为重，任用了各方面能力和影响力都超过邢夫人的王夫人。

王夫人出生于“四大家族”的王家，从书中看，应该是王家的长女，从小受到过非常严格的教育和约束，性格稳重中庸。

第 6 回“贾宝玉初试云雨情　刘姥姥一进荣国府”里，刘姥姥初进贾府，周瑞家的介绍道：“姥姥有所不知，我们这里又不比五年前了，如今太太竟不大管事。”从这里可以得知，在王熙凤之前，王夫人是荣国府的“大管家”，王熙凤成长起来以后，王夫人就被提拔为总经理。可见贾氏公司和贾母选拔人才的主要标准在于能者居上，才德兼备者优先，而不论资排辈，这一点是非常难能可贵的。

其次，是对常务副总经理王熙凤的任用：贾母树立权威，择其大者、不拘一格选用人才，最主要的表现是在对王熙凤的任用上。王熙凤这个人物，年纪不大，嫁到贾府的时间也不长，论资排辈，怎么也不会轮到她来掌家，可是凤姐儿在“理家”中表现出的才能，得到了贾母的赏识，贾母大胆启用了她，使之成为了荣国府的“大管家”。虽然贾母深知王熙凤的缺点，但她更晓得水至清则无鱼，其用人之道便是择其大者。王熙凤有能力、有干劲，惟缺资历，所以贾母多次在各种场合提携她，树立她的威信。王熙凤具有突出的管理组织才能，善于察言观色和处理组织内部的人际关系，而且争强好胜，泼辣能干，非常适合于日常的事务管理。

美国管理学家D·布罗克提出：“跟随一个最能干、最有权力的主管，比较能够实现自己的理想，也比较能够掌握机会。”王熙凤年纪如此之小就受到如此重用，恰恰是有力的证明。

办好一个企业，首先要选好和配备好各级领导，这是企业成功的一半。配备领导班子，要特别注意能力、经验、性格、气质、年龄等诸方面的优势互补，同时作为企业的领导者一定要注意协调。贾母在这方面的经验就很值得借鉴。贾母深知，管理好一个大家族，内容繁多。但不论何种管理，都要把人事管理放在首位。知人的目的是用人，用人的前提是知人。作为高层管理者，选拔和任用优秀的员工是工作的重中之重，美国苹果电脑公司老板史蒂夫·乔布斯认为，一位出色的人才能顶50名平庸的员工。管理者要有“宁要一个诸葛亮，不要三个臭皮匠”的气魄和精神，去发现并使用真正的优秀人才。

王者之风方能催人自省

在领导班子配置上常出现一把手、二把手如何管事的问题。第一把手是决策者，实行王道，教化别人，给你机会，主要是要把局做对。是帅才、圣才，是决策者。把“顶天立地”当作管理学的词语：“顶天”，是谋事的人，是出思想的人。“立地”是具体做事的人，是执行者。

作为贾府的董事长，贾母深知自己的一举一动都会对下属产生巨大的影响，因此她十分注重保持和树立自身的威信。一方面，她处处表现得和蔼、很有善心；另一方面展示自己的威严。作为贾府至高的统治者，贾母懂得严格制度，坚持原则，科学决策。细化责任，把权力放给精明能干的王熙风，也严格按职能职责办事，不越权不越位，自己自得其乐，但是在大是大非面前果断英明。

贾母决不是一尊“活菩萨”，她该和善时和善，该严格时决不留情。偶尔的铁腕出手，更见威严。最发飙的一次是第73回“痴丫头误拾绣春囊　懦小姐不问累金凤”里的禁赌事件。

她认为园中存在不安定因素，主要是因为值夜班的老妈子聚众赌博，容易懈怠和引贼入室，必须加以严惩。于是派人严查，结果查出来打头家的是三人：一个就是林之孝家的两姨亲家，一个就是园内厨房内柳家媳妇之妹，一个就是迎春之乳母。

贾母便命将骰子牌一并烧毁，所有的钱入官分散与众人，将为首者每人四十大板，撵出，总不许再入，从者每人二十大板，革去三月月钱，拨入圊厕行内。又将林之孝家的申饬了一番。

黛玉、宝钗、探春等人一起向贾母求情，这一向是贾母最得宠的三个姑娘，但是她们的求情让贾母毫不容情地给驳了回去：

贾母道：“你们不知。大约这些奶子们，一个个仗着奶过哥儿姐儿，原比别人有些体面，他们就生事，比别人更可恶，专管调唆主子护短偏向。我都是经过的。况且要拿一个作法，恰好果然就遇见了一个。你们别管，我自有道理。”宝钗等听说，只得罢了。

这一段，最见贾母的铁腕，别看到她平时是最和蔼的老祖宗，对一个小道士也要连叹数声“可怜见的”，但在关键时刻，谁也不能阻碍她的意志，威严尽显。

而最能体现贾母王者之风的是在贾氏公司遭遇突变的时候，贾母深明大义、开明豁达。

在106回“王熙凤致祸抱羞惭　贾太君祷天消祸患”中，贾家因贾赦、贾珍治罪，家财被抄而遭遇中落，贾母见祖宗世职革去，含泪祷告苍天，说了这样一番话：

> “……现在儿孙监禁，自然凶多吉少，皆由我一人罪孽，不教儿孙，所以至此。我今即求皇天保佑：在监逢凶化吉，有病的早早安身。总有合家罪孽，情愿一人承当，只求饶恕儿孙。若皇天见怜，念我虔诚，早早赐我一死，宽免儿孙之罪。”

在危难关头，在贾府上下人心惶惶的情况下，唯有贾母处变不惊。遭难时，她和大家同甘共苦，积极地寻求解决问题的办法，展示了过人的心理承受能力；在分配财产的时候，对每个家庭成员，甚至包括服侍她的丫头都有很明确且公平合理的交待。

第107回“散余资贾母明大义　复世职政老沐天恩”中，贾母又开箱倒笼，将自己的毕生的积蓄全部拿出来，以解家用之急。贾母在贾府遭遇危机的关键时刻挺身而出，独当一面，显示出其卓尔不凡的大将气度。在遭遇劫难的时候，她没有一味地去埋怨贾赦、贾珍等人，而是沉着冷静。因为她深刻明白在这个时候批评已无济于事，她把责任揽在自己身上并且尽散余资，这使得贾氏公司的员工更加自省和明白自己从前所犯的错误，也更明白贾母的苦心，也使子孙们在劫难之后能够深切明白做人、治家的道理。

贾政曾有这样一段心理对白：“老太太实在真是理家的人，都是我们这些不长进的闹坏了。”可见是领悟了贾母这层良苦用心的。

老子说：“受国之诟，是谓社稷主；受国不祥，是为天下王。”这句话的意思是说：能够承担国家的屈辱，才能叫作国家的君主；能够承担国家的灾难，才能配做天下的君主。现代管理者，要张弛有道。既关心自己的员工，又要保持绝对的威严，做到令行禁止。作为领导者，要能够做到遇事不乱，处变不惊，和大家同甘共苦。贾母作为一个优秀的领导者，在家族最困难的时候，能够挺身而出，成为家族的精神支柱。

现代企业中处于最高层的管理者，通常是总裁、董事长或者总经理，他们在企业中有着举足轻重的作用。任何企业的发展都不可能是一帆风顺的，重要的是当企业经营陷入困境时，领导者能以其杰出的经营管理能力刺激变革，力挽狂澜。当企业出现问题时，优秀的领导者往往积极地寻找解决方法，能够意识到自己承担的领导责任，而不是找代罪羔羊。这样不仅能够给下属带来莫大的勇气，而且能够成功地树立领导者令人尊敬和信服的形象，也往往更能够使下属自省，深刻地认识到自己的问题。贾母在贾府中正是发挥着这样的重要作用。

树威立信方显管理能力

贾母是一个非常成功，同时又很有威望的董事长，贾氏公司员工对她的尊敬是发自内心的，也就是说，她成功地获得了上下一致的拥戴。但是，管理者仅仅依靠自己的领导地位绝不能获取员工真正的爱戴，必须还要依靠他的素质、能力和德行。

贾母作为高层领导，她的权威性决定了她的影响力。管理者身居高位，自身职位为其带来的职权自然影响着员工对他的认可度，这种职务的影响力常常体现在员工的服从性上，有时有了不同的意见，员工也会在表面上认可领导的想法。员工的个人想法让位于领导，但在心里会有所保留。而在职位优势之外，真正可以对员工产生长久影响的是领导的个人魅力、丰富的工作经验、精益求精的工作态度等。由此建立起的权威性，才是使员工心悦诚服、更主动自觉地完成工作的主要动力。

大企业家的发展历程主要是这样的：大企业家（资本家）——大思想家——大政治家——大革命家——大慈善家。

首先他是一个大企业家，也就是大资本家，开始做公司做到一定地步了，才能成为大企业家。他在发展到一定程度的时候，他一定要深入思考，思考公司的发展方向，一定要出思想，因此他要过渡到大思想家这个阶段。到了大思想家这个阶段以后，他必须掌握一点管理之道，他必须懂得权术，负责摆局。经过这个阶段以后，他就要过渡到大政治家，要懂得权术。各方面管理得井然有序了，按照事物的发展规律，那么就可能会出现挫折，如何在挫折中把损失减少到最低程度就成为他要思考的问题。因为规律是不以人的意志为转移的，有兴必有衰，这个时候他必须进行自我否定、自我革命，他就过渡到了大革命家这一阶段。经过自我否定、自我革命，他再次焕发新的活力，功德也较圆满了，归为最后一个过程，他就变成了大慈善家。取之于民用之于民，取之于社会服务于社会。

为什么很多的企业家到一定的时候都注意自己的社会形象建设，承担起社会责任来呢，就是遵循这种过程发展过来的。

树立品牌方得众人仰慕

晴雯个性锋芒太露，率性而为，但她很得贾母喜爱，直到王夫人把晴雯撵出去后，贾母还说："晴雯那丫头我看他甚好。"还不是一般的好，是"甚好"，贾母对她的评价可说是非常之高。贾母是一个能够"破陈腐旧套"的人，她有些新思维，能接受某些新事物，并且比较欣赏开放式性格的人。她对凤姐和黛玉乃至晴雯的开放式性格都能欣赏，至少是能够容忍，比如她把晴雯派去服侍宝玉，是觉得“这些丫头的模样爽利言谈针线都不及他，将来只他还可以给宝玉使唤得”。

《红楼梦》第 40 至第 42 回里，贾母两宴大观园，恰好刘姥姥二进大观园。贾母携她玩乐一天，喊她老亲家，戏称自己是老废物，全无架子。

在去潇湘馆的路上，刘姥姥不小心摔了一跤，众人拍手都哈哈笑起来，贾母的反应是：

贾母笑骂道：“小蹄子们，还不搀起来，只站着笑。”说话时，刘姥姥已爬了起来，自己也笑了，说道：“才说嘴就打了嘴。”贾母问他：“可扭了腰了不曾？叫丫头们捶一捶。”

在秋爽斋吃饭，贾母因说：“把那一张小楠木桌子抬过来，让刘亲家近我这边坐着。”刘姥姥要走，过来告辞，贾母还有礼物相赠。

此外，贾母十分注重树立仁慈的形象。“仁慈”在中国是儒家的“智、仁、勇”的“三大德”之一；在西方也被基督教认为是“信、望、爱”或“信仰、希望和仁慈”的“神学三德”之一。无论是从伦理体系完善的逻辑需要还是从人类生活幸福的基本需要出发，仁慈与公正一样，都是我们应当坚持的伦理原则。正如美国伦理学家威廉·弗兰克纳所说过的：“正义只是道德的一部分，而不是它的全部。那么仁慈可能属于道德的另一部分，我认为这才是公正的说法”。“即使人们认为仁慈不是道德的要求，而是某种非本质的、道德上的善的东西，人们仍然把仁慈看作是道德的一个重要方面——如果不是必要的，也是令人向往的。”

第 29 回“享福人福深还祷福　痴情女情重愈斟情”里贾母带着一家人去清虚观时有这样一个插曲：

> 可巧有个十二三岁的小道士儿，拿着剪筒，照管剪各处蜡花，正欲得便且藏出去，不想一头撞在凤姐儿怀里。凤姐便一扬手，照脸一下，把那小孩子打了一个筋斗，骂道：“野牛肏的，胡朝那里跑！”那小道士也不顾拾烛剪，爬起来往外还要跑。正值宝钗等下车，众婆娘媳妇正围的风雨不透，但见一个小道士滚了出来，都喝声叫“拿，拿，拿！打，打，打！”
>
> 贾母听到声响，赶忙赶过来，待王熙凤说明原因后，
>
> (贾母)忙道：“快带了那孩子来，别唬着他。小门小户的孩子，都是娇生惯养的，那里见的这个势派。倘或唬着他，倒怪可怜见的，他老子娘岂

> 不疼的慌?”说着,便叫贾珍去好生带了来。贾珍只得去拉了那孩子来。那孩子还一手拿着蜡剪,跪在地下乱战。贾母命贾珍拉起来,叫他别怕,问他几岁了。那孩子通说不出话来。贾母还说“可怜见的”,又向贾珍道:“珍哥儿,带他去罢。给他些钱买果子吃,别叫人难为了他。”贾珍答应,领他去了。

我们姑且可以这么理解,无论贾母是有意还是无意,客观上她已经在进行贾氏公司的社会形象建设,承担起了部分社会责任,塑造了一个体贴穷人、怜惜下人的形象。

另外一个事例是,当贾府败落后,凤姐的女儿、贾母的外曾孙女巧姐儿被人拐卖,刘姥姥变卖家产把巧姐儿给救了回来,可以理解为贾氏公司注重社会形象建设的回报。

中国有句古话,叫作“酒香不怕巷子深”,说的是只要是酒香,巷子再深再偏僻,也不用担心,总会有人买的。但实际上,这句话是经不起推敲的。再香的酒,藏得远了,也会无人能知,贻误了时机,只会造成不应有的损失。尤其是在现代社会,商品经济发展迅速,市场竞争十分激烈,好“酒”也需要宣传。历史悠久的优质名牌产品,一改“皇帝女儿不愁嫁”的姿态,这说明酒香也怕巷子深。身为贾府董事长的贾母,在贾府的社会形象建设上是花了很大功夫的,并且取得了很好的效果。

第二章　王夫人的不作为与乱作为

荣国府的实权派：王夫人

个人简历

王夫人，娘家显赫。出生于贾王史薛四大家族的王家，是京营节度使王子腾之妹，与薛姨妈是一母所生的姐妹。她是个见多识广的大家闺秀，而且应该是王家的长女。

成年后嫁给荣国府的贾政为妻，成为贾家的二儿媳，也不太说话。她年事已高，把大权交给自己的侄女王熙凤。不过，一些大事凤姐仍须向她请示汇报。

王夫人嫁到贾家后，生长子贾珠、女儿元春和次子宝玉。当时的社会，盛行母凭子贵之风，王夫人的三个子女先后都为贾家添了男丁或增加了荣耀。贾珠成年后娶李纨为妻，虽早亡但为王夫人留下长孙贾兰，贾兰同时也是贾母的重长孙，这使得王夫人的家族地位得以提升。次子宝玉出生又巩固了王夫人的家族地位，一则因为宝玉衔玉而生被当成奇人并成为奇谈，二则宝玉确实聪明俊朗活泼可爱，三则宝玉酷似老祖宗贾母的丈夫荣国公。元春嫁入皇宫并加封贤德妃，再次提升了王夫人的家族地位。因此，王夫人深得贾母的器重，是贾府的实权派。

表面上看，王夫人是个“善人”，时常吃斋念佛。可是她心并不善，她虚伪残酷，甚至很恶。丫鬟金钏和宝玉说了一句玩笑话，就被她一个巴掌“打得半边脸火热”，还被她撵了出去，以致投井身亡。金钏儿死后，王夫人却流下伪善的眼泪，并向宝钗说，金钏儿前日把她的一件东西弄坏了，一时生气，打了她两下子而已。宝玉的丫鬟晴雯，只因她蔑视王夫人为笼络丫头们而施以小恩小惠的行为，便遭到她的残酷报复，在晴雯“病得四五日水米不曾沾牙”的情况下，硬把她“从炕上拉了下来”，撵出大观园，致使晴雯当夜就悲惨地死去。但王夫人向贾母回话时却说是因为晴雯又懒又淘气，且得了女儿痨，才把送出大观园的。仅小小的绣春囊事件，她就指使下人抄检大观园，结果害死司棋、潘又安，逼走入画，赶走四儿，遣散芳官等十二个小戏子，“悲凉之雾，遍被华林”，贾府青年一代遭到了巨大的摧残，王夫人实是元凶。此人又非常主观武断。邢夫人把绣春囊交给她，她不调查，不研究，就一口咬定是凤姐的。

心路历程

王夫人在《红楼梦》中是个极不讨人喜欢的人物之一，虽然曹雪芹在书中借贾母之口总替她说好话，说她是个厚道人，但实际上这不过是欲盖弥彰。《红楼梦》全书中各色人物都有正邪两赋的特点，比如王熙凤对刘姥姥的怜老惜贫；贾琏对尤二姐也有浪子真情；薛蟠虽不肖，对母亲和妹妹还算不错；连贾珍对秦可卿也是刻骨铭心……不过这位王夫人，贾宝玉的亲妈，虽然在宝玉心中排名与黛玉重要性并列（原话大意如此），倒真没做过什么有光彩的事情，逐走晴雯，逼死金钏，抄检大观园，可能黛玉之死与她也难脱干系。本节从她的心理历程分析入手。

王夫人出生于四大家族的王家，应该是个见多识广的大家闺秀。从书中看，应该是王家的长女，封建时代的长女在家族里是大姐，受到最严格的教育和约束，要成为妹妹们的榜样，典型人物如李纨、元春、宝钗。王夫人小时候肯定也是这样过来的，不过她没读什么书，心中郁闷和压抑无处派遣，也就不具备李纨、元春、宝钗那样的开阔心胸和浪漫气质，所以长大了就成了个没什么情趣的人（看她给丫鬟起的那些名字就知道了）。人们有时会好奇，王夫人年轻时是什么样子的，据推测凤姐和探春身上应该有她的影子。

先说凤姐，常言说得好：“养女随姑。”基因的力量是可怕的，想来王夫人年轻时也是个柳眉凤眼的绝色佳人，只怕有过之而无不及。凤姐不但继承了她的美貌俗气，也继承了她的野心偏执和狠毒（“野心偏执和狠毒”这话说的很重，但没有文本体现，系红学研究者揣测之言）。曹公全书只写凤姐狠辣，没有对王夫人有明显的贬义形容，只有暗示。最明显的一处就是林黛玉进贾府时对王夫人住处的描写，其中包括金钱蟒靠背，金钱蟒引枕，金钱蟒褥子（原文描写更加详细，包括颜色做工什么的，在此难述，可参见原书），连用了三个金钱蟒，曹公写人物住处多有对人物本身性格命运的暗示。从后文即可看出王夫人的性格表现。

探春是个好姑娘，将她与王夫人相提并论必然引起很多读者不满，可是探春毕竟是王夫人抚养长大的，她的高贵气质和管家才干或多或少是跟王夫人学来的，加上她更有文化，因此更把这些优点发扬光大了。《红楼梦》全书中关于打人耳光的描写有两处最引人注目：一次是王夫人打金钏，另一次是探春打王善保家的，两次性质不同，在读者心中反映也不同，但同样的迅雷不及掩耳。两个打人者打的都是“平生最恨者”。王夫人平生最恨会勾引男人的女孩，探春平生最恨不尊重她的人。探春得了曹公一个“敏”字，敏锐又敏感。王夫人又何尝不是呢？

社会关系：基于自利的处理原则

夫妻关系

很多人觉得王夫人与贾政真是天作之合，一对维护封建秩序的模范夫妻。其实现实生活中美满夫妻往往是个性互补的。书呆子爱上交际花，女夫子迷上浪荡子的事情屡见不鲜。贾王二人性格如此相近，日子必然是刻板无味，日久生厌。如同贾琏与凤姐在过了头几年的甜蜜生活后，二人的倔强个性凸显出来，发生情变。总体而言，王夫人和贾政的夫妻关系是和谐的，贾政共与她生育了三个孩子（不包括流产和夭折的情况），到近 40 岁时还能生出贾宝玉（书中再未见类似案例），一方面说明她身强体壮，另一方面说明夫妻感情还不错，要知道贾政可不是一夫一妻，夜生活乏味的下等贫民。以王夫人之刻板个性，能把老公迷成这样，一方面是娘家的地位，另一方面也说明她当年的确容貌出众。贾政能和她生出三个孩子，和赵姨娘生了两个，生育能力明显强于贾赦，但为什么没有和其他妻妾生出孩子来呢？书中有记录的贾政的妾只有周姨娘、赵姨娘二人。但按照贾府规矩“爷们娶亲之先都要先放两个人在屋里伺候”，这种妾应比王夫人老些，周、赵二人应该不是。可等林黛玉进贾府后并无相关描写，难道她们都死了吗？曹雪芹没有写，但参照兴儿介绍凤姐时说，贾琏原先“屋里何尝没有

几个人，她来了不到半年，都寻出不是来，打发出去了。”王夫人当年可能也干过类似的事情，只不过手段没那么激烈，而且肯定是在生了贾珠，有了本钱之后恃宠而娇做下的，所以也没什么人怪她。贾母给凤姐贾琏劝架，说小孩子们“馋嘴猫似的”，“都打那时候过来”，想来古板如政老爷，当年也难免俗，只怕也有“削肩膀，水蛇腰”的美人勾引过。王夫人打金钏、逐晴雯时都说“我一生最恨这样人”，又写“此乃平生最恨者”，若非在这方面受过刺激，何至于如此敏感！当然，王夫人要保全自己贤惠的名声，不得不给贾政安排两个小老婆。一个是安分守己的周姨娘，一个是泼辣刁钻的赵姨娘。赵姨娘肯定不是贾母给贾政的，贾母很讨厌她，整个贾府都没人喜欢她。她是王夫人的丫鬟，王夫人把自己身边干练守礼的丫鬟打发嫁人，做自己的女管家，如周瑞家的，留下赵姨娘这样的各方面无法与自己媲美的给老公，一方面不怕她得宠，另一方面也倚仗她的泼辣狭隘打击其他姬妾，如同凤姐利用秋桐，金桂利用宝蟾，是百试不爽的借刀杀人法。等把情敌都打击完了，这把刀自己的名声和人缘也都毁完了，可以借机再把她“兔死狗烹”。可叹赵姨娘傻人有傻福，连生了一女一儿，这样一来，别说王夫人，就连贾母也不能奈他何，因为母凭子贵！而且赵姨娘比起王夫人来肯定另有一番魅力，所以贾政也真的被她迷住了。好在她是个万人嫌，威胁不到王夫人的地位，所以也就勉强被容下了。

婆媳关系

贾母毫无疑问是全书中最有福气的人。她嫁入贾府时贾家应该是上升的阶段。丈夫贾代善是个帅哥，贾母曾说“这些儿子孙子就只宝玉象他爷爷”，可见贾代善也是个面如秋月色若春花的万人迷。贾母与他感情很好，生了三个（也许不止）儿女。贾母年轻时管理家政很有才干，比凤姐、王夫人的管理能力都强，嘴巧心活，肯定也很讨公婆喜欢。她虽没读什么书，也并不重视女孩子的文化教育，但她本性爱热闹，有心胸，有品味，并非尚德不尚才的人。她不但能干，而且善于享受生活。她爱看仇十洲的画，会“收拾屋子”，曾建议黛玉用霞影纱配翠竹，还帮宝钗选择室内陈设，“保管又素净又大方”，善于欣赏音乐，在元宵宴和中秋宴上就表现出对音乐欣赏的品味，对于无聊的言情小说也自有一番批评。异性喜欢互补性格，同性则是物以类聚。贾母喜欢的人身上都有她的影子，比如凤姐的精明，黛玉的诙谐，湘云的豪爽，宝琴的热情以及鸳鸯的能干和晴雯的灵巧。她比王夫人显然更脱俗更浪漫，王夫人刚嫁过来时性格肯定很对贾母的胃口。因为如刘姥姥这样的人都说王夫人年轻时着实爽快，会待人，倒不拿大，说明王夫人年轻时很会做人，差不多比得了王熙凤。王夫人具有凤姐和探春的某些特点，但并没有她们的口才和能力，因此只好少说话，贾母说她“木头似的”，她倒真是藏拙，与宝钗掩盖锋芒的“藏拙”不同。总之，在各方面都比自己强的领导手下工作，需要极大的耐心和毅力。王夫人总算忍过来了，后来贾母也比较疼她了，对于一个对自己忍耐，尊重又听话的儿媳妇，谁还忍心骂她呢。相比起邢夫人，王夫人也算能干，老实，娘家又有地位，更重要的是，生了宝玉这么个“活龙”。贾母老了以后，家务交给儿媳，脾气肯定也越来越好了。王夫人的地位直线上升，虽然贾珠之死给她很大打击，但她很快就把自己的侄女王熙凤嫁给贾琏以巩固她在贾家的地位，保证在宝玉长大之前自己依然掌握贾府大权。王熙凤倒也没辜负她，对她比对自己婆婆亲得多，而且又讨得合家（尤其是贾母）的欢心。后来她的女儿元春又做了贵妃，她在贾家的地位当然就更巩固了。而随着她在贾府地位的提升，她与贾母之间的婆媳矛盾越来越显性化了。如在第46回“尴尬人难免尴尬事　鸳鸯女誓绝鸳鸯偶”中，贾母当着王夫人等众人的面就说：

> “你们原来都是哄我的！外头孝敬，暗地里盘算我。有好东西也来要，有好人也来要，剩下了这么个毛丫头，见我待他好了，你们自然也气不过，弄开了他，好摆弄我。”

按道理，贾赦娶小妾，跟王夫人一点关系都没有，但贾母在气头上把王夫人也骂了一顿，实际上她是指桑骂槐的。再比如在对待晴雯的事情上，王夫人先斩后奏，赶走晴雯。事后，贾母以一句“晴雯那丫头我看他甚好”，表达了自己的不满。

母子关系

关于王夫人的母子关系，因贾珠早亡，所以只有分析她和宝玉的关系了。脂砚斋在文中对王夫人多处批语为：“慈母。”

王夫人视小儿子宝玉为“命根子”，第33回“手足耽耽小动唇舌　不肖种种大承笞挞”就充分体现了宝玉对王夫人的重要性。在这一回，王夫人在贾政面前的哭，实际上打了三张牌。第一张牌是贾母牌，但没有奏效，贾政是冷笑，甚至更发横要勒死宝玉。当第一张牌没有奏效时，王夫人打出了第二张牌，夫妻牌。在打这张牌时，她有三招，第一招，以夫妻之情动之："老爷虽然应当管教儿子，也要看夫妻分上。"第二招，以无后之忧晓之："我如今已将五十岁的人，只有这个孽障，必定苦苦的以他为法，我也不敢深劝。今日越发要他死，岂不是有意绝我。"第三招，以"先勒死我"胁之："既要勒死他，快拿绳子来先勒死我，再勒死他。我们娘儿们不敢含怨，到底在阴司里得个依靠。"此番一哭二闹三上吊，终于有所松动："贾政听了此话，不觉长叹一声，向椅上坐了，泪如雨下。"王夫人的第三张牌是贾珠牌。这一张牌，实际上是晓以利害，他们夫妇只有两个儿子，贾珠已死，唯留宝玉，在贾政这里，对贾环并不寄予厚望。因此当打出贾珠这张牌时，"贾政听了，那泪珠更似滚瓜一般滚了下来"。三张牌打出，终于奏效。这就是王夫人的三哭。王夫人的最后一哭，是在贾母面前将所有委屈倾诉出来，那儿哭得最放肆，所谓"'儿'一声，'肉'一声"，这已是不同的哭法了。

王夫人对宝玉的饮食起居非常关心，嘘寒问暖，好吃的都留给宝玉，素爱如珍，摸挲着宝玉的脖项，痛爱之心溢于言表。宝玉是王夫人的心头肉，常在她面前任性撒娇，他有时会"一头滚在王夫人怀里"，有时会"搬着王夫人的脖子说长道短的"，温馨情浓、母子情深。

但王夫人对宝玉的爱是一种溺爱，宝玉除了享受祖母的溺爱外，还享受母亲的溺爱，他饭来张口，衣来伸手，什么都要挑最好的，而且王夫人在贾政面前总替宝玉掩饰说情。如贾政点了学差到外地上任后，二三年里宝玉每日虚度光阴，王夫人心疼宝玉受责，便和众人一起搪塞贾政对宝玉功课的检查。

王夫人通共只这一个宝玉，她的心神意耳都在宝玉的身边，一感到有人与宝玉作怪的"风吹草动"，她立即提高了警觉。在母亲的心里孩子永远是长不大的。一见老太太将黛玉抱在怀里，便也将这个平日"疯疯癫癫"、"无法无天"的宝玉拥入怀里。但这个儿子终究也长大了，儿大心也大了。在第57回中，宝玉因为林妹妹要回苏州去，而发起了"痴狂症"，作者百乱之中写得井井有条，却没有一笔写这位"泣不成声"的母亲，这位怀胎十月的母亲，心中百感交集，这个祸根孽胎、不孝子，口上说的是："我的心里老太太、老爷、太太第四个就是妹妹了，再也没有其他人了。"但他的心里眼里，何曾有过别人，装的都是妹妹。

随着宝玉的长大，王夫人和宝玉的母子关系日渐疏远。越到后来，越不见王夫人的疼爱文字，足见王夫人一心用上归引宝玉入正的事项上了，加上其他原因引起宝玉的不耐烦和恐惧感，这种心理可能甚过父亲贾政方面的压力。

如金钏之死、抄检大观园、晴雯之死,随意罗列罪名,残酷无情,致清白无辜的女儿惨遭摧折,武断而不深究,“错信”袭人。这一系列事件沉重地打击了宝玉,也更疏远了王夫人与儿子的关系。

抄检大观园后,宝玉眼看着身边亲近的人一个个被赶走,书中却并没写多少求情的行动,也没有反抗。这一点给读者们留下不小的疑惑。因为按常理说,这么一个离经叛道又备受祖母、母亲宠爱的公子,多少会想法子争取一下的,比如拉住王夫人求情,或是到贾母跟前找靠山,或是寻凤姐说情,这一些书中没有明确写,好像宝玉自知理短,听任母亲发落。但实际上是王夫人和宝玉之间的母子关系发生了细微的变化,已经由儿时的母子情深发展为青春期的宝玉与更年期的王夫人之间的亲子冲突。不是宝玉不努力挽回局势,而是因为母亲已经与父亲建立了统一战线,宝玉人小力微,加上事态巨大、关联甚多、徒劳无功,宝玉也只能偷着去看望晴雯,偷着去祭奠金钏,尽一点点主人的心力而已。

甥舅关系

黛玉作为荣国府唯一的外甥女,王夫人并没有对黛玉有非常多的眷顾,反而剥夺了宝黛幸福的爱情和婚姻生活。多数人认为她不喜欢黛玉,所以阻挠她与宝玉的爱情。我们从《红楼梦》文本中也可以看出来。

如第 3 回里,黛玉初进贾府,去看望贾政王夫人,黛玉还没见到宝玉,王夫人就“嘱咐”她(与其说是嘱咐,不如说是警告):

我有一个孽根祸胎,是家里的“混世魔王”,今日因庙里还愿去了,尚未回来,晚间你看见便知了。你只以后不要睬他,你这些姊妹都不敢沾惹的。可见王夫人是不希望黛玉亲近宝玉的。

又如第 40 回,史太君两宴大观园,贾母带一干众人来到潇湘馆,林黛玉亲自用小茶盘捧了一盖碗茶来奉与贾母,

> 王夫人道:“我们不吃茶,姑娘不用倒了。”林黛玉听说,便命丫头把自己窗下常坐的一张椅子挪到下首,请王夫人坐了。

林妹妹奉与贾母的茶,贾母还没有说话,王夫人作为公侯世家的夫人,又是长辈,“代表贾母”,生冷地拒绝了黛玉。

再如第 74 回,王善保家的向王夫人进谗言,在提起晴雯时,

王夫人听了这话，猛然触动往事，便问凤姐道："上次我们跟了老太太进园逛去，有一个水蛇腰，削肩膀，眉眼又有些像你林妹妹的，正在那里骂小丫头。我的心里很看不上那狂样子。

黛玉和晴雯的性情有很多相似之处，王夫人看不惯晴雯那样风流灵巧的女孩子，又扯上黛玉，可见她心里对黛玉的讨厌和不满。

那么她为什么不喜欢黛玉呢？一是黛玉性格与王夫人的人生哲学不合，黛玉是风流灵巧、锋芒毕露的人，而王夫人喜欢的女孩是那种深藏不露型的，像珍珠一样从内部隐隐约约透出光彩来的那种类型，而表面光华闪烁刺目的女孩她不喜欢，晴雯也是这样的女孩，所以王夫人也不喜欢。这是众多王夫人式封建卫道士对女孩的要求。二是黛玉有很多明显的缺点，身体不好，爱找麻烦要配药；脾气不好，多疑爱哭；而且还喜欢招惹宝玉，三日好了，两日恼了，让宝玉为她神魂颠倒，这是王夫人最恨的。一方面宝玉是她在贾府呼风唤雨的最后本钱（"保全了他就是保全了我"），振兴家业的希望，不应执迷于儿女私情，另一方面，在爱情方面不如意的中年女性往往把全部感情寄托在儿子身上，她憎恨以黛玉为首的与宝玉亲密的年轻女孩子的心态就包含了这种变态的忌妒心理。三是王夫人对黛玉有成见。王夫人在了解黛玉性格特点之前就不喜欢她，确切地说是有成见。证据也在林黛玉进贾府这回，她头一次见面就再三告诫林黛玉，跟别的姐妹们怎么玩都行，但对宝玉，王夫人说了两次"休要睬他"。意思很明白：你别招惹我的宝贝儿子！众所周知，这时黛玉是初进贾府，百般小心，还没有表现出后来在贾母宠爱下使出来的小性儿，举止也是稳重大方的，而且这时候也就十岁左右，古人发育晚，黛玉本来就长得有点营养不良，不会有尤物般引人遐思的外貌，何以王夫人要这般敏感？说她爱子心切吧，怎么不见她对宝钗宝琴等人说过这种话，她们更漂亮，而且进贾府时宝玉更大，应更避嫌才是。唯一的可能是黛玉长得像一个王夫人很讨厌的人，王夫人后来讨厌晴雯，就说她"眉眼有几分像你林妹妹"，可见她是连黛玉的外貌也讨厌的。其实黛玉的外貌应是惹人怜爱的，之所以让王夫人看了刺眼是因为她像了王夫人很讨厌的人。这个人是谁呢？最自然的推论是她的母亲贾敏。旧社会大家庭中婆媳不合、姑嫂不合是很正常的。曹公没怎么写贾敏，小说刚开始不久，她就去世了。贾雨村评价黛玉时说"度其母不凡，故有此女"。我们由此可以推测贾敏是个怎样的人。她是贾母最小、最宠爱的女儿，自然有着天仙般的容貌气质，而且也像她的母亲和女儿一样，伶牙俐齿，有品位，擅于作乐，享受生活。她生在府鼎盛时期，真正"白玉为堂金作马"的时候，是当之无愧的天之骄女。王夫人在与凤姐商量抄检大观园时，提到"单说你林妹妹的母亲，未出嫁时，是何等的娇生惯养，何等的金尊玉贵，那才是千金小姐的体统"，又说自己"没享过什么大富贵"，可见王夫人做姑娘时也没有贾敏这么舒服。遥想当年王夫人初入贾府，承担起管家重任，肯定是谨慎小心，生怕婆婆挑错。看到贾敏虽与自己年龄相仿却过着轻松骄纵的生活，怎不羡慕嫉妒恨。偏贾敏可能也是个口无遮拦的人，暗中得罪二嫂还不自知。贾母疼爱她，不肯让她过早出嫁，长期相处可能更加剧了王夫人与她的矛盾。

李纨曾嫌林妹妹嘴刁，说："只求老天保佑你赶明也得几个千刁万恶的大姑子小姑子。"这在李纨是句玩话，但可能王夫人以前在心中对贾敏倒真是这样诅咒的。可最后贾敏嫁给了出身清贵、才华出众、前途无量的探花林如海，相比起潇洒飘逸的林妹夫，贾政虽好读书却始终没中，爵位也给哥哥贾赦袭了，幸亏皇帝赏了个官，而且平时虽养了群清客，却没真见他做过什么诗，比起林如海这样的只能算附庸风雅。林家虽不如贾家富贵，但林如海自立门户，没有公婆姑嫂约束，到任时携夫人同行，何等风光自由！而且林如海对贾敏一往情深，贾敏死后立刻对女儿表白绝不续弦。封建时代得此一丈夫此生足矣。总之，嫁给林如海可真令人羡慕！王夫人对小姑子这番愤愤不平一生都无处发泄，如今她女儿倒投靠在贾府门下，肯定不会轻易放过她的女儿，所以我们可以推测她是喜钗厌黛的。

性格特证：体弱自私善妒狠毒

在书中，我们经常看到的王夫人是一个吃斋念佛、菩萨心肠的大善人，实际上她是一位被忽略掉的阴险伪善人物。综观全书，这位出身豪门的女人面善心狠，如同一只猫头鹰，蹲在黑夜的树梢，监视着贾政与家人的一举一动，伺机而动，险恶至极。具体如下：

其一是体弱。提到体弱，通常注意力都在林妹妹身上，因之长年累月似乎都在吃药，"从会吃饮食时便吃药，到今日未断，请了多少名医修方配药，皆不见效"。但事实上，王夫人的身体状况也是很糟的，就连老太太都说，这儿媳妇时常七灾八痛。身为二老爷贾政的夫人，有见识有教养的大家闺秀，我们看到的不过是一个太过悠闲、太过娇弱的女人，不仅无法正常管理家事，恐怕侍候丈夫亦是有心而无力。

其二是自私。在捍卫娘家利益这一方面，王夫人可谓当仁不让。她把哥哥的女儿王熙凤介绍给丈夫的侄子当妻子，不但如此，还抬举凤辣子掌管了贾府的经济大权。亲侄女当家，既省却了自己的劳动量，又不至于实权旁落。真是一举两得。除此之外，她有本事把落难的妹妹薛姨妈一家子接到婆家长住，在夫权社会，这可是了不得的举动，这女人轻轻松松就做到了。王夫人平素以善良宽容的面目出现，给人一种本色的印象，甚至被贾母夸赞为老实。然而面对丈夫的家人，她就不那么厚道了，对待林妹妹，她不过是表面上的亲热。赵姨娘的女儿探春，不遗余力地巴结她，她是心知肚明，敷衍着那丫头，但毫无真诚之意。

其三是善妒。在夫权当道的贾府，邢夫人对丈夫百依百顺，甚至帮忙游说鸳鸯作其偏房；尤氏对待丈夫的小妾十分平和，与丈夫和小妾共度中秋夜宴，还常常带她们到大观园闲逛。就连以妒忌狠毒出名的王熙凤，也不敢明目张胆地欺辱姨太太，只能弄心计，折腾那些莺莺燕燕。唯有王夫人，在这一点上非常厉害，一切姨太太皆不在话下，她是保持着绝对的权威的。平日的温柔大方，一经遇事，便暴露无遗，比如她装模作样教赵姨娘的儿子贾环写字，贾环不满她对自己儿子贾宝玉的宠爱，故意用蜡烛油去烫宝玉，王夫人收拾责骂了贾环不够，索性把赵姨娘喊来痛骂。在"惑奸谗抄检大观园　矢孤介杜绝宁国府"那一回，说到漂亮可爱的晴雯，王夫人说"我一生最嫌这样人"。可见她是那种嫌恶风流乖巧的女性，读者常常误以为王夫人是为儿子着想，其实她是不希望儿子宝玉专宠貌美如花的妻妾，而忽略与她这个亲娘的母子情。这也是自古以来婆媳关系紧张的根源所在。

其四是狠毒。王夫人的阴险矫情是不容置疑的，天天吃斋念佛，可是逼死丫鬟金钏毫不手软，金钏跳井后她还哭哭啼啼的，说什么一向视金钏为亲闺女，可见她伪善至极！后来清理大观园的时候，其心狠手辣可窥一斑，晴雯、五儿等等，一律被她不留情面地撵了出去。此种行动若非心狠手辣之人是难以下手的。

管理模式：不作为与乱作为的总经理

在分析王夫人的管理模式之前，先说一下贾府的真实管理权结构。贾母是领袖，是贾府董事长，其主要工作是把握家族大局、引领发展方向、营造家族文化，别的她一概不管，具体的总经理由她的儿媳妇担当。贾母的两个儿媳，邢夫人为长子贾赦续弦，没有子嗣，而且有“一股子左劲”，加之没有显赫的家境，自然丧失了总经理竞争力；王夫人为次子贾政正妻，贾珠元妃宝玉之母，且温柔和顺（在贾母看来），加之娘家地位显赫，所以是总经理的不二人选。但是，王夫人深知管家之难，而在贾母神圣地位不可动摇的环境下，管这样一个家可是难上加难！得罪人是必然的（如王熙凤后来众叛亲离），而王夫人是从不得罪人的。王夫人必须找一个自己的代言人、执行者。她选择了自己的亲娘家侄女王熙凤，名义上的邢夫人的儿媳，谁也无话可说。王熙凤的手腕众所周知，下面无人不怕，上面讨得老祖宗一口一个“猴儿”的叫着，可见贾母对她的满意。凤姐这高超的管理手腕当然来自王家的家传，从侧面也可以看出，其姑妈王夫人岂是等闲之辈？王夫人想学贾母那样无为而治，但作为荣国府的总经理，她必须要有所为有所不为，而不是无为而治，更不能不作为。

简单粗暴式的管理

王夫人的管理模式是一种简单粗暴式的管理，她时而听之任之、无所作为，时而以迅雷不及掩耳之势乱作为，如抄检大观园就是典型的乱作为。

抄检大观园是《红楼梦》中的重大事件，其寓意是相当深刻的。大观园是作者精心虚构的一座人间仙境，是宝玉和少女们的人间乐园。这座花园寄寓了作者的人生及社会理想，它干净、闲雅、脱俗，在那里人与人之间相亲相爱，主子与丫鬟之间几乎忽略了等级差别。里面没有功名利禄等世俗愿望的干扰，也没有外面世界的污浊恶臭。在宝玉看来，只有在园子里才能保持自己的真性情，女儿们才能永葆青春与清净。他希望这座花园能常驻人间，女儿们也永远不要离开这里。但是，大观园毕竟只是理想的存在，它依托于现实世界的外在形式，自然不能避免世俗的袭扰。大观园的最终命运，是归于毁灭，这是《红楼梦》悲剧精神的核心所在。抄检大观园是贾府毁灭的开始，所以惊心动魄。

抄检的起因是园子里发现了绣春囊。据推断这可能是司棋与潘又安幽会时遗落在园里山石上的。这件东西是男欢女爱的象征，而园子里住的是未婚男女，所以才使王夫人感到震惊。她尤其担心宝玉乱性，做出风流情事，坏了名声。尤其是当她听信了王善保家的挑拨，见到晴雯打扮得像个病西施时，就越发动怒，于是下令抄检。

在这次事件中，邢夫人未出场，却扮演了一个可耻的角色。王夫人一来就怀疑绣春囊是凤姐所遗，明显是邢夫人暗示的结果。邢夫人与王夫人面和心不和，妯娌间本有矛盾，与凤姐更是介蒂很深，常常互相拆台。邢夫人借机一石二鸟，是想让王夫人与凤姐姑侄俩难堪。她还派王善保家的推波助澜，惟恐天下不乱，最终导致了抄检。所以说，此情节反映了妯娌、婆媳间的矛盾。

王熙凤在此间扮演的角色值得注意。当她被冤枉时，侃侃而谈，以五条理由辩白，终获王夫人信任，反映出她的机敏。当她知道邢夫人与王善保家的用心时，马上就明白了其中的奥妙，所以此后的言谈举止就特别讲究分寸，渐渐变被动为主动，最后把难堪又还给了邢夫人与王善保家的那方。凤姐管家有年，深明利害，有此翻云覆雨手段，是合乎情理的。从抄检过程看，凤姐只是奉命行事，并无故意加害园中人的用心。她为晴雯、紫鹃、入画等说情，更可看出她的心是向着大观园的。由于第40回掉包计的影响，凤姐与黛玉的关系常被误解，这是应当分辨明白的。

对于抄检事件本身，园中主人的表现，作者主要写了探春、迎春、惜春三姐妹的反应。探春反应激烈，持坚决对抗的态度，认为这是家庭矛盾，终将为家庭招来祸害，她从家族的全局利益出发，义正辞严，眼光敏锐，头脑清楚。她无所畏惧，不但顶撞凤姐，拂逆王夫人之意，且打了王善保家的耳光，表现出敢作敢当的勇气。惜春年幼执拗，始则惧怕，继则撵入画，与探春的态度形成了鲜明的对比。而迎春则是不闻不问、听之任之，她也与探春的态度形成了鲜明的对比。

关于丫鬟，主要写了晴雯、入画、司棋等的反应。晴雯最无辜，却先遭谗陷，被王夫人痛骂，所以抄检之夜她的态度也最激烈。她兜箱底倒物的举动，突出表现了她愤怒的内心与火爆性情。然而，结果对她十分不利，在七十八回，她成了抄检的最大受害者。晴雯的命运，集中反映了宗法社会中大家庭家长们的刻薄无情。入画被撵也是事出有因，但恰巧衬托出惜春冷面冷心的性格。司棋完全是邢王两派家庭矛盾下的牺牲品，但她无所畏惧，且毫无羞愧之意，可见她与表弟潘又安的相爱是出于真心的。她的性格也是泼辣大胆的，因此她的行为虽有失检点，但其悲剧命运却也同样值得我们寄予深深的同情。

从艺术上看，这段情节颇为曲折，事件的发生极为突兀，王夫人的怒气令人摸不着头脑，接着写凤姐的辩解与谋划，事情得以平息。不料，王善保家的又来挑拨是非，王夫人立即叫来晴雯呵斥，情势急转直下。抄检由南至北，开始平淡无事，忽写探春大义凛然，最后以王善保家的打嘴作结，可以说波澜起伏，变幻不定，但文情非常活泼生动。

借事写人，是曹写芹一贯的艺术追求。通过抄检大观园一事，作者描写了众人不同的反应，既展现了错综复杂的家庭矛盾，也刻画了鲜明的人物性格，同时也展示出了每个职场人士的职场特征。如王夫人感情用事、缺乏心计、耳软面硬；凤姐精明干练、老于世故、见风使舵；王善保家的阴毒奸险、没有眼色、落井下石；探春刚毅果敢、明辨是非、敢作敢为；晴雯脾气刚烈、心直口快、直线思维；司棋泼辣大胆、敢爱敢恨、敢作敢当等，均给读者留下了鲜明印象。

棒打鸳鸯式的处理

王夫人对宝玉与黛玉感情之事的处理，经历了一个从提醒、默许到拆散的变化过程。

林黛玉初进贾府时，头一次见王夫人就再三告诫林黛玉，跟别的姐妹们怎么玩都行，但对宝玉，王夫人说了两次“休要睬他”，这是提醒黛玉别招惹她的宝贝儿子宝玉。

后来随着宝黛情感的加深，王夫人对他们采取默许的态度。知子莫若母，宝玉与黛玉的私情，王夫人不可能不知道。即便二玉之事并没在贾府传的沸沸扬扬，做母亲的想要清楚自己儿子所思所念，宝玉平日的一个眼神就足矣。

王夫人对二玉的私定终身是何态度呢？第一，宝玉“为你也弄了一身的病”，母亲必定希望自己儿子茁壮健康。“试莽玉”已经确定：拆散二玉，宝玉肯定一命呜呼。第二，王夫人要是想棒打鸳鸯，多少个林黛玉也不够被打散的，况且黛玉如此是不合礼法的，勾坏宝玉的罪名跑不掉，贾母护不了她。所以我们基本可以肯定，王夫人是默许这对冤家的。

此时王夫人采取的是缓兵之计，她想等到宝玉再长大一些再作理论。一则她认为宝黛青梅竹马两小无猜，不过是小孩子过家家，当不得真，大了自然就淡了；二则她眼见着后来宝玉对宝钗、湘云也是有儿女私情的，她认为自己的儿子也如同贾琏那样见异思迁，所以也没有太当回事。可当她发现宝黛感情笃深到无法拆散时，她非常着急，转而想办法棒打鸳鸯。从第 74 回原文中我们可以看到王夫人的态度转变：

王夫人听了这话，猛然触动往事，便问凤姐道：“上次我们跟了老太太进园逛去，有一个水蛇腰，削肩膀，眉眼又有些像你林妹妹的，正在那里骂小丫头。

王夫人竟如此反感和黛玉长得像的人，这是为何？是因为她已经非常反感与儿子私定终身的黛玉。抄检大观园后王夫人又赶走和林黛玉像的晴雯，是一种暗示，暗示她将从宝玉身边赶走林黛玉。在王夫人的贤媳排行榜上，小气且娇气的林黛玉首先落马，王夫人为了达到她的目的，可谓机关算尽。

王夫人第一招：制造舆论

自古至今，舆论的压力之大绝对不能忽视。为了达到目的，王夫人与妹妹及外甥女等人有意制造了“金玉良缘”之舆论，家大业大的皇商薛家到了京城，不住在自己家中却坚决地住在了贾府，而且薛姨妈在王夫人的鼓励下到处宣传和尚道士的预言“金玉良缘”，宝钗非要找个带玉的出嫁，目标直指贾宝玉，毫不隐讳。聪明乖巧的宝钗更是戴着金锁满院子跑，让贾府上下都知道了“金玉良缘”理论的存在。宝钗甚至还亲口把“金玉良缘”的说法通过与丫鬟莺儿演双簧的形式植入贾宝玉的脑海乃至心田。在第8回“贾宝玉奇缘识金锁 薛宝钗巧合认通灵”中：

宝钗看毕，又重新翻过正面来细看。口里念道：“莫失莫忘，仙寿恒昌。”念了两遍，乃回头向莺儿笑道：“你不去倒茶，也在这里发呆作什么？”莺儿也嘻嘻的笑道：“我听这两句话倒像和姑娘项圈上的两句话是一对儿。”

宝玉听了，忙笑道：“原来姐姐那项圈上也有字？我也赏鉴赏鉴。”宝钗道：“你别听他的话，没有什么字。”宝玉央及道：“好姐姐，你怎么瞧我的呢？”宝钗被他缠不过，因说道：“也是个人给了两句吉利话儿錾上了，所以天天带着；不然，沉甸甸的，有什么趣儿？”一面说，一面解了排扣，从里面大红袄儿上将那珠宝晶莹黄金灿烂的璎珞摘出来。宝玉忙托着锁看时，果然一面有四个字，两面八个字，共成两句吉谶，亦曾按式画下形相：金锁正面 不离不弃 金锁反面 芳龄永继。

宝玉看了，也念了两遍，又念自己的两遍，因笑问：“姐姐，这八个字倒和我的是一对儿。”莺儿笑道：“是个癞头和尚送的，他说必须錾在金器上。”宝钗不等他说完，便嗔着：“不去倒茶？”一面又问宝玉从那里来。

王夫人的这一系列运作让吃斋念佛的贾母不好否定，而更高明的是，在如此轰轰烈烈的舆论战中王夫人绝不走到阵前，这也是她一贯的做法，后面的手段大抵如此。见多识广的贾母也无可奈何，神仙是得罪不起的，老太太以“兵来将挡水来土掩”的太极拳招式来应对，她在宝玉的年龄上作起了文章。贾母说：“和尚说了宝玉不宜早婚”，在贾母看来，一是宝钗比宝玉大了二岁，她肯定耗不起，否则一不小心会成为剩女的；二是“不宜早婚”也是和尚说的，哪个神仙也不能得罪，所以这一回合贾母王夫人难分伯仲。

王夫人第二招：高层压力

贾母作为贾府董事长，位高权重，但她也有所顾忌：一是神仙，一是皇命。在第一招制造舆论中神仙已经出马了，下一招就是皇命。王夫人一招不成再次出招，她要打出皇牌了。身为皇贵妃的贾元春是王夫人的亲生女儿，是贴心小棉袄，省亲期间看到了黛玉、宝钗，更有时间跟亲娘交流意见，交流的什么不重要，重要的是结果——元春指婚！当然，深知老祖母心思的元春不便指婚的过于露骨，姐姐毕竟不是父母，通过端午节给弟妹们不同的赏赐，而对宝玉、宝钗一样的赏赐表达了自己的态度，坚决拥护王夫人的主张！点到为止，这是标准的中国政治权谋。面对皇家高层的压力，贾母不能全不当回事。太极拳第二式：元春送出120两银子叫端午节打三天平安醮，贾母带着家里大大小小的小姐丫鬟一起去，宝玉黛玉因为有个道士说给宝玉提亲的事吵架，“气得”贾母说出“不是冤家不聚头”，“什么时候我闭眼了，由着这两个小冤家闹上天去罢”。这话可不是真正的气话，面对所谓的高层压力，贾母选择了最好的出手时机与方法。先看时机，元春安排的活动一定要进行活动总结的，那么老太太说的话被汇报到元春处是必然的；再看方法，“冤家论”，那个时代“不是冤家不聚头”的说法代表的就是有姻缘的意思。贾母用“冤家论”来回应王夫人的“金玉良缘”论，同时，贾母又拿出了太极必杀技“啥时候我闭眼了”，以死相逼，但又点到为止。在第29回“享福人福深还祷福　多情女情重愈斟情”中：

过了一日，至初三日，乃是薛蟠生日，家里摆酒唱戏，贾府诸人都去了。宝玉因得罪了黛玉，二人总未见面，心中正自后悔，无精打彩，那里有心肠去看戏？因而推病不去。黛玉不过前日中了些暑溽之气，本无甚大病，听见他不去，心里想：“他是好吃酒听戏的，今日反不去，自然是因为昨儿气着了。再不然，他见我不去，他也没心肠去。只是昨儿千不该万不该铰了那玉上的穗子。管定他再不带了,还得我穿了他才带。”因而心中十分后悔。那贾母见他两个都生气,只说趁今儿那边去看戏,他两个见了,也就完了,不想又都不去。老人家急的抱怨说:“我这老冤家是那一世里造下的孽障,偏偏儿的遇见这么两个不懂事的小冤家儿,没有一天不叫我操心。真真的是俗语儿说的“不是冤家不聚头”了! 几时我闭了眼,断了这口气,任凭你们两个冤家闹上天去,我眼不见,心不烦,也就罢了。偏他娘的,又不咽这口气!”自己抱怨着,也哭起来了。

谁知这个话传到宝玉黛玉二人耳内。他二人竟从来没有听见过“不是冤家不聚头”的这句俗语儿,如今忽然得了这句话,好似参禅的一般,都低着头细嚼这句话的滋味儿,不觉的潸然泪下。虽然不曾会面,却一个在潇湘馆临风洒泪,一个在怡红院对月长吁,正是“人居两地,情发一心”了。

王夫人第三招:贴身潜伏

潜伏之计屡试不爽,原因就在于打入敌人的心脏,知己知彼。儿子宝玉心属黛玉这是肯定的,把这点潜移默化的扭转过来,更是必需的。谁能成为潜伏者呢? 这个人要宝玉绝对信任,绝对亲,这个人还要让其他人尤其是贾母也无话可说,否则万一哪天上层一否定,潜伏大计就前功尽弃了。这个人选好了,就是袭人。

宝玉对袭人绝对信任,绝对亲。这种亲,已经不仅仅是一般的亲近,已经有了体肤之亲。宝玉唯一的性启蒙“宝玉初试云雨情”可是袭人完成的,可袭人在别人面前表现的却是最为正派(除了晴雯点破之外)。而且更关键的是袭人还是贾母给宝玉的,也就是说贾母认为袭人是自己放心的的人。而正是这个“宝玉的宝贝”(宝钗的哥哥呆霸王薛蟠如此评价袭人),真正的扮演了潜伏者。经典的袭人向王夫人的告密事件也就顺理成章了。当然,有不少人对袭人保有同情,在分析袭人的告密动机,但无论怎样,告密的结果证明了王夫人成功地将袭人变成了宝玉身边的贴身潜伏者。

“从今宝玉就交给你了,好歹替我留心,保全了宝玉就是保全了我”。

王夫人的话非常高明,而且袭人回去以后王夫人还把自己每个月的月钱分了一部分给袭人,这是对潜伏者的收买。这一招贴身潜伏使得王夫人第一时间掌握了怡红院的动向,除掉了看上去像病西施林妹妹的晴雯,孤立了黛玉阵营，掌握了宝玉。

王夫人第四招：亮剑

有了上述三招的联合发力，董事长贾母已经很被动，从神仙到皇权，从舆论到高层都不知不觉地站到了王夫人一边，更为关键的是连老太太派到宝玉身边的亲信袭人也都为“金玉良缘”高唱赞歌。王夫人果断亮剑，步步紧逼！

“敏探春兴利除宿弊　时宝钗小惠全大体 ”，这一剑亮得更漂亮，可谓一箭双雕！而更漂亮的是，这么犀利的一剑却仍然是心中有剑，手中无剑，杀你杀得无话可说。

王熙凤妇科病修养之际，执行管理层出现了真空，王夫人幕后果断地的调整管理班子，成立了以李纨为核心，以探春、宝钗为常委的贾府管理团队。即使是暂时管家也是要得罪人的，王夫人深谙此道。李纨与世无争，也不愿意得罪人，把得罪人的活交给“才自清明志自高”的探春，希望“敏探春兴利除宿弊”，除掉贾府多年管理上的老毛病，这是改革家的工作，而自古以来改革家有好结局的不多见，把恩惠与威信留给宝钗才是王夫人的目的。当然，王夫人心中的儿媳宝钗充分的理解了幕后领导即自己未来婆婆的用意，才有了“时宝钗小惠全大体”，这个“时”字，审时度势，而用“小惠”全了群众基础的“大体”。

王夫人以“尚德不尚才”的李纨为核心，以犀利的敏探春为排头兵，实际上都是给宝钗的管理能力作陪衬。贾府管理好了，大家都能看到宝钗的能力与功劳，没管好则有李纨、探春承担责任，李纨教子有方、管家无力，探春刚性管理易得罪人，都无可厚非，这都是阖府上下众人皆知的，而宝钗的管理能力却不是人人尽知的。领导者的艺术就是善于锻炼、保护、举荐、宣传自己中意的接班人，王夫人此举就达到了这四个目的。

王夫人棒打鸳鸯的这一系列举措，实际上是用行动向贾母宣战，“这个家是我说了算，我的儿子我做主！”

最终宝玉婚姻的不幸，完全拜母亲所赐。王夫人机关算尽太聪明，但最后既没能留住儿子，也没能保住自己的荣华富贵，白茫茫大地一片真干净，到头来没有真正的赢家。

王夫人失败的原因

贾母是《红楼梦》里重点描述的贾府的第一代女主人，王夫人是第二代女主人，薛宝钗是准第三代女主人，但是到了薛宝钗这第一代贾府就没落了，应了那句富不过三代的熟语。从贾母、王夫人、薛宝钗这三代女主人对下人的管理态度上可以看出，贾府富不过三代是必然的。到了薛宝钗，虽然费尽周折最后做了女主人，但是家境已经败落了。

从王夫人开始，对下人的管理是很失败的，尤其跟贾母一比就比出来了。

感性用事、驭人乏术

首先，作为一个主子，最大的忌讳就是让仆人猜透你的心思，贾母爱黛玉，推崇的是木石之盟，但是从书中从来找不到很明显的贾母的言辞来说明贾母就是推崇木石之盟。贾母从来不明说自己喜欢木石之盟，但是再看看原文，最有希望的就是黛玉和宝钗，但是为何元妃省亲暗指婚的时候，贾母装糊涂呢？要是贾母真的推崇金玉良缘，当时应下来，不就众望所归了吗？很显然贾母不拥钗，但是贾母却不表现出拥黛来，不是找个薛宝琴来做掩护，就是随便说什么宝玉还小啊，或者什么模棱两可的话来搪塞，其实就是为了掩饰自己真实的心意。而王夫人，全贾府的仆人妈妈都知道她希望宝玉娶宝钗。

王者，驭人之术，这王夫人虽然姓王，却不知道怎么驾驭下人，反而让下人最后利用了她。一个主子，让下人知道你怎么想，让所有的人都猜透了心思，是最危险的，因为下人们会迎合主子的心意，这样就会出现一些心术不正的下人靠着揣摩主子的心思往上爬，这种揣摩主子心思的下人都是不干正经事光耍手腕的东西，让这种投机派不干活的下人爬上来，对家族是一点好处没有的。一个主人，不能给下人这样投机取巧的机会。一个人的精力是有限的，如果做一个仆人(如袭人)整天光想着走捷径，不想靠着对这个家族的真正贡献来升迁，这个家族就会被这样的下人腐蚀掉。

再看，王夫人对下人的使用，其实就是“顺我者昌，逆我者亡”。袭人和晴雯是典型的例子。王夫人是一个典型的溺爱仆人的主人，她起用袭人，袭人也很得力，但是她却不知道该如何管理袭人。王夫人赶走晴雯，逼死金钏，虽然不一定是跟袭人有关，但是这两个丫鬟都是有机会做姨娘的丫鬟，都是袭人的竞争者。金钏投井当天，宝玉本来是要去问王夫人要走金钏，让她跟着自己，而且说“我专要你”，这说明金钏是很得宝玉喜爱的，晴雯也是老太太送给宝玉的，就更不用说了。王夫人无论因为什么原因，把这两个丫头整死了，都是在帮袭人排除异己，无论是王夫人故意的还是非故意的，这样一来，袭人的地位就会很稳固。就连康熙皇帝都知道要同时任用索额图和明珠，目的就是平衡，而王夫人在这点完全失去了平衡。

相比较而言，老太太就是引进了竞争机制，她同时送给宝玉两个丫鬟，而且是袭人和晴雯两个不同性格的丫鬟。送两个丫鬟的好处就是性格互补且有岗位竞争。大观园里都知道袭人是准姨娘，谁也不敢招惹她，但晴雯就敢撕她的扇子！如果晴雯是个懦弱的丫鬟，反而辖制不了袭人，这样有晴雯在，袭人就不能太张脸，所以晴雯被撵出去袭人是最高兴的。而王夫人恰恰打破了这种平衡，而且打破了还不补救，按说看着晴雯不好将她撵了出去，可以再给宝玉安排一个能与袭人制衡的人，但是她不安排，似乎是在暗示她就是为了让袭人一个人在宝玉面前受宠，不能让其他的丫鬟威胁袭人，这其实就是用主子的威风帮助自己喜爱的仆人，这是典型的溺爱。

作为一个女主人，那些仆人干活，你已经支付了很丰厚的工资和各种劳动待遇，仆人是并不吃亏的。但是如果为了私利随便给仆人下套按罪名，找个理由就撵出去，而且理由并不充分，这样就不是一个公平的主人。好的仆人看着这个主人不公平就会怨恨，不好的仆人看着这个主人很任性很昏庸，就会揣摩心思去投机取巧，长期以后，这个家族就是没落。

偏听轻信、胡乱作为

王夫人作为管理者，一定要学会倾听各方面的意见，还要熟悉业务。所谓“偏听则暗，兼听则明”，如果管理者不善于倾听各方意见，容易造成决策错误。同时，如果管理者不懂业务，也很难作出正确的决定。

第 73 回“痴丫头误拾绣春囊　懦小姐不问累金凤”，王善宝家的在王夫人面前告晴雯的状：

> 王善保家的因素日进园去，那些丫鬟们不大趋奉他，他心里不自在，要寻他们的故事又寻不着，恰好生出这件事来，以为得了把柄；又听王夫人委托他，正碰在心坎上，道：“这个容易。不是奴才多话，论理，这事早该严紧些的。太太也不大往园里去，这些女孩子们，一个个倒像受了诰封似的，他们就成了千金小姐了。闹下天来，谁敢哼一声儿？不然，就调唆姑娘们，说欺负了姑娘们了，谁还耽得起？”王夫人点头道：

"跟姑娘们的丫头比别的娇贵些，这也是常情。"王善保家的道："别的还罢了，太太不知，头一个是宝玉屋里的晴雯。那丫头仗着他的模样儿比别人标致些，又长了一张巧嘴，天天打扮的像个西施样子，在人跟前能说惯道，抓尖要强。一句话不投机，他就立起两只眼睛来骂人，妖妖调调，大不成个体统！"

王夫人听了这话，猛然触动往事，便问凤姐道："上次我们跟了老太太进园逛去，有一个水蛇腰，削肩膀儿，眉眼又有些像你林妹妹的，正在那里骂小丫头。我心里很看不上那狂样子，因同老太太走，我不曾说他。后来要问是谁，偏又忘了。今日对了槛儿，这丫头想必就是他了?"凤姐道："若论这些丫头们，共总比起来，都没晴雯长得好。论举止言语，他原轻薄些。方才太太说的倒很像他，我也忘了那日的事，不敢混说。"王善保家的便道："不用这样，此刻不难叫了他来，太太瞧瞧。"王夫人道："宝玉屋里常见我的，只有袭人麝月，这两个笨笨的倒好。要有这个，他自然不敢来见我呀。我一生最嫌这样的人。且又出来这个事，好好的宝玉，倘或叫这蹄子勾引坏了，那还了得！"因叫自己的丫头来，吩咐他道："你去，只说我有话问他，留下袭人麝月伏侍宝玉不必来，有一个晴雯最伶俐，叫他即刻快来。你不许和他说什么。"小丫头答应了，走入怡红院，正值晴雯身上不好，睡中觉才起来，发闷呢。听如此说，只得跟了他来。

其实王夫人总共与晴雯见过两三次面，在没有任何调查研究的基础上，她只凭着自己的印象和偏听偏信王善宝家的言论便将其驱逐，直接造成了晴雯的悲剧命运。

王夫人的偏听轻信，除了表现在抓作风建设过程中，在对待王熙凤办理老太太的丧事问题上，也有明确的体现。

第110回"史太君寿终归地府　王凤姐力诎失人心"，贾母过世后，王熙凤主理贾母丧事，但邢夫人掌握银钱不给予王熙凤支持，还故意刁难她。王夫人不明真相，又受邢夫人挑唆，反倒也责备了凤姐：

王夫人到了晚上叫了凤姐过来说："咱们家虽说不济，外头的体面是要的。这两三日人来人往，我瞧着那些人都照应不到，想是你没有吩咐。还得你替我们操点心儿才好。"凤姐听了，呆了一会，要将银两不凑手的话说出，怕邢夫人挑唆，但是银钱是外头管的，……凤姐也不敢辩，只好不言语。

这一段明确地表现了王夫人对属下的不信任，出了问题时，不是信任属下，帮助属下把问题解决掉，而是不分青红皂白把长期跟自己一块打拼的助手批评一番。

《第五代管理》作者查尔斯·萨维奇认为：怀疑和不信任是公司真正的成本之源。它们不是生产成本，却会影响生产成本；它们不是科研成本，却会窒息科研的进步；它们不是营销成本，却会使市场开拓成本大大增加。员工之间、员工与经理之间，经理与经理之间应该是"心心相映"而不是疑神疑鬼。

作为领导对各种谗言应该不予理睬，以使员工在心理上、感情上、行动上与领导建立起鱼水情深的亲密关系。领导和员工之间的信任危机，大多是在好事者、多疑者、挑拨者、离间者向领导进谗言后造成的。批驳进谗者，继续对员工给予足够的信任，则得人心。当有人进谗，指点别人的短处时，则应避而不听、断然拒斥。即使听到他人议论员工短处，也应该淡然处之，不予理睬。

欺瞒上司、阳奉阴违

众所周知，贾母是《红楼梦》书中的最高领导，精神领袖，荣国公之妻，贾府的奠基人。如放在企业里应称得上是董事长，一言九鼎。在贾府，贾母是王夫人唯一的上司，对于这个上司，王夫人采用了欺瞒上司、阳奉阴违的手段。

在贾母眼中，王夫人可谓功过参半。在第46回"尴尬人难免尴尬事 鸳鸯女誓绝鸳鸯偶"中，贾母当着王夫人等众人的面时就说：

"你们原来都是哄我的！外头孝敬，暗地里盘算我。有好东西也来要，有好人也来要，剩下了这么个毛丫头，见我待他好了，你们自然也气不过，弄开了他，好摆弄我。"

贾赦娶小妾，跟王夫人一点关系都没有，贾母气头上却把王夫人也骂了一顿，王夫人并没有因此反击和怀恨在心。正因为王夫人有以上的优点，贾母说她“木头似的”、“可怜见的”，因此，在长幼有序的封建社会里，尽管王夫人身为二媳妇，但却获得了贾母的支持。

但是，贾母并非对王夫人完全满意，比如在对待晴雯的事情上，王夫人先斩后奏，赶走晴雯，是她欺瞒上司、阳奉阴违的证据之一。事后，贾母以一句“晴雯那丫头我看他甚好”，表达了自己的不满。

又比如对待宝黛的事情上，王夫人的欺瞒上司、阳奉阴违体现的淋漓尽致，她采用了一系列手段达到的她的目的。黛玉作为贾母的亲外孙女，从书中交代贾母对唯一女儿即黛玉之母贾敏的娇惯，以及黛玉所享受的特殊待遇——一入贾府则与宝玉一样与贾母同住，可见其无论从血缘的远近以及情感的传递上，都非常希望黛玉能成为其宝贝孙子宝玉的媳妇。而偏偏“善使小性、超凡脱俗”的黛玉妹妹难以获得很好的群众基础（从丫鬟们的口中表现得非常明显），加之体弱多病泪不断，父母早亡没有强大的家势作为后盾，王夫人坚决不会同意选黛玉作为儿媳。但是董事长、老婆婆的话又不能不听，更何况满口忠孝礼义的贾政坚决地从形式上对老母亲言听计从，所以王夫人使了连环计来欺瞒贾母。

王夫人并非天性冷酷，只是受那个社会虚伪的道德价值观浸染太深。在当时社会主流价值体系那只无形的手的支配下，她性格阴郁伪善，管理手段粗暴，处事方式主观武断，思维方式僵化和教条化。因此，她的管理存在着重大的缺失，有其不科学、不合理之处。当然这些管理弊端，在封建社会大家庭中也是普遍存在的。

比较分析：贾母王夫人管理模式的对比

家族地位与管理权限不同

贾母是家族的精神领袖，是贾府董事长，拥有绝对权威的贾母年事已高，并不事事亲历亲为，其主要工作是把握家族大局、引领发展方向、营造家族文化、塑造家族品牌，别的她都一概不管。王夫人则由于是贾母所疼爱的次子贾政之正妻，又是给家族带来显赫荣耀的元妃和贾母百般疼爱的宝玉之母，且给贾母留下了一个温柔和顺孝敬公婆的好印象，加之娘家地位显赫，所以成为贾母中意的总经理。

管理特点与模式不同

贾母作为一家之主而又年逾古稀，经过慎重考虑后选择了无为而治的管理模式，是有其合理性的。她善于抓大放小，如抓住元春、王熙凤、宝玉、鸳鸯等。她知人善用，如放权给王熙凤、鸳鸯。她树立品牌，如刘姥姥二进大观园时留下一个怜老惜贫的好印象。而王夫人则是简单粗暴式的管理，时而听之任之、无所作为，时而以迅雷不及掩耳之势乱作为。按照总经理的岗位职责，她不应选择消极地退居二线，而应该在管理第一线上有所作为。

管理的出发点不同

贾母的全局意识很强，家族整体利益至上，她管理的出发点主要着眼于贾府长远的兴旺和整体的利益。如她善待元春，希望这个贤德妃能赋予贾府较高的政治地位；她疼爱宝玉，因为他是唯一可以成为正宗国舅爷的人选，是要入朝为官作宰的；她重用熙凤，因为她知道乱世必用酷典，唯凤辣子可以胜任；她信任鸳鸯，因为鸳鸯的确值得信任。所有这些都是为贾府全局考虑的。相比较而言，王夫人仅考虑她自身的、局部利益，在她眼中个人利益高于整体利益。她作为时所关注的仅仅是与宝玉相关的人和事，其他一概被束之高阁。

处理矛盾的方式不同

贾母既不回避矛盾，也不惧怕是非，有“兵来将挡水来土掩”的王者风范。如贾府遭遇突变的时候，贾母深明大义、开明豁达。在危难关头，在贾府上下人心惶惶的情况下，唯有贾母处变不惊。遭难时，她和大家同甘共苦，积极地寻求解决问题的办法，展示了过人的心理承受能力；在分配财产的时候，对每个家庭成员，甚至包括服侍她的丫头都有很明确且公平合理的交待。而王夫人为了保存自己的实力，避免卷入权力与是非的漩涡，选择躲在幕后垂帘听政，将王熙凤推至前台，使她成为矛盾的焦点。另外，王夫人还是麻烦制造者，自掘坟墓者，如抄检大观园，就是她一手策划的。连探春都感叹：

> 可知这样大族人家，若从外头杀来，一时是杀不死的，这是古人曾说的‘百足之虫，死而不僵’，必须先从家里自杀自灭起来，才能一败涂地！”

处理人际关系不同

贾母既精通人情世故，又长于统治权术。她在贾家从重孙媳妇做起，一直到有了重孙媳妇，凭着她的精明能干和与各色人等打交道的能力，坐稳了贾府最高统治者的位置。如果不是极高的情商，怎能妥善处理好各种复杂的人际关系。另外，从贾母重用八面玲珑的凤辣子，也可以反观她处理人际关系的能力。而王夫人的为人处事方面与贾母差距甚远。刘姥姥曾说王夫人年轻时着实爽快，会待人，倒不拿大，说明王夫人年轻时很会处理人际关系，与王熙凤不相上下，所以王夫人很对贾母的胃口。但我们从红楼梦里看到的中年以后的王夫人，对下人的使用，实际上是"顺我者昌，逆我者亡"，她用人猜忌、苛责对人（对待金钏、晴雯），她收买人心（对待袭人），从而打破了人际关系的平衡。

管理方式方法不同

对待贾母一方面，她处处表现得和蔼、很有善心，另一方面展示自己的威严。作为贾府至高的统治者，贾母懂得严格制度，坚持原则，科学决策，细化责任，把权力放给精明能干的王熙凤，也严格按职能职责办事，不越权不越位，自己自得其乐，但是在大是大非面前果断英明。反观王夫人，偏听轻信、感情用事、缺乏心计、耳软面硬、用人乏术、胡乱作为、欺瞒上司、阳奉阴违，是一个不合格的总经理。

管理效果不同

贾母的管理效果很好，从几方面可以看出来，一是贾母的员工非常忠诚，鸳鸯最后以死报答贾母的知遇之恩；二是由于贾母的亲和力使得孙辈们都很愿意亲近她；三是她管理多年，并没有出现天怨人怒的局面，更没有惹上王夫人、王熙凤那样的人命官司。

王夫人表面上看是个大"善人"，时常吃斋念佛，可是她心并不善，甚至很恶，虚伪残酷，这必然导致天怨人怒，连她的儿子宝玉都不愿意亲近他，也没有看到她的孙子贾兰、孙女巧姐亲近她，更何况她还让她的下属员工压力很大，如逼死金钏屈死晴雯。有人命案子的三个红楼女性（王熙凤、王夫人、夏金桂）中，她是之一，可见她的管理效果很差。

管理理念不同

贾母和王夫人在管理模式上的诸多不同点，主要原因就在于她们的管理理念不同。贾母深受儒家思想教化，她推崇仁爱、和谐、诚信、中庸的价值观，孔子的倡“仁”、重“礼”、讲“德”思想在她身上都得到了深刻的体现。而王夫人尽管也被认为是维护封建秩序的模范，性格刻板没有个性，擅于藏拙，而且自私善妒狠毒，完全是一个中年版的王熙凤，既不“仁”，也不重“礼”，更无视“德”。

第三章　王熙凤的独裁式管理

人物介绍：
凤辣子

王熙凤是《红楼梦》中人物，贾琏之妻，王夫人的内侄女，长着一双丹凤三角眼，两弯柳叶吊梢眉，身量苗条，体格风骚。她精明强干，深得贾母和王夫人的信任，是贾府的实际大管家。她高踞在贾府几百口人的管家宝座上，口才与威势是她谄上欺下的武器，攫取权力与窃积财富是她的目的，然而最终却落得个"机关算尽太聪明，反算了卿卿性命"的下场。

在《红楼梦》中，作者用了极浓笔调写了王熙凤的出场，她满身锦绣，珠光宝气，"一双丹凤三角眼，两弯柳叶吊梢眉"，"粉面含春威不露，丹唇未启笑先闻"，"恍若神妃仙子"。但是她是面艳心狠，正如兴儿形容她是："嘴甜心苦，两面三刀，上头一脸笑，脚下使绊子，明是一盆火，暗是一把刀"（第 65 回）。

《红楼梦》中关于她的判词是："凡鸟偏从末世来，都知爱慕此生才。一从二令三人木，哭向金陵事更哀。"

《红楼梦》中人物众多，王熙凤是一个举足轻重的人物，她的形象被作者刻画得入木三分，是《红楼梦》里塑造得最成功的一个人物。多年来，读者大多认为王熙凤是"倒行逆施的霸王"，是"阴险奸诈的骗子"，是"机关算尽的小丑"，她"两面三刀"、"明里一团火，暗里一把刀"，对她的评价大多是口诛笔伐之辞，否定者居多。有学者认为，王熙凤的性格是充满矛盾的。张本楠说她是"凶险与软弱、精细与粗疏，自强与自卑、毒辣与胆怯，远见卓识与鼠目寸光，单刀直入与委曲求全"集于一身。正是王熙凤性格的丰富性、真实性、生动性和复杂性，才真实地表现了她的灵魂的深邃，使这个性格有着无限的意蕴，其中包含了许多令人赏识的美：(1) 王熙凤的形象美；(2) 王熙凤的才干美；(3) 王熙凤的口才美；(4) 从女权角度看王熙凤的女性美。本章主要分析王熙凤的管理才能及其存在的局限性。

曹雪芹在《红楼梦》中塑造了两种不同的管理权威，提供了三种不同的管理模式：一是贪婪集权型，主要以王熙凤为代表；二是责权利相结合的创新分权型，主要以贾探春为代表；三是人情世故型，以薛宝钗为代表。探春注重物质层面，勇于实践；薛宝钗注重物质层面和精神层面相结合，人情化管理，增强别人的羞耻心。李纨则使之以权、动之以利，再无不尽职也。薛宝钗管理模式调动了生产者积极性，也加强了他们的责任感；王熙凤管理模式则和贾府最终败落是息息相关的。

《红楼梦》描写的是封建大家族的衰败，王熙凤是衰败当中的中坚人物，老祖宗把家政交给她，但她不仅没有挽救“呼喇喇大厦将倾”的结局，反而加速了家道败落的进程。在《红楼梦》前半部分，王熙凤把这么大一个家庭管理得井井有条，应该说她的确是个难得的管理人才，但她同时也是中国传统文化弊端的牺牲品。传统文化中最大的弊病就是大家的注意力放在分配上，而放在生产上的努力很小。已有财产怎么瓜分、怎样去均贫富，这是人们所关心的，至于怎么样去发展生产却没有兴趣。王熙凤也一样。王熙凤理财最多是分配，很少注意生产功能。说白了王熙凤顶多也只算个“维持会会长”。同时，由于内有王熙凤的贪婪、心狠手辣、横征暴敛的独裁式管理，外有朝廷明争暗斗的牵连，贾府最终衰败。真可谓是“成亦凤姐败亦凤姐”。

性格特征：“五辣俱全”的复杂性格

王熙凤是一个精明能干、惯于玩弄权术的人，为人刁钻狡黠。对上善于阿谀奉承，因此博得贾母欢心，从而独揽了贾府大权，成为贾府的实际统治者。她最显著的性格特点是“五辣俱全”，即香辣、麻辣、泼辣、酸辣、毒辣。

香辣：堪比罂粟花

凤姐的第一辣，便是香辣。先从她的容貌来看，在林黛玉的眼里，王熙凤“一双丹凤三角眼，两弯柳叶吊梢眉，身量苗条，体格风骚，粉面含春威不露，丹唇未起笑先闻”。再看其服饰，“彩绣辉煌，恍若神妃仙子：头上戴着金丝八宝攒珠髻，绾着朝阳五凤挂珠钗；项上带着赤金盘螭璎珞圈；裙边系着豆绿官绦双鱼比目玫瑰佩；身上穿着缕金百蝶穿花大红洋缎窄褃袄，外罩五彩刻丝石青银鼠褂，下着翡翠撒花洋绉裙”。三看其才情，她有着超凡的管理才能，在冷子兴眼里，王熙凤“模样又极标致，言谈又极爽利，心机又极深细，竟是个男人万不及一的”。在周瑞家的眼里，王熙凤“年纪虽小，行事却比是人都大呢。如今出挑的美人一样的模样儿，少说些有一万个心眼子。再要赌口齿，十个会说话的男人也说她不过”。我们读者从文本中看到的是一个香艳无比、才能出众的美人坯子。

可是再看看她的性格，心机极深，又阴险歹毒、妒忌心强，行事专横，贾琏的小厮兴儿说得再精当不过：“嘴甜心苦，两面三刀。上头笑着，脚底下就使绊子。明是一盆火，暗是一把刀。”好强的王熙凤素喜卖弄威严，向来对下人严苛。铁槛寺的小沙弥一个不小心撞进她怀里，她扬手打得那孩子一个趔趄；平日处罚犯了错的丫头也自有一套办法：“垫着碎磁瓦子，跪在太阳地下，茶饭不给。”

平日尚且如此，何况秦可卿病故，宁国府俱交给她打理？且不说她先想的五条弊端条条在理，单是她给下人们立威时的一句话就可见一斑。她说的，“我可比不得你们奶奶那么好性！”一句话，透露出了秦可卿的脾性，却已说明，王熙凤早就开始留意起秦可卿的管理方式。换句话说，在错综复杂的贾府中，王熙凤不甘只做看客。正因为有野心，有头脑，凤姐才能接掌宁国府，弄权铁槛寺，把那么多偶然化成必然。这个华贵艳丽，具有复杂性格的王熙凤恰似毒品与良药的混合物，比之于罂粟花就再恰当不过了。

麻辣：害死尤二姐

凤姐的辣，第二便是麻辣，是掺了麻油的芥末，先麻得人酥倒，再辣得人眼泪直流。逼死尤二姐就是典型事件，将王熙凤智谋过人、心狠手辣、刁蛮霸道的一面表现得最为淋漓尽致。贾琏在贾珍贾蓉父子的撺掇下，背着王熙凤，偷偷地娶了尤二姐做妾。这件事情被王熙凤发现以后，她一方面极尽奉承之能事，把尤二姐骗进荣国府，让一只羔羊进了狼窝；另一方面，她大闹宁国府，把贾珍贾蓉父子以及尤氏骂得个狗血喷头，跪地求饶。她又暗中唆使被贾琏威逼利诱退婚的尤二姐的未婚夫张华去告状，把于国孝（老太妃之死）家孝（贾敬之死）之际偷娶的贾琏及其同伙贾珍、贾蓉放到火上烤，直到把贾珍贾琏一干人等搞得头昏脑涨，惶惶不可终日。这还不算，她并没有放过软弱善良的尤二姐，采用借刀杀人计、挑拨离间计以及两面讨好计，唆使贾赦赐给贾琏的小妾秋桐以及其它丫鬟娶折磨尤二姐。最狠毒的是，她竟让庸医打掉了尤二姐腹中已经成型的男孩，直至尤二姐不堪折磨，吞金自杀。而报复得逞的王熙凤为了保密，竟然唆使来旺儿杀掉已经没有利用价值的张华，幸亏，来旺儿阳奉阴违，溜达了一圈回来，并没有杀死张华。但这也为日后王熙凤逼死尤二姐事件的真相大白留下了伏笔。

逼死尤二姐事件的策划者就是王熙凤，她美丽的脸上好晃眼地笑，脚下却使了好大一个绊子！这又是杀人不见血的手段了，的确够毒够狠够果断。尤其让读者寒心的，正是尤二姐以及她腹中的胎儿被王熙凤以最狡诈、最狠毒的麻辣方法害死这一重大事件。这种用两条人命做代价的麻辣，直接将她引向“一从二令三人木，哭向金陵事更哀”的下场。

泼辣：弄权铁槛寺

王熙凤泼辣张狂、口齿伶俐，善于阿谀奉承、四处周旋，擅长见风使舵、八面玲珑，喜欢使权弄势、炫耀特权，处理极其复杂的人事关系得心应手。她高踞在贾府几百口人的管家宝座上，口才与威势是她谄上欺下的武器，攫取权力与窃积财富是她的目的。她极尽权术机变，残忍阴毒之能事，在“弄权铁槛寺”回目中，铁槛寺老尼净虚为了要帮长安府太爷的小舅子抢亲，许她三千两银子。她便通过关节暗地使长安节度云光逼婚，结果迫使张财主的女儿和长安守备之子这一对有情人双双自尽。她公然宣称：“我从来不信什么阴司地狱报应的，凭什么事，我说行就行！”她极度贪婪，除了索取贿赂外，还靠着迟发公费月例放债，光这一项就翻出几百甚至上千的银子的体己利钱来。抄家时，从她屋子里就抄出五七万金和一箱借券。王熙凤的所作所为，无疑是在加速贾家的败落，最后落得个“机关算尽太聪明，反误了卿卿性命”的下场。

酸辣：婚姻中泼醋

王熙凤的酸辣主要体现在婚姻情感方面。在婚姻中凤姐强势得令人心酸。凤姐生日时，丈夫竟与鲍二家的媳妇厮混。她固然可以拿绳子来，打烂那不长眼的望风丫头，固然可以用簪子戳烂那小蹄子的嘴，固然可以厮打鲍二家的，固然可以堵在门口破口大骂，固然可以一路哭闹着到贾母面前。可见了贾母时，她开口又是什么？“老祖宗救我，琏二爷要杀我！”之后，才引出丈夫的背叛。因为她再清楚不过，她的老祖宗，她的婆婆邢夫人，只会偏袒贾琏，并不会彻底解决她夫妻二人的矛盾，所以她也只能控诉贾琏欲杀她。除此以外还能如何？一向宠她的贾母也只认为这是“小孩子们年轻，馋嘴猫似的，人人都打这么过”。就这么一句话，为贾琏的无耻行为找了个多冠冕堂皇的借口！让凤姐身为一个女人情何以堪？强悍又如何？她无法挽回那失败的婚姻。此刻，凤姐的辣却又是酸辣，自己翻了醋坛子，也让读者窝心。

此时王熙凤的酸辣，只是在保护自己，读者或许还能原谅她。因为在这场人生游戏中，她只想活下去。想活下去又有什么错？所以不该简单以“坏”这一个字来评说王熙凤，因为在那个时代，她有自己的不得已。那个黑暗的时代，造就这个女曹操，却又毁了她！

毒辣：毒设相思局

王熙凤的毒辣，集中体现在她毒设相思局这个事件上。贾瑞垂涎她的美色，她给予明饵，设下圈套，让他上钩，最后使其害相思病致死。

王熙凤看完生病的秦可卿，走在回来的路上，恰巧撞见了贾瑞。从贾瑞轻薄的言行和眼神中，王熙凤看出贾瑞意欲对她不轨，因此便想设局惩治一下贾瑞。

后来贾瑞趁贾琏不在家来找凤姐，王熙凤依计让贾瑞晚上过来贾府等她。贾瑞听后狂喜，当晚便按约定钻入穿堂。谁料到凤姐没来，贾瑞意欲出去门又全部上了锁，腊月天寒，自然白冻一晚而归。回去后，他爷爷贾代儒看见，责罚贾瑞在院内读书，打了三四十大板，还不许吃饭。

却不想，贾瑞没有吸取教训，又来找王熙凤。王熙凤见此人还敢来找，故意抱怨他上次不守信，说自己等了他一夜。那贾瑞色迷心窍，只当凤姐真的去了，因此赌咒发誓。凤姐又说今晚在自己房后小过道里那座空房子等之语。到了晚上贾瑞照凤姐所言来到，忽然看见过来一个人，贾瑞心想必是王熙凤，于是抱住那人意欲强奸，谁承想那人是贾蓉。此时贾蓉、贾蔷两人现身，威逼利诱贾瑞写了一张欠条，哄贾瑞在一个地方等着，谁知却倒下一桶粪，贾瑞知道被捉弄，仓皇跑了。

回去后，贾瑞就生了病，什么药都没有效果，这时跛足道人来了，给了他一面风月宝鉴，并嘱咐只能照反面，方可留住性命。贾瑞看反面时，却看见一骷髅，便吓得看正面，而正面却是凤姐在镜中召唤他进去跟她行那云雨之事。贾瑞经受不住诱惑便一直照正面，最后精尽而亡。虽然贾瑞这种纨绔子弟死有余辜，但“毒设相思局”也可见其报复的残酷。

正是由于王熙凤的“五辣俱全”，最终像判词里所说的被休，向娘家哭诉反被嫌弃，她的归宿不会有好的结果，处于“末世”者，最有才干的人逃脱不了“千红一哭，万艳同悲”的命运，真真是“机关算尽太聪明，反误了卿卿性命”。

《红楼梦》中王熙凤这个艺术形象具有丰富性和复杂性，《红楼梦》问世以来，在红学史上，对王熙凤的各种评语也是非常多的，认为她是“治世之能臣，乱世之奸雄”，把王熙凤叫做“女曹操”，称之为“胭脂虎”，就是母老虎。在许多评论中，大多是“恨凤姐，骂凤姐，不见凤姐想凤姐”，这恐怕是每一个《红楼梦》偏爱者都会有的一种感受。

原因探究：凤姐两副面孔的缘由

官场上的人，凡是对下属颐指气使、凶狠霸道的人，一定有另一副面孔，即对上司的谄媚奉承。反而那些不媚上的铮铮硬汉，对自己的部下可能还比较和善。

贾府是个大家庭，但里面的游戏规则和官场无异，大权在握的王熙凤便有两副面孔：温顺和凶横，看《红楼梦》的都能体察到这一点，民国时期的政治学家萨孟武先生对此也有过论述。

凤姐的凶横，处处可见。且不说对她专宠地位构成威胁的尤二姐、和她丈夫有过云雨之欢的鲍二老婆，毫不手软，一定要往死里整；就是对并不威胁她地位的仆人和赵姨娘等人，也是严苛非常。赵姨娘这个人虽然上不了台盘——丫鬟出身的她，见识与办事小里小气、目光短浅应属正常，但人家好歹是政老爷收到房里的人，生养了贾环和探春，可王熙凤对她还不如尚无姨娘之名的袭人。她自己拿大伙的月钱去放贷，收取利息据为己有，使月钱发放迟了两天，赵姨娘表示了不满，知道后的凤姐说赵姨娘，“不看看自己是谁，也配使两个丫头。”贾环和宝钗的丫鬟莺儿赌钱发生争吵，回去后向赵姨娘诉苦，被赵姨娘奚落了一顿，恰巧被凤姐听见，便教训赵姨娘：“大正月，怎么了？环兄弟小孩子家，一半点儿错了，你只教导他；说这些淡话作什么！凭他怎么去，还有太太老爷管他呢，就大口啐他！他现是主子，不好了，横竖有教导他的人，与你什么相干！”——借大家庭中的“名分”之说，指出儿子和生他的小妾毫不相干，对赵姨娘而言，这恐怕是世上最令人伤心的话。对凤姐的凶横跋扈，贾琏的贴身小厮兴儿，在尤二姐面前作了一个精确全面的概括：“他心里歹毒，口里尖快。”

这样一个泼辣货，对有些人却很温顺和气。当然这“有些人”是很明确的，即现任的领导或者将来要接班的后备干部，她必须笼络好。还有一种人她不愿也没必要得罪，就是没出阁的姑娘。

对贾母，凤姐使出浑身解数讨好卖乖。最经典的一段是第五十四回王熙凤效戏彩斑衣，那个讨好最高首长的手法简直是只管效果，不计较肉麻了。刘姥姥之所以以一村妇之身，来侯门深如海的贾府打秋风，能满载而归，是因为博得了贾母的高兴，而其中凤姐的穿针引线最关键。当然，这并非是凤姐真有怜贫恤老之心，而是她想让吃惯了满汉全席的贾母尝点山野土菜，把刘姥姥当成女清客来取悦最高领导。

除了对贾母和王夫人外，她对宝玉最和气，简直比对自己的老公贾琏还好。答案很简单，除了自己和宝玉是表姐弟外，另一个原因则是宝玉最受贾母器重，是下一代领导的最佳候选人，将来很有可能掌管荣府，当然需要未雨绸缪——不过宝玉有点例外，他是个很讨女人喜欢的男生，但其他人处在宝玉的位置上，没有宝玉这样可爱，估计凤姐同样不敢怠慢。对没出嫁的姑娘，王熙凤态度也很谦和，因为过去做姑娘的，出阁前仅仅是暂时寄托在娘家的人，最终会成为“泼出去的水”，嫁出去。作为贾府这样的大户人家，联姻大多是门当户对，当然有像迎春嫁给中山狼这样遇人不淑，但她被凌辱而死的重要原因是娘家败落。而像元春这样成为贵妃娘娘也不是没有可能，王熙凤对这些人又何必得罪呢？

王熙凤讨好“后备干部”最重要的一件事是赞助海棠诗社。大观园的哥哥妹妹等一干文学青年，吃饱了饭没事做，便想“务结二三同志，盘桓其中，或竖词坛，或开吟社；虽因一时之偶兴，每成千古之佳谈”搞搞高雅文学。可是这些不治产业的小资，要搞先进文化，没有先进生产力作后盾是难以为继的。开始时自己节省月钱搞了两次，立马感觉到“孔方兄”的重要，便想傍个大款，一劳永逸地解决经费问题。于是他们打起了王熙凤的主意，聘请这位大字不识几个的人做“监社御史”。凤姐何等聪明，她才不会糊里糊涂地做冤大头，对这些给她戴高帽的文青说：“你们别哄我，我早猜着了：那里是请我做监社御史，分明叫我作个进钱的铜商！你们弄什么社，必是要轮流作东道的。你们的月钱不够花，想出这个法子来拗了我去，好和我要钱。可是这主意不是？"当然，凤姐点出其中的奥妙无非是向这些人显示：我不是那么好蒙的。钱她还是会出的，这些人可不是赵姨娘，她当然不会得罪，再说用公家的钱来结私人的人情，何乐而不为？凤姐说，"我不入社花几个钱，我不成了大观园的反叛了么？我还想这里吃饭不成？明日一早到任。下马拜了印，先放下五十两银子，给你们慢慢的做东道儿。我又不会作诗作文的，只不过是个大俗人罢了。监察也罢，不监察也罢，有了钱了，愁着你们还不撵出我来？"凤姐担心自己成为大观园的"反叛"，还不如说她是担心成了大观园中有话语权者的"反叛"，至于那些沉默的大多数，在大观园里凤姐根本不用考虑他们的看法。

清代的李汝珍在《镜花缘》里说到有一个"两面国"，里面的臣民都有两副面孔。他们"个个头戴浩然巾，都把脑后遮住，只露一张正面"。见了衣着阔绰的人，"和颜悦色，满面谦恭光景，令人觉得可爱可亲"；而遇到衣衫破旧的人，则"陡然变了样子，脸上冷冷的，笑容也收了，谦恭也免了"。而浩然巾遮盖的另一个面孔，更是可怕。里面藏着一张恶脸，鼠眼鹰鼻，满面横肉。""把扫帚眉一皱，血盆口一张，伸出一条长舌，喷出一口毒气，霎时阴风惨惨，黑雾漫漫""伸出一条长舌，犹如一把钢刀，忽隐忽现"。说王熙凤是"两面国"里的臣民，并非辱没了她。可她难道天生是两副面孔么？非也，贾府里的现实决定她非如此不可，否则这个家很难当的。

一个有权的人，向授权者负责天经地义。在家长制的贾府中，所有的权力来自老祖宗贾母，谁敢得罪她？贾母死后，贾政以及他的儿子宝玉可能掌权，对这些现任的"董事长"和将来"董事长"的候选人，"总经理"王熙凤当然应该好好伺候。中国古代秦始皇以前，天子受命于天，只对天负责，然后分封各诸侯，各诸侯只要在名义上效忠周天子，烽火一起，能集结兵马勤王，平时履行为人臣的进贡职责就行了。楚子"贡包茅不入"，便是一条天下诸侯可共讨之的罪状。诸侯在自己的封国内，完全可以躲进小楼成一统，天子很少干涉他们的内政。秦始皇设立郡县制后，天下不仅名义上而且实质上都是皇帝的，各级官员逐级代理，最终是向皇帝负责的，连杜甫这样卸职的小官，也"每依北斗望京华"，心中想念万岁爷。当然，要下级官员全心全意对皇帝负责，是不可能的，因为那不是共产主义社会，人的思想境界没那么高。于是对上层领导，一般官员的常用手法是，表面上对上面百般奉承巴解，在言辞上绝对不和上级唱反调，私下里却对上级瞒与骗，从大锅里尽量多谋自己的利益。就如王熙凤一面斑衣娱亲，一面公款私贷。

因为权力从上往下授予，一般的老百姓没他什么事，他们好好干活、纳税、生儿育女就行了，贾府里数不清的丫鬟小厮，心里恨王熙凤却无可奈何。在这样的体制下，下人们唯一抵抗的武器就是消极怠工，管你地里结黄瓜结茄子，跟我有什么关系？王熙凤深知大观园财产不属于自己，干活的下人们当然会偷奸耍滑。如果宽厚为怀的人当家，贾府只会糟蹋得更快。尤氏性子好，宁府就管得一塌糊涂，可卿丧事只能由凤姐去协理；探春刚代理当家时，下面的人就开始有想法了，她便拿出比凤姐还厉害三分的威仪来——专制时代便是如此，要较好地维持权力运转，除了严刑峻法，实在想不出别的法子，但严刑峻法往往是饮鸩止渴。可权力的基本构架不改变，即使知道会民怨沸天，也得咬紧牙关把恶人做到底。凤姐自己何尝不知道这样？探春代理时，她在病中对平儿说："若按私心藏奸上论，我也太行毒了，也该抽头退步。回头看看，再要穷追苦克，人恨极了，暗地里笑里藏刀，咱们两个才四个眼睛，两个心，一时不防，倒弄坏了。"可凤姐明白的道理有些人未必明白，以为只要严苛，上面的眼睛真能盯住成千上万的"下人们"。

凤姐虽然明白道理，但在贾府里，她只要当家，就必须谄媚对上哄好贾母，凶横对下震慑仆人，她别无选择，否则就是个不合格的当家的。

管理模式：维持会会长还是掘墓人？

对于王熙凤的评价，一直就有挺凤派、踩凤派的泾渭分明的纷争，如红学家王昆仑《红楼梦人物论》之《王熙凤论》一文中评价道："恨凤姐，骂凤姐，不见凤姐想凤姐。"这句话成为公认的对王熙凤的最经典评价。书评家野鹤在《读红楼梦札记》中写道，对凤姐，"人畏其险，我赏其辣；人畏其荡，我赏其骚。"

如果从经济管理的角度看，也有挺凤派、踩凤派的分歧。挺凤派认为，就王熙凤的管理才能看，王熙凤是难得的管理人才，是贾府"维持会会长"。踩凤派则认为，王熙凤是贾府的"掘墓人"。

挺凤派：王熙凤是难得的管理人才

我们先来看看挺凤派的观点及其依据。挺凤派之所以说"王熙凤是难得的管理人才”，关键事件是在协理宁国府时，王熙凤最出色地表现了她的管理才能。

用现代管理学的眼光来看，王熙凤的确是个了不起的管理人才。偌大一个荣国府，人来人往、收入支出以及封建大家庭中复杂的人际关系，桩桩件件都让人头痛不已，要管理这样一个家庭显然是一个苦差使，但是王熙凤能够游刃有余、举重若轻。贾府的很多重大事情由她来办起来，原本乱糟糟的局面立马会变得井井有条。

宁国府秦可卿的丧事就是一个很好的例子。秦可卿是贾珍的儿媳妇，同时也与贾珍有着说不清道不明的暧昧关系。秦可卿死后，贾珍决心大张旗鼓地为其办理丧事。如此隆重的事情需要一个得力的人来办，于是贾珍就在贾宝玉的力荐下请来了王熙凤主持，职务相当于现在的治丧委员会主任。对于秦可卿的丧事，《红楼梦》里有很详细的叙述，曹雪芹就是通过这一重要情节来深刻地刻画王熙凤的个性的，同时也充分地展示了她的管理才能和管理艺术。

王熙凤的管理才能首先在于对形势的认真分析。在外人看来，贾府是一个很大的家族，但实际上其内部荣、宁二府又是分开过的，相互间的独立性很强。俗话说家家都有本难念的经，身为荣国府“大管家”的王熙凤，相当于空降到宁国府的，对于宁国府的真实情况其实知道得并不多，也没有系统地归纳其家政管理中的优缺点，可以说，起初她对于宁国府府内形势的认识相当模糊，这对她开展工作相当不利。所以，接受委托以后的王熙凤并没有马上公布自己的施政纲领，而是坐下来认真地总结出了宁国府过去的失误：“头一件是人口混杂，遗失东西；第二件，事无专责，临期推委；第三件，需用过费，滥支冒领；第四件，事无大小，苦乐不均；第五件，家人豪纵，有脸者不服约束，无脸者不能上进。”

经过这么一分析，宁国府的现状王熙凤了然于胸，对于后面的工作她也就理清了头绪，这一点相当重要。虽说贾珍对王熙凤的要求很简单，他只需要面子上风风光光，并不在乎花多少钱，在一定程度上减轻了王熙凤的压力，可对于王熙凤这样到一个相当陌生环境中的人，如果没有对形势的充分清醒的认识，她的工作必将很难打开局面。如果仅靠权力盲目地去推进一个凭空想象出来的方案而不能很好地对症下药，不仅浪费金钱降低效率，工作也很容易陷入被动，反倒可能连最低要求都满足不了。

“林子大了，什么鸟都有”。一个生活腐败的封建大家庭就像一个没落的官僚机构，懒惰成性、贪污成风。主人无所事事，奴才就浑水摸鱼，个人能得好处的事情就争着抢着去干，自己得不到什么好处就想办法躲在一边，日常工作疲疲沓沓，想来就来想走就走，极端的藐视管理者，藐视政权。如果不煞住这股歪风，奴才们就会放肆地将主人当作冤大头来糊弄，王熙凤很清楚这一点。她的管理艺术的第二个方面就是不动声色地寻找机会杀鸡骇猴，整顿风气。一天早上，点卯的时候有一个女仆迟到，理由是睡过了头，这是一个既说得过去又说不过去的理由。虽说是一件小事，但是王熙凤知道有很多人在看她怎么处理，如果处罚很轻甚至不过问的话，今后迟到的人肯定会越来越多；如果处罚严厉，胆敢以身试法的人就会有所顾忌。因此，王熙凤故意小题大作，使出雷霆手段将那个可怜的女仆打了二十大板并罚去了一个月的工钱，从此以后，宁国府奴才们的出勤情况大为改观，其他事情做起来也越来越主动，唯恐出错而再挨一顿板子。王熙凤的这顿板子不但打在了那个违纪女仆的身上，更是打在了宁国府所有奴才们的心上，她通过这件小事巧妙地向所有奴才们准确地传达了这样一个信息：一定要遵守纪律，否则违纪的成本是相当高的；通过这种方式，王熙凤很好地整顿了宁国府的风气，也树立她个人的威信，确立了她在宁国府的地位。

第三个方面就是建立良好的制度，用制度管人。“没有规矩，不成方圆”，制度是一个组织效率和秩序的保障。王熙凤知道，以前宁国府的制度建设是相当差的，所以内部管理就比较混乱，她要让自己的工作取得良好的效果，就必须在宁国府内建立一套科学的管理模式和工作方法。一方面，她将工种进行了细分，不同的工作由不同的人去做，防止了责任不明确导致的集体偷懒现象的出现；另一方面，她将每个人的工作范围进行了明确，杜绝了投机取巧的情况。更重要的是她还建立了一套约束机制，比如东西损坏了遗失了都要责任人赔偿，奴才们因吃酒赌钱而误事要吃板子等等。王熙凤将情况考虑得非常周密，制度设计得也特别的合理，这种制度让每个人都知道自己要做什么不能做什么，应该怎样去做，不至于因无章可徇而不知所措；同时制度明摆着传达起来相当方便，省去了从上到下一级一级传达所增加的管理成本。此外，制度定下来给大家解释清楚后，王熙凤本人的工作压力也就相对减少了，她只需要检查制度执行的情况而不必在一线指挥具体的工作，既轻松效率又高，这真是一种高明的做法。

秦可卿的丧事办得异常的漂亮，博得了贾府内外众人的交口称赞，人们同时也肯定了王熙凤的管理才能。“金紫万千谁治国，裙钗一二可齐家”。这是曹雪芹对王熙凤的评价，比起那些以“修身、齐家、治国、平天下”为奋斗目标的男子汉们，王熙凤高超的管理艺术真可谓“巾帼不让须眉”。

踩凤派：王熙凤是贾府的掘墓人

同样是这个王熙凤，在给贾母理丧时却出乎意料地陷入“权威性不足”的泥潭困境。她既调不动人，也调不动钱，只得哀求众人：“大娘婶子们可怜我吧！我上头挨了好些说，为的是你们不齐截，叫人笑话。明儿你们豁出些辛苦来罢！”尽管如此，仍然玩不转，被气得“眼泪直流，只觉得眼前一黑，嗓子一甜，便喷鲜红的血来，身子站不住，就栽倒在地”。

为什么王熙凤在协理宁国府时威重令行，而给贾母理丧时却权威不足、指挥失灵呢？这是因为，王熙凤的权威主要依靠贾母和娘家做靠山。一旦靠山倒了，王熙凤的权威便马上土崩瓦解。所以踩凤派就认为，王熙凤的管理靠的是权威，非真正管理能力的体现；相反，由于她的管理失误，加速了贾府衰败的进程。

贾府衰落前有诸多隐患：其一，贾府盛极一时，所谓树大招风，必然引起众多的妒嫉，这是最大的隐患。其二，王熙凤专横跋扈，放高利贷，制造冤案等，使贾府遭到众多怨恨并留下被其他掌权者排挤的把柄。其三，贾宝玉因一戏子已经和当时的权臣结怨。其四，四大家族中薛、王、史三家的衰落，使贾府失去最后的屏障，正所谓一荣俱荣，一损俱损。其五，贾府子弟毫无作为，使贾家势力日渐淡薄，无力与排挤者抗衡。总之，贾府的衰落是一个月满则亏、水满则溢、盛极必衰的道理，这一点在秦可卿临死前给王熙凤托梦中表述得很清楚。

秦氏对凤姐说道：“常言‘月满则亏，水满则溢’，又道是‘登高必跌重’，如今我们家赫赫扬扬，已将百载，一日倘或乐极悲生，若应了那句‘树倒猢狲散’的俗语，岂不虚称了一世的诗书旧族了！”凤姐听了此话，心胸不快，十分敬畏，忙问道：“这话虑的极是，但有何法可以永保无虞？”秦氏冷笑道：“婶子好痴也。否极泰来，荣辱自古周而复始，岂人力能可保常的。但如今能于荣时筹画下将来衰时的世业，亦可谓常保永全了。即如今日诸事都妥，只有两件未妥，若把此事如此一行，则后日可保永全了。”

凤姐便问何事。秦氏道：“目今祖茔虽四时祭祀，只是无一定的钱粮，第二，家塾虽立，无一定的供给。依我想来，如今盛时固不缺祭祀供给，但将来败落之时，此二项有何出处？莫若依我定见，趁今日富贵，将祖茔附近多置田庄房舍地亩，以备祭祀供给之费皆出自此处，将家塾亦设于此。合同族中长幼，大家定了则例，日后按房掌管这一年的地亩、钱粮、祭祀、供给之事。如此周流，又无争竞，亦不有典卖诸弊。便是有了罪，凡物可入官，这祭祀产业连官也不入的。便败落下来，子孙回家读书务农，也有个退步，祭祀又可永继。若目今以为荣华不绝，不思后日，终非长策。眼见不日又有一件非常喜事，真是烈火烹油，鲜花着锦，也不过是瞬间的繁华，一时的欢乐，万不可忘了那‘盛筵必散’的俗语。此时若不早为后虑，临期只恐后悔无益了。”

贾府被查抄的直接原因是贾政任上亏空，家族丑事败漏，实际上是因为元妃去世，贾家不再得宠。任何朝代都一样，墙倒众人推，于是贾家的仇人就开始上奏本，对贾家各种罪名进行攻击，其中，王熙凤贪财枉杀人命、敛财等也都是罪状。所以踩凤派认为，王熙凤是贾府的掘墓人。王熙凤不仅没有牢记秦可卿的临终托言并造作谋划，反而其贪婪、集权与狠毒，成为压垮贾府的最后一根稻草。

王熙凤的贪婪给贾府带来毁灭性的灾难

王熙凤肆无忌惮地以权谋私、行贿受贿、盘剥众人，在贾府上下积怨极深，毫无人缘。对于这一点，她本人也意识到了：“若按私心藏奸上论，我也太行毒了。也该抽回退步，回头看看。”

凤姐因为有“公司董事长”贾母为其撑腰，在荣国府里说一不二，飞扬跋扈。凤姐十分贪财，常言道：君子爱财取之有道，而凤姐是女子爱财，大小通吃、黑白通吃。显而易见，王熙凤实际上并没有真正的管理能力，有的仅仅是一时的权势而已；靠山一倒，便寸步难行，一败涂地，任凭她再有管理才能也无力回天。还应该指出的是，正是王熙凤的这种贪婪和疯狂才给贾府带来毁灭性的灾难。

王熙凤的敛财手段令人发指。王熙凤“弄权铁槛寺”，为了三千两银子的贿赂，逼得张家的女儿和守备之子双双自尽。王熙凤是放高利贷的老手，时常通过这种方式牟取重利。王熙凤放高利贷的本钱来源有两个：一是克扣员工工资；二是预支或迟发员工们的工资。当“总经理”王夫人听到赵姨娘抱怨工资没发够，因而询问起王熙凤的时候，王熙凤解释说：“姨娘们的丫头月例，原是人各一吊钱，从旧年她们外头商量的，姨娘们每位丫头，分例减半，人各五百钱，每位两个丫头，所以短了一吊钱。如今我手里给他们，每月连日子都不错，先时候儿在外头哪个月不打饥荒？何曾顺顺溜溜的得过一遭儿呢！”王熙凤的回答显得自己还很无辜，但实际上她是克扣基层员工的工资，进了自己的腰包了。

第39回，写袭人来平儿这催领月钱，就有如下一段描写：

> 袭人又叫住问道：“这个月的月钱，连老太太和太太还没放呢，是为什么？”平儿见问，忙转身至袭人跟前，见方近无人，才悄悄说道：“你快别问，横竖再迟几天就放了。”袭人笑道：“这是为什么，唬得你这样？”平儿悄悄告诉他道：“这个月的月钱，我们奶奶早已支了，放给人使呢。等别处的利钱收了来，凑齐了才放呢。因为是你，我才告诉你，你可不许告诉一个人去。”袭人道：“难道他还短钱使，还没个足厌？何苦还操这心。”平儿笑道：“何曾不是呢。这几年拿着这一项银子，翻出有几百来了。他的公费月例又使不着，十两八两零碎攒了放出去，只他这梯已利钱，一年不到，上千的银子呢。”袭人笑道：“拿着我们的钱，你们主子奴才赚利钱，哄的我们呆呆的等着。”

王熙凤的这种做法，用现在的说法就是“挪用公款”，将那些公款拿去放高利贷，自己从中获利。

原著七十二回中：

> 凤姐冷笑道：“我也是一场痴心白使了。我真个的还等钱作什么，不过为的是日用，出的多，进的少。……今儿外头也短住了，不知是谁的主意，搜寻上老太太了。明儿再过一年，各人搜寻到头面衣服，可就好了。”

从上面这段话看来，凤姐敛财不像是填在自己身上。按照平儿说的，王熙凤吃的、穿的、用的全是官中(公家)的,自己的月钱还用不着,那么她重利盘剥、受贿甚至干着类似铁槛寺一类的勾当得的钱又作何用呢?从续书中,我们看到贾府被查抄就从王熙凤家中查到了敛财的证据。

王熙凤的集权式管理是一把双刃剑

王熙凤接受了贾珍的邀请,在秦可卿治丧期间协理宁国府事务。一上任,她首先清点了宁国府的帐务,而后召集大家开会,会前她发表了措辞极其强硬的就职演说:"既托了我,我就说不得要讨你们嫌了。我可比不得你们奶奶好性儿,诸事由得你们。再别说你们'这府里原是这么样'的话,如今可要依着我行。错我一点儿,管不得谁是有脸的、谁是没脸的,一例清白处治。"然后她开始分配任务并规定作息时间,一切井井有条。她之所以采用如此强硬的措施,除与她的个性相关外,还因为她总结出宁国府存有"五大弊病"。后面她制定的一系列政策都是针对这五大弊病。她开始按岗定编,强化监管。其间一个小丫头来迟到,她毫不留情的惩罚。并且她本人也严格的执行了自己制定的政策。这为她令行禁止奠定了良好的基础。宁国府的面貌立刻改变了。宁府上下"具各兢兢业业,不敢偷安"。她的这套管理办法起到了明显的效果。

王熙凤的管理是一种集权式管理。集权式管理的优点在于能够利用权威提高效率、可以统一管理,可以精确掌握每个人的状况,其缺点在于每个人都没有自主权,缺乏创造性。

从激励措施上,她采用的是一种单一的反向激励措施。反向激励即"负激励",是对某种行为给予否定或惩罚,使之减弱、消退。这种激励方法认为,做好工作是应该的,是分内的,作不好就要受到批评甚至惩罚。比如仆人按时来被认为是应该的,不会有奖励,而迟到了就要受到严厉的惩罚。在这种激励机制下人们由于不想受到惩罚而努力工作,是被动的。人们追求的目标就是完成任务,应付差使,不会做额外工作,即使是分内工作也是能过关就行了。

这种激励和控制的方法,在一定条件下是有效的,比如为了实现一个短期的明确目标,面对的却是较混乱的群体时,可以采用这种方法。王熙凤协理宁国府,就是为了给秦可卿办丧事,而不是为了宁府的长治久安,此时这种管理手段就成了很好的权宜之计。

但从长远来看,王熙凤治理贾府也采用集权模式,如弄权铁槛寺,威重令行，趾高气扬，显示出她出色的治家才能和争强好胜、善于弄权的性格。她说："凭什么事，我说要行就行。"这是她的黄金时代。但这样的局面没有维持多久，在家政管理方面，挥霍无度和财源枯竭之间存在着尖锐矛盾，任凭王熙凤如何治家有法，善于克扣，也难以维持下去。在贾府内部关系方面，邢、王两夫人之间的矛盾，使王熙凤处于很尴尬的地位，婆婆邢夫人常常要与她为难。而她治下的管家奶奶和奴才们，见主子力竭势衰，也趁机生事。特别是她与贾琏的夫妻关系日趋恶化。王熙凤没有儿子，贾琏借口宗祧无继，招婢纳妾，直接影响到王熙凤的地位。她设计害死了尤二姐，非但没有解除无子对她地位的威胁，反徒然增加了贾琏对她的反感和不满。以上这些矛盾随着她的靠山王府和贾府衰落，日益严重和尖锐起来。尽管她也有"退步抽身"的想法，但终如她自己所说"骑上了老虎"，上也不是，下也不是，进退为难，四面受敌。最后，由于她的集权式管理，"机关算尽太聪明，反算了卿卿性命"。

王熙凤的毒辣为贾府的没落获罪雪上加霜

一是毒设相思局事件埋下的隐患。很多读者看到毒设相思局一回往往会嘲笑贾瑞，觉得他可笑、可怜，被人如此玩弄。但曹雪芹并没有用很草率的方法写他，相反，他几乎是用很残酷的笔触写了贾瑞一再被捉弄、一再受骗、一再被侮辱的过程。凤姐回到家，跟她最得力的助手平儿聊天，这时有人回说："瑞大爷来了。"王熙凤就赶快说："快请进来！"本来她完全可以叫平儿出去打发了，可她刻意地请贾瑞进来，是存心要捉弄他。王熙凤其实是以捉弄贾瑞为乐的。在第 11 回的后半部分，王熙凤给贾瑞留下了很多幻想，总让他抱有希望，一次一次往她家里跑。谁都能看出王熙凤存心刻意设置陷阱，是在害贾瑞。但贾瑞完全进入"痴"态，完全没有了理智，更无法自制，王熙凤讲的任何一句话他都相信。曹雪芹呈现在读者面前的是绝对理性的王熙凤和绝对痴迷不悟的贾瑞之间感情欺骗与被欺骗的关系，王熙凤用残忍的手腕，利用贾瑞的痴情，活活把他引向绝路。

二是逼死鲍二家的事件埋下的隐患。鲍二家的是一个荡妇，在王熙凤过生日的时候和贾琏偷情，被发现后却上吊自尽了。小说虽然没有写鲍二家的为什么要寻死，但我们完全可以分析出来，鲍二家的之所以要寻死，完全是因为害怕王熙凤的心狠手辣，而不是由于贞节羞耻。因为她知道作为一个奴仆终究是逃不过王熙凤的报复的，就连下三滥的鲍二家的都如此惧怕王熙凤，可见她平时对下人的狠毒。正是由于王熙凤的狠毒，在与贾府结怨的下人心中埋下了仇恨的种子。

三是收受贿赂“弄权铁槛寺”事件埋下的隐患。铁槛寺一回，王熙凤受老尼姑之托，运用贾府的权势关系，假托贾琏之名，干预了张金哥与守备以及衙内三家关于婚事的官司，动用节度使的关系逼迫守备接受张家的退婚，结果导致张金哥和守备之子以死殉情。王熙凤为张家摆脱麻烦，只稍微动用了一下贾府的关系，轻轻松松就收了张家三千两银子，这是证据确凿的受贿罪，也为后来的定罪种下了恶果。

四是“逼死尤二姐”事件埋下的隐患。贾琏偷娶尤二姐自是逍遥快活，凤姐又怎能依得他的不专心？于是，王熙凤的矛头直指尤二姐：主动迎尤二姐进贾府，又将其引见给老太太，王熙凤可是做足了宽宏大量的温顺模样，怨不得尤二姐初时认定她是好人，贾琏亦认为她改了性子，贤惠起来，可实际又如何？向众人捅出尤二姐有过婚约的人是她，唆使张华状告贾琏的也是她！她行事又是如此周密，直到她暗借秋桐之手逼死尤二姐时，展现在众人面前的依旧是顺从丈夫的好妻子，宽宏大量的好姐姐，无一点坏形。这次对付尤二姐，却可谓声势浩大。不但彻底改变了自己妒妇的形象变得“贤德”，还将尤二姐定位为一女事二夫的罪人。她把自己和尤二姐的私人斗争巧妙地推到严酷的封建礼法面前，自己占尽了舆论上风之后，还要将尤二姐送到大家长前受审，终逼得尤二姐吞金自逝。最后，还要命旺儿杀张华灭口！

总之，由于王熙凤的贪婪、集权和毒辣，处处结怨，在后四十回，贾府一旦事发，素日深恨王熙凤的旺儿、兴儿等贾琏心腹小厮，以及其他下人，必然要落井下石，不仅用这一系列事件把王熙凤送进监牢，而且给获罪被查抄的贾府平添了诸多罪证。

成败得失：独裁式管理及启示

王熙凤严格的岗位责任制及其启示

严格的岗位责任制：王熙凤针对宁国府存在的五大陈年弊病，大刀阔斧，雷厉风行，实行岗位责任制，并且“执法必严，违法必究”，以身作则，严于律己，使宁国府的风气为之焕然一新，出现了“众人不敢偷闲，自此兢兢业业，执事保全”的良好局面。

启示：企业内部如果设立严格的岗位责任制，也必将调动员工的积极性，创造出不凡的业绩。因此，作为企业管理者，有必要全面、客观地分析一下王熙凤岗位责任制的前因后果、得失成败。(1) 获得充分的授权；(2) 充分掌握管理对象的特点；(3) 管理举措：定岗定人，责任分明；(4) 王熙凤管理举措的成效；(5) 王熙凤管理举措的经验、教训。

王熙凤的管理模式及启示

王熙凤协理宁国府采用的是集权式管理模式。在企业中，比如企业临时接到一笔订单，招募一些临时工作人员，这时在管理上可以采用集权的方式，在激励和控制的手段上也可以适当“极端”一些。要实行这种激励和控制方法，有诸多的限制条件，比如管理者要有绝对的权威，被管理者必须处于弱势地位等。在军队中实行的就是集权，这样可以更加迅速准确地执行命令，但若想在企业中实行就很难取得令人满意的效果了。那需要“做进”，其表征行为就是股东利益至上，股东利益优于雇员利益。对于股东而言，公司主要是专门通过投资为其谋取利润和使其资本增值的工具；对公司雇员而言，公司并不是为其谋取福利的福利机构。在以贾母(董事长)为中心的王熙凤眼里看来，公司资产和股东价值在公司中是占主导地位的，财产权优先于其他任何权利。这种公司需要的环境就是“股票资本主义”环境，其企业文化就是“利益文化”、“利润文化”，还有“股票文化”。

王熙凤的常用管理手段

王熙凤的惯例方法其实比较简单，归纳如下。

(1) 首先要让领导满意，领导无非是贾母、邢夫人、王夫人。这其中贾母最为重要，邢夫人则生性懦弱，只想多搂钱，王夫人则生性淡泊，且又是王熙凤的姑妈。所以，关键是搞定贾母。王熙凤在贾母身上下足了功夫，每天请安、贾母有什么想法及时满足、想方设法逗贾母开心等等不一而足，最关键的是，贾母最喜欢宝玉，而王熙凤和宝玉关系也处得非常好，又增加了许多印象分。

(2) 拉拢有影响力的人，宝玉是不消说的了，林黛玉、薛宝钗她也非常重视，而对于一些重要的丫鬟如袭人、鸳鸯等也极尽拉拢，争取广泛的同盟军。当然平儿也发挥了重要作用，平儿自身非常能干，而又与其他的大丫鬟袭人、鸳鸯、紫鹃、晴雯是好朋友，这也间接稳定了贾府的“中层”。

(3) 对其他人恩威并施，尤其是很善于“立威”，在协理宁国府时表现得淋漓尽致。另外在贾琏与鲍二媳妇偷情，鲍二媳妇上吊之后，坚决不同意给鲍二家赔偿(当然她自己也知道肯定要给的，但口头上一点不松口)，树立了一个非常严酷的形象：“得罪了二奶奶，死都是白死”。

(4) 欺上瞒下，巧妙周旋。书中有一回写到贾母号召大家凑份子为王熙凤过生日并委托宁国府尤氏主持，且指定王熙凤为李纨代出份子钱。等到尤氏去找王熙凤取钱时，王熙凤偏偏就不给李纨代出，尤氏现学现卖立即免了平儿等好几个人的份子钱，到最后还是只有贾母以及几个老实人出钱，却也皆大欢喜。还有王熙凤私自放贷收息，以及收受贿赂摆平他人婚姻争端等事不一而足。

王熙凤的管理步骤总结

问题诊断

首先，王熙凤对宁国府做了一次家族诊断。她极其尖锐地指出，宁国府存有“五大弊病”：“头一件是人口混杂，遗失东西；二件，事列专管，临期推诿；三件，需用过费，滥支冒领；四件，任无大小，苦乐不均；五件，家人豪纵，有脸者不能服管束，无脸者不能上进。”

树立权威

针对这五大弊病，王熙凤决定采用猛药。一到宁国府，她就发表了措辞极其强硬的就职演说：“既托了我，我就说不得要讨你们嫌了。我可比不得你们奶奶好性儿，诸事由得你们。再别说你们‘这府里原是这么样’的话，如今可要依着我行。错我一点儿，管不得谁是有脸的、谁是没脸的，一例清白处治。”

制定规则

根据这一思路，王熙凤开始制定规则，按岗定编，强化监管。

这一措施收到了效果，宁国府的面貌立刻改变了。由此可见，王熙凤的权威性确实是很强的。

王熙凤的用人术

慧眼识人才

识人之事，自古为难。王熙凤虽然识字不多，却聪明干练，在识人方面独具慧眼。王熙凤冷眼旁观将大观园的姑娘、公子们归为四类：

（1）德才中常型。德才平庸，能力有限，不能重用，如惜春、迎春、宝玉。

（2）德才皆劣型。品质低劣，无真才实学，只能收入不用一类，如贾兰、贾环，“是个燎毛的小冻猫子，只等有热灶火炕让他钻去”。

（3）德优才劣型。完全可信赖，没什么能耐的好人，如李纨，“是个佛爷，也不中用”。

（4）德才皆优型。有知识，有才干，是不可多得的人才，如黛玉、宝钗、探春。但一个身体弱，“风吹吹就坏了”；一个明哲保身，“不干己事不张口，一问摇头三不知”；只有探春，既知书识字，又言谈爽利，“心里嘴里都也来得”，能担大任。

也正是基于对探春的赏识，王熙凤自己病倒后，极力向王夫人推荐探春理家。当探春理家时，她又派平儿做为自己的代表积极支持其改革。在怡红院里饱受大丫头们排挤污辱的小红，凭借自己满嘴这个奶奶、那个奶奶地一大篇却利落清楚的好口才，被王熙凤赏识，最后被招至麾下，“爬上了高枝”。如果没有王熙凤的慧眼识英才，小红何时能跳出那个永远没法出头的怡红院呢？

明确责任，各司其职

王熙凤在协理宁国府期间做的第一件事就是将下人的职责进行调整和安置，把责任落实到个人，要求做到各司其职，一个萝卜一个坑。如：“这二十个分作两班，每日在内单管亲友来往，倒茶别的事不用管。这二十个分作两班，每日单管本家亲戚茶饭也不管别的事。……，这剩下按房分开，某人守其处，某人所有桌椅古玩起，至于痰盒、掸子等物，一草一物或丢或坏，就问看守的赔补。”

通过分工使每一件重要的事都有专人负责，而一旦出现问题就追究相关下人的责任。这使下人的工作态度明显改变，工作效率提高，宁府懒、散、慢、贪的局面得到改观。

任人唯亲、唯钱

在建造大观园时，王熙凤因贾蓉、贾蔷与她有私情，就安排用贾蓉负责打制金银器皿，贾蔷采办唱戏女孩子等肥差美缺。大观园建成后，贾芸想谋份差事，先找到贾琏说情，后通过借银 15 两，前去买了一些冰片、麝香献与王熙凤过端午节之用。这次小小的行贿便博得王熙凤的好感，立即分派他经管园子里种花种树的小差事，还答应他管明年正月里烟花灯烛等差事。

总之，王熙凤的管理办法是典型的实用主义，并没有什么理论支持、系统思维；所定的规章制度在执行时则因人而异，只要做到上头（贾母、邢夫人、王夫人等）满意，中间（姑娘与大丫鬟们）无话可说，其他的则可以为所欲为。这和现在很多单位、公司的情况何其一致。领导来检查，肯定乘兴而来满意而归；同僚们则人人有份个个不亏皆大欢喜，其他则坑蒙拐骗能哄就哄能压就压。尤其是在集资、捐款等事情上面，高层领导号召全民动员共渡难关，往往是领导和基层人员积极行动，而相关负责人不仅不出力反而还能有所收获。看来世情如此，曹雪芹大人早在几百年前就发现了这个道理。

比较分析：办理可卿贾母两场丧事的对比

在《红楼梦》中，王熙凤有过两次办理丧事的经历，第一次是受宁国府一家之主贾珍之托协理秦可卿的后事，第二次是办理荣国府最高统治者贾母的丧事。结果是前一次大获成功，后一次颇为失败。同一个人办理同样的事，结果却大相径庭。究其原因，可以从以下八个方面进行对比分析。

管理效果不同

在协理秦可卿后事时，王熙凤长袖善舞，迅速建立起一套分工明确、权责清晰、赏罚分明的执行体系，几招下去，就把乱成一团的宁国府治理得井井有条，所谓："众人不敢偷闲，自此兢兢业业，执事保全"。但王熙凤在办理贾母丧事时，王熙凤则显得捉襟见肘、黔驴技穷，自己虽尽心尽力，上下左右却都有怨言，最后落得个"又气又急又伤心，不觉吐了一口血，便昏晕过去"。

管理权限不同

荣国府和宁国府，实际上是分门另过的。在宁国府，王熙凤是客人，是被贾珍聘请来当项目经理的。贾珍在向王熙凤移交权力象征——"对牌"时，就明确指出"妹妹爱怎样就怎样，要什么只管拿这个取去，也不必问我"，显然是完全授权给了王熙凤。而在荣国府，王熙凤名义上是当家人，但大事并不敢做主。贾母去世时，并不缺钱，但这个钱没有落到主办丧事的王熙凤手中，而是落到了长房邢夫人手中。日常开销，都要请示。邢夫人和王熙凤本有矛盾，又极吝啬，轻易不放钱出来，害得王熙凤只好向贾母、王夫人的丫鬟挪用，窘迫之极。显然，没有充分的授权，个人能力再强，执行力也是难以得到保证的。可见，充分的管理权限是确保执行有力的首要条件。

管理目标不同

王熙凤在协理秦可卿丧事时，贾珍交代得非常清楚："只要好看为上"，目标是单一而明确的，因此王熙凤执行起来就方便很多。而贾母去世后，荣国府的权力结构发生了重大变化，由原来的贾母、王夫人、王熙凤逐级授权的单一管理，转变为邢夫人、贾政、王夫人共同主事，而这三个人在贾母丧事的目标上并不统一，导致使王熙凤像无头的苍蝇一样，也不知往哪个方向走才好，甚至被鸳鸯批评为"一点头脑都没有"，执行力更是无从谈起了。可见，目标明确是确保执行有力的必然要求。

管理体制不同

王熙凤在协理秦可卿丧事时，贾珍的父亲贾敬一味好道，对家务俗事一概不管，贾珍成为宁国府实际上的最高领导人，他直接授权王熙凤全权代理秦可卿丧事，管理体制很顺。但办理贾母的丧事时，荣国府的管理架构出现了邢夫人、贾政、王夫人三足鼎立的态势，尤其是原先被排除在权力系统之外的邢夫人，由于拥有长房地位，发言权更大。行政指令上出现了政出多门的问题，管理体制上暴露了多头管理的弊端，运行机制上出现了"九龙治水"的现象，导致王熙凤不知道听谁的指挥，自然会大大弱化自己的执行力。可见，顺畅的管理体制是确保执行有力的根本保障。

严惩机制不同

王熙凤在宁国府理丧时，首先就制定规矩，而且擒贼先擒王。她到了宁国府以后，王熙凤首先做的第一件事就是制定游戏规则。她对来升媳妇道："既托了我，我就说不得要讨你们嫌了。我可比不得你们奶奶好性儿，由着你们去。再不要说你们'这府里原是这样'的话，如今可要依着我行，错我半点儿，管不得谁是有脸的，谁是没脸的，一样处理。"王熙凤不仅强调规则面前人人平等，而且要求管理者带头遵守规则。如严惩了一个有脸面的、迟到的家奴，起到了极大的震慑作用，从此，没有一个人不把王熙凤的话当圣旨，也从不敢阳奉阴违。但在办理贾母的丧事时，她最大的靠山贾母倒塌了，她的权力和地位江河之下，她的处罚权也是很有限的。老太太和邢、王二夫人的陪房、丫鬟她惹不起，园内姑娘们她更得罪不起，对那些有后台的人她也是管不了的。所以在严惩方面就无法做到公平，也就不能服众，执行力必然会大打折扣。可见，公平的严惩机制是确保执行有力的必要条件。

管理方式不同

王熙凤在宁国府理丧时，严明纪律，恩威并施。时间意识是王熙凤管理的一大特色。王熙凤一到宁国府就明确提出时间管理的要求，因此当王熙凤第一天"卯正二刻"到宁国府点卯，"那宁国府中婆娘媳妇闻得到齐"，她们的生物钟仿佛一下就被王熙凤调整过来了。王熙凤对宁国府的人说："素日跟我的人，随身自有钟表，不论大小事，我是皆有一定的时辰，横竖你们上房里也有时辰钟。"为了彻底扭转宁国府纪律涣散的作风，王熙凤每天亲自点名，狠抓劳动纪律。王熙凤十分谙熟恩威并施的管理之道，她一方面强调纪律，严格执法，同时也不忘让大家有个奔头，她鼓励大家说："咱们大家辛苦这几日罢，事完了，你们家大爷自然赏你们。"王熙凤的管理是"法家"式的管理，以严刑酷法为主，因此，她处理家奴一般都是"打一顿板子，撵了出去"，很少施恩于人，结果荣国府内的下人，对她除了怕就是恨。因此在办理贾母丧事时，这帮人看她左右不逢源，便趁机刁难，迫使心高气傲的王熙凤不得不低声下气，"婶子大娘"似地哀求。相反，一直作为懦弱无能形象示人的李纨，却在此时显得十分淡定从容。她吩咐自己的人不可落井下石，该帮忙时要帮忙，丫鬟婆子们也都听她的话；当王熙凤正在为去哪里借送殡用的车而发愁的时候，李纨却正在吩咐家人"我们的车马早早儿的预备好了，省得挤"。两下对比，此时的李纨比王熙凤更有执行力。这说明，德法并重，才是长久之计。可见，正确的管理方式是确保执行有力的必要补充。

用人制度不同

王熙凤在协理宁国府时，定岗定编，责任到人。王熙凤根据工作需要来定岗定编，分工清楚，责任明确，尤其是把做事与管物结合起来，把工作责任和经济责任结合起来，误了事要罚，丢了东西要赔。宁国府的管理果然面貌一新：某人管某处，某人领某物。但王熙凤在治理荣国府过程中却出现了严重的用人腐败现象。比如，她收受贾芹、贾芸的贿赂，让贾芹管理女尼女道，结果，涉嫌聚众淫乱被人贴出了大字报，使贾家颜面扫地；让贾芸接管草木工程，最后贾芸却参与了卖“巧姐”的恶行。而江南甄家推荐来贾家工作的包勇，对主子忠诚又会武功，但王熙凤就是不用他。贾母去世后，贾家大部分人去家庙守灵，家奴何三趁机勾结强盗劫掠荣国府，包勇挺身而出，击退强盗，打死何三，显示了不凡的才能。逢此良才，应予重用，但王熙凤没有任何表示，终于在隔夜晚上，让强盗再次潜入荣国府劫走了妙玉。可见良性的用人制度是确保执行有力的必要保障。

管理抓手不同

王熙凤在去宁国府之前，就率先对宁国府进行了“问题诊断”，她一针见血地指出，宁国府在管理上存在五大弊病：“头一件即是人口混杂，遗失东西；第二件，事无专管，临期推诿；第三件，浪费东西，滥支冒领，第四件，任无大小，苦乐不均；第五件，家人豪纵，有脸者不服约束，无脸者不能上进。”而且针对这些弊病，王熙凤对宁国府实施了铁腕式管理。但在办理贾母丧事时，却没有看到王熙凤对所存在问题进行有效诊断，也没有拿出行之有效的方案来。可见，有效的管理抓手是确保执行有力的必要手段。

第四章　李纨的借力策略

人物介绍：

清心寡欲的寡妻良母

名宦之女

李纨，字宫裁，是金陵名宦之女。父名李守中，曾为国子监祭酒，族中男女无有不诵诗读书者。至李守中继承以来，便说“女子无才便是德”。故生了李氏时，便不十分令其读书，只不过教些《女四书》，《列女传》，《贤媛集》等三四种书，使她认得几个字，记得前朝这几个贤女便罢了。平日却只以纺绩井臼为要，因取名为李纨，字宫裁。

年轻守寡

李纨嫁与贾政长子贾珠为妻。由于贾珠早死，年纪轻轻的李纨就成了寡妇，“再休提绣帐鸳衾，只留下镜里恩情”。贾珠与李纨婚后生下一个男孩贾兰，后不幸夭亡。因此这李纨虽青春丧偶，居家处膏粱锦绣之中，竟如槁木死灰一般，一概无见无闻，“惟知侍养亲子，闲时与小姑针黹而已”。正是因为李纨的这种表现，让贾府家长们完全放心，所以李纨被允许搬进了只有姑娘们才有资格居住的大观园。

贤媳良母

在大观园中她分住的是“稻香村”，书中的描写是“一带黄泥筑就矮墙，墙头皆用稻茎掩护。""……里面数楹茅屋。外面却是桑，榆，槿，柘，各色树稚新条，随其曲折，编就两溜青篱。篱外山坡之下，有一土井，下面分畦列亩，佳蔬菜花，漫然无际。"俨然是一派"竹篱茅舍"的农家风光。这个住所非常符合主人"心如枯井"、清心寡欲、自甘寂寞的性情。在后来探春结社的时候，李纨就自定了个"稻香老农"的雅号。作者对李纨这个角色是用同情又赞美的笔触描写的，她的形象既是贤媳良母也是一个典型的封建社会"三从四德"的牺牲品。在第63回寿怡红群芳开夜宴时，李纨抽到了预示个人性格及后来命运的梅花签，上有"竹篱茅舍自甘心"之句，出自宋代王琪的《梅》一诗："不受尘埃半点侵，竹篱茅舍自甘心。只因误识林和靖，惹得风流说到今。"

李纨正册判词之十　（画：一盆茂兰，旁有一位凤冠霞帔的美人。）

桃李春风结子完，到头谁似一盆兰？如冰水好空相妒，枉与他人作笑谈。

性格特征：博学精明又超脱的职场"胜女"

博学

虽说李纨的父亲"不十分令其读书"，但我们从书中还是可以发现李纨是很有才情的。她知识广博、内蕴丰富。贾宝玉对李纨评诗时称赞有加，说她："善看，又最公道。"

曹雪芹通过诗社，写出李纨的才和情，让我们看到她平日的无好无为，是不得不为，是在礼教压迫下的牺牲。李纨并不是真的与世无争，心如死灰。曹雪芹越是写出李纨性格的光彩，越衬出她心中的愁苦是多么深重。稻香村黄泥院墙中"有几百株杏花，如喷火蒸霞一般"，真叫"满园春色关不住"。李纨就是这关不住的"红杏"。

在芦雪庵赏雪联句时，李纨有一个出乎人们意料的举动，她罚贾宝玉去妙玉那儿乞红梅。贾宝玉与妙玉，本就有着说不清的情谊，大观园内人人心中有数。李纨分明是在用这种惩罚，调侃贾宝玉。这里流露出李纨对男女友情的一种同情、关切与鼓励，甚至也流露出一种羡慕、渴望和嫉妒。这是难得得以窥视的李纨内心性意识的冰山一角。不过，她采取的是东方式的可以意会不可语达的诗一般空灵的方式，这正是李纨式的“意淫”。

事实证明，性这种心理能量是不会自然消逝的，它只会以一种被改写的程序再次显示出来。外在的压抑将李纨的能量主体改写成道德主体，她在这一种道德的束缚下变形地消解欲望，消解能量。红学家们考证，曹雪芹的原书中，李纨的儿子贾兰，成人之后，参军立功，修成正果，不料后来也陷入了人生怪圈，早逝了。至此李纨唯一的希望与寄托全落空了。

《红楼梦曲》给李纨的曲目是《晚韶华》，虽然她阴骘积儿孙，儿子好容易“气昂昂头戴簪缨，光灿灿胸悬金印，威赫赫爵禄高登”却“昏惨惨黄泉路近”。

李纨的悲剧，是彻头彻尾的，从内到外的，只留给人们无限的感叹。

精明

李纨的精明，体现在她处处精打细算上。在第 45 回“金兰契互剖金兰语　风雨夕闷制风雨词”中，

> 凤姐儿笑道：“亏你是个大嫂子呢！……这会子他们起诗社，能用几个钱，你就不管了？……你一个月十两银子的月钱，比我们多两倍银子。老太太、太太还说你寡妇失业的，可怜，不够用，又有个小子，足的又添了十两，和老太太、太太平等。又给你园子地，各人取租子。年终分年例，你又是上上分儿。你娘儿们，主子奴才共总没十个人，吃的穿的仍旧是官中的。一年通共算起来，也有四五百银子。这会子你就每年拿出一二百两银子来陪他们顽顽，能几年的限？他们各人出了阁，难道还要你赔不成？这会子你怕花钱，调唆他们来闹我，我乐得去吃一个河涸海干，我还通不知道呢！”

在第 37 回“秋爽斋偶结海棠社　蘅芜苑夜拟菊花题”中，

> 李纨等因说道：“且别给他诗看，先说与他韵。他后来，先罚他和了诗：若好，便请入社；若不好，还要罚他一个东道再说。”……史湘云道：“明日先罚我个东道，就让我先邀一社可使得？”……宝钗听他说了半日，皆不妥当，因向他说道：“既开社，便要作东。虽然是顽意儿，也要瞻前顾后，又要自己便宜，又要不得罪了人，然后方大家有趣。你家里你又作不得主，一个月通共那几串钱，你还不够盘缠呢。这会子又干这没要紧的

事，你婶子听见了，越发抱怨你了。况且你就都拿出来，做这个东道也是不够。难道为这个家去要不成？还是往这里要呢？”一席话提醒了湘云，倒踌蹰起来。

再如第49回“琉璃世界白雪红梅　脂粉香娃割腥啖膻”中，

湘云道：“快商议作诗我听听是谁的东家？”李纨道：“我的主意。想来昨儿的正日已过了，再等正日又太远，可巧又下雪，不如大家凑个社，又替他们接风，又可以作诗……你们每人一两银子就够了，送到我这里来。”指着香菱、宝琴、李纹、李绮、岫烟，“五个不算外，咱们里头二丫头病了不算，四丫头告了假也不算，你们四分子送了来，我包总五六两银子也尽够了。”宝钗等一齐应诺。

通过以上文字可以看出，李纨的收入来自多个方面：“月钱”（月例银子）、“园子地”所取的租子、年终的“年例”等等（还有贾兰上学多领的“公费”每年银八两，后被探春革去，见第五十五回“辱亲女愚妾争闲气　欺幼主刁奴蓄险心”）。其总收入“一年通共算起来，也有四五百银子”，是很高的。她的支出却与整个贾府“进的少出的多”的情况正好相反，她们“主子奴才共总没十个人，吃的穿的仍旧是官中的”。也就是说，经过若干年这种“进的多出的少”的积累，李纨手里聚集了不少的财富。

就是这样一个财迷大奶奶，领导几个小姑子小叔子“玩耍”——作诗在她们心目中就是玩耍，叫“小顽意儿”——预算花五六两银子，她想到的是罚小姑子、小叔子出资作东道，还想到了“大家凑个社”，筹集资金。做一次这样的东道到底需要多少银子，作者未作交代。如果用不完所凑的四两银子，其结余部分理所当然就被李纨据为己有了。

与“精明”的李纨形成鲜明对照的是憨头憨脑又不自量力的“疯”湘云，自告奋勇“申请”作东道，这应该是作者故意安排的对比情节——“穷舍命，富抽筋”。

超脱

不管是曹雪芹先生还是一些红学家，对李纨的态度不是嘲笑，就是批评。

虽然按照曹雪芹的原意，后书中有贾兰“爵禄高登”一说，但这一天到来的时候，李纨却一病不起、“黄泉路近”了。所以曹雪芹说李纨守寡一辈子是“枉与他人作笑谈”，“也只是虚名儿与后人钦敬”。有的红学家也认为，李纨在贾家守节，是作了封建纲常礼教的牺牲品。总之，提到李纨，大家共同的看法是：她这一辈子白活了！好像贾珠一死，李纨非得立马重匀粉面再度嫁人不可，否则就是发傻。其实，这是对人的生存方式多样性的否定。从现代角度来看，李纨身在“富贵温柔乡”的贾府，却选择低调恬淡的寡居生活，更是一种超脱。

在《红楼梦》中，李纨一出场就是寡妇身份。整部书中，她都在平平淡淡地过日子，生活未见有大的起伏。李纨这种平淡的性格，也决定了她平淡的命运。李纨出身名门，父亲是国子监祭酒，诗书之家的传统使她有了读书的机会，但父亲并没有对她刻意培养，“无才便是德”就是对她的最高要求。所以，李纨从小读的书也只有《女四书》、《列女传》、《贤媛集》等三四种，受的教育就是做符合传统道德的贤淑女子。贾珠在世时，她夫妻两人的感情如何书中未明说，但我们从李纨有时流露出的对贾珠深深怀念的情愫来推测，二人应该是鸾凤和鸣、琴瑟相谐的。但是自从贾珠死后，李纨就把自己的情爱封闭了起来，“惟知侍亲养子”，带领小姑子们读书做针线。

作为一个为贾家生养了接续香火之人的大少奶奶，按理说李纨更有资格、也更应该发挥她在家族生活中的重要地位积极“参政议政”。可事实上，李纨对整个家族的事务却是不闻不问。凤姐生病，王夫人一开始是把家政管理工作托付给李纨的，探春的身份不过是李纨的助手。但实际工作开展起来后，一切却成了探春主持，李纨反而退到了后台。这并非是探春喧宾夺主，而是李纨的有意避让。因为李纨知道，在整个家族之中，凤姐的位置是风口浪尖，是“窝里斗”的焦点。主子与主子之间的矛盾，奴才与奴才之间的矛盾，主子与奴才之间的矛盾，全都集中在这里，弄不好就会翻船。凤姐如此机警，又有贾琏时不时出谋划策还动辄被“参”呢，更何况她一个寡妇！李纨不抛头露面，并不影响她的形象，相反倒提高了她的声誉。在下人的心目中，她心善面软，是一个活菩萨。在众小姑子眼里，她是一个作诗吃酒能和大家玩到一块去的大姐姐、一个随和的好嫂子，在她身上看不到节妇常有的那种矜持劲儿。在贾母眼里，她“带着兰儿静静地过日子”，是一个好孙媳妇。贾母除了认为她好，还觉得她“寡妇失业的”可怜，让她平时领的“工资”跟自己一样多，“年终奖”也让她拿最高的，此外，还给她园子让她收租子。所以，如果不考虑李纨“孤衾冷枕”的寂寞的话，她的日子过得还算是滋润的。

什么样的教育造就什么样的人。李纨是被“温良恭俭让”、“三从四德”等“主题教育”教化的，她的思维也就跳不出这个圈子。这也决定了她在改变自己的命运上不会有什么作为。李纨在宝玉的生日之夜掣签吃酒，她掣出的签是“竹篱茅舍自甘心”，这正是对她生活态度的真实写照。她不甘心又怎样呢？拿出大奶奶的款来像凤姐那样指东打西？那样的话，做事时稍有参差，小人们的唾沫星子就把她淹死了。领着兰儿再嫁他人？也未必会有好的结局。若嫁个好人还好，若嫁个歹的呢？不仅既得利益丢失无遗，后半辈子又落到苦海里去了，李纨赌不起，也不敢迈这一步。在李纨看来，维护一个美好的形象比什么都重要。因此待人接物时，她都采取了一种宽容的态度、一种随和与超脱的态度。惜春都可以进佛门，李纨课子读书、平平稳稳地过日子又有什么不好呢？青春的渴望总会过去，对凤姐、贾琏辈年轻夫妻的男欢女爱，置若罔闻也是一种人生选择。

管理模式：借力打力的管理策略

李纨的韬光养晦

关于李纨是否有管理才能的争论，目前还没有形成共识。一种观点认为李纨是无能的，另一种观点认为李纨不是无能，是没有给她施展才能的机会和舞台。实际上，李纨是藏拙，是韬光养晦。

认为李纨是无能的人，他们有来自文本中的确凿证据。书中在介绍李纨时多次提到她“女子无才便有德”、“竟如槁木死灰一般，一概无见无闻，唯知侍亲养子，外则陪侍小姑等针黹诵读而已”(见第 4 回“薄命女偏逢薄命郎　葫芦僧乱判葫芦案”)。王夫人也亲口说过她这个大儿媳妇“尚德不尚才的”，似乎李纨在才气方面的确差一些。她虽然也认识几个字还能作几首诗，还会“打小算盘”，但她的实用才能也算是较差的。在《红楼梦》里，有两个人被作者直接或通过书中人物之口间接“尊”为“菩萨”、“佛爷”，李纨就是其中之一。实实在在地讲，“菩萨”也好，“佛爷”也罢，它们是什么都不会做、不会干的，是些无用的“泥胎木偶”，再好也不过是个铁打铜铸的“像”而已。李纨在众人的眼里也差不多是个“菩萨”“佛爷”了，她的无能已经到了连孝敬都显得很笨拙的地步，

如第50回“芦雪广争联即景诗　暖香坞雅制春灯谜”中，

> 贾母便饮了一口，问那个盘子里是什么东西。众人忙捧了过来，回说是糟鹌鹑。贾母道：“这倒罢了，撕一两点腿子来。”李纨忙答应了，要水洗手，亲自来撕。贾母又道：“你们仍旧坐下说笑我听。”又命李纨：“你也坐下，就如同我没来的一样才好，不然我就去了。”众人听了，方依次坐下，这李纨便挪到尽下边。

她不能像斑衣戏彩、八面玲珑的凤姐那样讨贾母喜欢，反而让贾母有不自在、不舒服的感觉。她也不大领会尊长的意图，需要贾母多次重复命令。这也罢了，偏偏这位大奶奶也还是有些脾气的，众人都依次坐了，偏她就不依次坐，离老人家远远的，来一个弃而远之。这里作者只用了一个“挪”字，就把李纨当时的情绪写得淋漓尽致。

和王夫人一样，李纨是荣国府的正经主子。如果她有持家理事的能力，王夫人也许不会请贾琏和凤姐帮忙的，完全是因为无人可用，只能请琏凤主家了。与李纨比较，贾琏凤姐是“外人”，在无可奈何之际贾府“寡妇奶奶们不管事”的规矩就得改一改了。为了让读者坚信李纨不善持家，作者甚至还专门安排了凤姐生病的情节，其目的一方面是为了显示三丫头探春的才能，另一方面就是显示李纨的无能。在凤姐不能理事的时候，王夫人无奈之下请了一个姑娘(探春)、一个亲戚(宝钗)“出山”，李纨乍看上去是三个“镇山太岁”之一，其实充其量只是探春的助手。

那么，李纨是否真的无能呢？还是没有施展才能的机会？首先，按照贾府的家规，“寡妇奶奶们不管事的”，李纨年轻守寡，不能管事。其次，与温顺平和的李纨相比，干练泼辣的王熙凤是她婆婆的亲侄女，与王夫人的关系更亲一层，姑侄俩轻轻松松地就将家政大权牢牢地控制在她们手中。再次，选择王熙凤理家，也好平衡贾赦邢夫人和贾政王夫人两兄弟两妯娌间的关系。基于以上多方考虑，贾母王夫人没有给李纨施展才能的机会和舞台。

实际上，李纨是很精明的，她既不是无能，也不是没有施展才能的机会，而是在当时所处的环境下，她唯一能做的就是藏拙。理由有六：其一，自古以来有“寡妇门前是非多”之说，在贾府里做大管家要上下打点、各府应酬。何况荣宁两府都是是非之地，自然免不了家长里短，李纨为了自证清白，索性远离是非之地。其二，李纨有了荣国府的长重孙、长孙，地位就不一样了。她的重任是安安心心地将贾兰这棵好苗苗培养好，如果让李纨管家，必然会牵扯大量的精力而无暇顾及贾兰的培养，同时管家会得罪人而遭人嫉恨，对贾兰的成长环境也是不利的。其三，李纨虽不主事，但她的收入是很高的，“一年通共算起来，也有四五百银子”，与其像王熙凤那样吃力不讨好还要贴进去不少体已的忙碌，还不如退居二线坐拥一份收入颇丰又不劳心劳力的闲职。其四，李纨的权力欲不如王熙凤强，虽然同是出生于官宦之家，但李纨幼时接受的教育就是要做一个符合传统道德的贤淑女子，而王熙凤自幼是充当小子养的，两个人所接受的教育导致了权力欲的差距很大。其五，在李纨嫁给贾珠后，贾府这个大家族正在走向衰落。这一副难以收拾的烂摊子，连王夫人都不愿意管了，而是将它交给了贾琏和王熙凤，更何况她这样一个能力和威信都不及王夫人的年轻媳妇，就更不愿意接手。其六，李纨手里有三张牌，父亲李守中、丈夫贾珠、儿子贾兰，随着父亲的年龄见老，第一张父亲牌已经逐渐失去威力，第二张丈夫牌直接就废掉了，只剩一张儿子牌却仍是一个非常年幼的孩子，在当时基本上是没有任何威力的，没有了丈夫作为坚强后盾的寡妇，在贾府要保得母子周全，就必须藏拙，必须韬光养晦。

李纨的借力策略

贾母说李纨“寡妇失业的”，这五个字是极传神的。在那个时代，丈夫就是妻子的事业，死了丈夫就等于是失业。没有谁再为她打算，她从珠大奶奶变成了未亡人、树立于荣国府里的“活贞节牌坊”，大家都很有耐心地等待这个大活人变成石头，这是她惟一的任务，也是惟一的生存价值。李纨和儿子贾兰在大观园里的处境，是非常边缘化的。按当时的常理，李纨这个年轻的少妇，不可能“居家处膏粱锦绣之中，竟如槁木死灰一般，一概无见无闻”，只是她又能如何呢？面对着虚伪的道德礼仪，以及她那当过国子监祭酒的父亲所赋予她的文化负荷，使她只能守着缓慢如抽丝般的光阴，等待一个没有幸福的未来。但李纨并没有就此沉沦下去，做一个人见人怜的“苦瓜瓤子”，过一个没有前景的余生，她采取的是“借力策略”，来弥补她已经失去平衡的情感生活。

一是借儿子之力扬眉吐气。

李纨非常清楚，像荣国府这样的人家，人多嘴杂、勾心斗角，有时像企业，有时又像官场，惟独不像个家。薄情寡义如贾赦贾政之流，单只看林黛玉初进荣国府时，他们懒得见这个大老远投奔过来的外甥女，千方百计找了借口躲避，就可以想见这个家族的家长何等冷漠无情，自然更不会关心这个守活寡的儿媳妇。李纨深知世上没有救世主，也没有神仙皇帝，没有谁会给他们额外的帮助、真正地怜惜这孤儿寡母，他们一切都得靠自己。尽管贾兰遇到的漠视是令她心寒的，但她相信贾兰最终会让她扬眉吐气的，她最终也会像王夫人那样母凭子贵的。

在贾兰年幼时，贾琏无子，宝玉尚未娶亲，他是荣国府里第一个也是惟一的重孙，按说不知道有多金贵。然而红楼前 80 回里，竟全是宝玉出风头，这个可怜的孩子只能跟着贾环混，只有一次宝玉看他拿一支小箭飞奔过来，问他干什么，他说演习射箭，宝玉道，看跌掉了牙齿，你还演习不演习。这惟一的一点关心，也像是顺水人情。

大多热闹场合，都没有贾兰的身影，他的出镜率还赶不上尚在襁褓里的巧姐。试举一例，五十四回荣国府元宵开夜宴，真如凤姐形容的婆婆媳妇孙子重孙子灰孙子滴滴答答的孙子都来了，连贾菱贾菖这些明显现诌出来的人物都提到了，惟独没有贾兰。放鞭炮时，贾母搂着黛玉，薛姨妈要抱湘云，真正最小堪怜的贾兰，却谁都想不起来。他是在家里温书呢？还是在其他场合厮混？总之，他不是贾母们最爱摩挲的孩子，在他们心中最可怜见的倒是老大不小的宝玉。

对贾兰的忽视既有贾兰自身性格敏感的原因，也是李纨教育他让他读书上进的结果，还有贾府上下对他们母子薄情寡义的因素。第 22 回全家大小聚在一起猜灯谜，贾政不见贾兰，就问“怎么不见兰哥儿？”老婆子去问李纨，李纨笑着答道，他说方才老爷并没叫他去，他不肯来。众人都笑这孩子天生的“牛心拐孤”，贾政赶紧叫人去把他喊来。

一个小小的细节，体现了贾兰的敏感，寡母带大的孩子原就比较人心事重，比如李贺，比如许渭，在寡母落寞的身影之后成长，对人间世事自有一种体察，他们无法长成天真烂漫的孩子，无法做让人又爱又恨的淘气包。他们早熟的眼神，警觉地观察着世界，时刻准备闪躲，这样的性格，放在小户人家，或者更得至亲的怜爱。可是贾家太大了，子孙太多，长辈的疼爱成了稀缺资源，还会跟利益挂钩，子孙之间因此有了若隐若现的争夺。贾环为什么要推翻油灯，烫宝玉的脸？除了宝玉跟彩霞搭话，更因为他争宠争不过宝玉。贾母王夫人等有限的亲情就更分不到内向的贾兰头上，她们疼爱开朗活泼的宝玉凤姐还疼不过来呢。

贾珠死后，李纨凭借一双慧眼，看清楚了孤儿寡母在贾府处境，所以她把全副精力都投入到对贾兰的培养上，这是她自强不息精神的充分体现。她对贾兰的培养是全方位的，不仅督促他读圣贤书，为科举考试做案头准备，还安排他习武。书里有一笔描写，就是在第 26 回，宝玉在大观园里闲逛，顺着沁芳溪看了一回金鱼，应该是跟金鱼说了一回话。前面分析过宝玉，他脑子里绝无什么读书上进、谋取功名一类的杂质，他沉浸在诗意里面，他把生活当成一首纯净的诗在那里吟、那里赏。这时候，忽然那边山坡上两只小鹿箭也似地跑了过来，打破了诗意，可爱的小鹿为什么这么惊慌失措？宝玉不解其意，正自纳闷，只见贾兰在后面拿着一张小弓追了下来，一见宝玉在面前，就站住了，跟宝玉打招呼。宝玉就责备他淘气，问好好的小鹿，射它干什么？贾兰回答说是这会子不念书，闲着作什么呀？所以演习演习骑射。清朝皇帝，特别是康、雍、乾三朝，非常重视保持满族的骑射文化，对阿哥们的培养，就是既要他们读好圣贤书，又要能骑会射，所以当时贵族家庭也就按这文武双全的标准来培养自己的子弟。李纨望子成龙心切，对贾兰也是进行全方位的培养，要他能文能武。那时候，科举考试也有武科，八十回后贾兰中举，有可能就是中的武举，后来建了武功，“气昂昂头戴簪缨，光灿灿胸悬金印，威赫赫爵禄高登”，母因子贵，李纨也终于扬眉吐气，封了诰命夫人。可见李纨的借力策略是成功的，判词也说“桃李春风结子完，到头谁似一盆兰”。

二是借小姑之力共创诗社。

第 7 回“送宫灯贾琏戏熙凤”。展现那对小夫妻的闺房之乐，虽然只是一阵笑声，却说明凤姐跟贾琏还是有过一段好时光的。同一时刻，李纨却歪在炕上打盹。这只是撷取一个小小的场景，更有多少难挨的夜晚，不知道李纨如何度过。可见李纨的情感生活是非常凄苦的，在第 7 回中还提到李纨在贾府中很清闲，不似王熙凤那么忙碌。

> 原来近日贾母说孙女儿们太多了，一处挤着倒不方便，只留宝玉黛玉二人这边解闷，却将迎、探、惜三人移到王夫人这边房后三间小抱厦内居住，令李纨陪伴照管。

李纨进入大观园后，精神面貌焕然一新。二月二十二日，姑娘们搬进园。

春天还没有过完，也就是一个月左右，李纨就提出要办诗社。李纨提出办诗社充分说明了李纨的内心并非“心如古井”，而是涌动着波涛，期望着变革，充满着对美好幸福生活的渴望。但李纨是谨慎的，她没有去炒作她的创意。直到将近半年以后的八月，在第 37 回中，贾政点了学差离京后，再没人能管教宝玉，宝玉越发与大观园中的姐妹们玩得无拘无束。探春兴起，写帖子邀请众姐妹和宝玉一起创建诗社作诗，步骤如下：

第一步：结社倡议。她给宝玉和众姐妹送上了帖子（犹如今日之开会通知或邀请函），邀集大家共议。

第二步：阐述结社的重要性。在给宝玉的帖子中，还特别举出了东晋高僧慧远之莲社及谢安邀友集于东山的典故，以为结社之榜样。帖中云：“孰谓莲社之雄才，独许须眉；直以东山之雅会，让余脂粉。”意思是谁说结诗社以展示才华，只能是男子的事，女子也应有此雅会。对探春的创意，宝玉自然“喜得拍手”叫好，而且表示“早就该起个社的”。

第三步：制定方案并付诸实施。在探春的号召之下，众姐妹都热烈响应，聚会在秋爽。探春提出了诗社活动的时间，“一月之中，只可两三次才好。”又表示“我须得先作个东道主人”，并决定当日就开一社。

实际上，结社的创意首先是李纨提出来的，但李纨并不与贾探春争功，一听到消息，立刻赶到贾探春那儿，称赞贾探春“雅的很”。李纨采取一系列行动来支持贾探春、支持诗社。一是自荐为掌坛人。二是拿出自己的稻香村作为社址。三是肯定林黛玉的建议“极是”，不要再用姐妹叔嫂这些俗称，“何不大家起个别号”，并且第一个为自己起了个别号：“稻香老农”。自诩为“霜晓寒姿’的老梅，“竹篱茅舍自甘心”。四是出了个人人叫好的主意，邀王熙凤做监社御史，好解决经费问题。李纨知道，没有钱，是什么好创意都没法实现的，是万万不能的。为了让王熙凤就范，李纨对王熙凤发动炮轰：一口气送给王熙凤“无赖泥腿市侩”“下作贫嘴恶舌”“黄汤灌狗肚”“狗长尾巴尖”“泼皮破落户”“楚霸王”的系列雅号，“恨不得将万句话来并成一句，说死那人”，有如狮子搏兔，势不可挡，显现了她性格中的奇光异彩。李纨这个要钱的办法，是主动进攻。又是创新之举。王熙凤居然甘拜下风。说若不答应你，“岂不成了大观园的反叛了！”王熙凤非常清楚，大观园众女儿的心，与李纨是相通的。王熙凤知道，不能与李纨对抗，也用不着与李纨对抗。李纨在权力斗争中已经弃了权，只不过说说狠话、快活快活嘴巴而已。所以，王熙凤从未对李纨施以报复。这二妯娌只有矛盾而无对抗，和平共处了一生。五是李纨提出了诗社第一社的诗题——咏白海棠。

李纨的运作，很快使贾探春的提议落到了实处。第一次做海棠诗，宝钗的诗被评为最好。次日贾母接来湘云，湘云也加入了诗社，并且在宝钗的帮助下做东请大家吃螃蟹，再做菊花诗。贾母、王夫人、薛姨妈和凤姐都出席了螃蟹宴，贾母的默许下，贾府的众丫头都懈怠下来各自狂欢饮酒，鸳鸯平儿与凤姐打闹嬉笑，全然没有了以往的森严等级。湘云以新奇的方式出菊花诗题，黛玉的两首诗成为魁首。这是大观园里的第一场文化狂欢。此后一发而不可收，海棠诗之后，有菊花诗、芦雪庵即景诗、怀古诗、桃花诗，这些都是大观园里的文化盛宴，获得了极大的成功，并得到贾母王夫人的认可。

李纨社会活动的潜在能量，让人吃惊。她如果有王熙凤那样的机会，未尝不是一个杰出的经营管理人才。可惜的是，一个寡妇身份，使她的这份才能无以施展。从进大观园之后、从建立诗社之后，李纨完全变了一个人，我们经常可以看见她的笑容，听见她的笑声。她既写诗，又评诗，活跃异常。她和姐妹们一起，利用诗社，向封闭、窒息她们生活和心灵的纲常名教发起了挑战。

在创建诗社的过程中，李纨主动请缨做诗社的社长，大观园中第一个以女诗人为主体的诗社诞生了，而且成为《红楼梦》这部“交响乐”中最美好的旋律。而诗社的创建，既是探春才干的一次高雅的显现，更是李纨从管理后台走到前台的一个转折点。最为关键的是，李纨借助那些姐妹们的力量，一起创建诗社、吃酒做诗、戏谑调笑，弥补情感世界的空白。

成功理由：定位清晰并抓住机会

李纨由一开始的“寡妇失业”到被封为“诰命夫人”，从儿子贾兰“十年寒窗无人问”到“一举成名天下知”，从情感孤寂到姑嫂同乐，其成功的秘诀，关键在于她定位清晰并抓住了机会。

定位清晰：儿子的成功教育是最大的成就

李纨最大的成功，就是她角色定位准确，她非常清楚，儿子贾兰的成功教育就是她此生最大的成就。贾兰考中功名并不奇怪，贾兰外公李纨的父亲是“国子监祭酒”，国子监就是当时第一高等学府，祭酒就是掌门人，那就相当于现在的北京大学校长，贾兰有先天基因。同时，后天环境也有促成贾兰成功的因素。贾兰父亲早逝，表面上看，贾家上下，特别是贾母对李纨疼爱有加，但这里面更多是对守寡孙媳的尊敬和同情，礼貌成分远远高于感情因素。但贾兰有一个智慧的母亲，尽管母亲李纨在贾府是带着孤儿的寡母，娘家也不是富贵势大之族，李纨在贾府的一片花团锦簇中作出的是“守拙”的选择，她不争风要强，而是一心守寡，心如止水，对自己的角色定位准确。在这样的环境之下，不同的母亲对孩子的教育就会作出不同的选择。赵姨娘的愚蠢就在于她总挑唆贾环去跟宝玉比，结果无非是以卵击石碰得头破血流；李纨从不挑唆孩子去争风吃醋，哪怕可以以此作为激励孩子向上的理由，李纨真是如此拙陋之人？我们知道大智若愚的说法，李纨该当如是。所以李纨应该有她的隐忍，“守拙”只是她的表象和应对的工具。李纨对儿子并不“言传”，但是李纨有她的“身教”。母亲的隐忍，是她内心或多或少都会产生的苦衷，为儿子抱不平，对儿子抱期待……稍稍懂事的孩子就会体会出来。而这种“体会”，甚于千万句教诲与敦促，因为只有“体会”才能化成内在的力量，然后转化为行动，外人的教诲与敦促如不能变成受教育方的“体会”，那一切都只是枉然。

再则李纨这种“隐忍”也传导给了孩子，令孩子不会像贾环一样将精力都花在争风吃醋上。但谁没有向上要强之心？没有那心的恐只是圣人了。李纨贾兰母子只是将那向上之心内化成了努力的动力。这也是“寒门出贵子”的道理，李纨未必是贾府的寒门，但是李纨给孩子的教育是刻意成为了“寒门”。所以最后李纨母子成功了，成为“笑到最后的职场胜女”。

抓住机会：机会的把握是职场制胜的法宝

对待机会有四种境界：智者创造机会，强者抓住机会，弱者等待机会，愚者放弃机会。李纨虽没有达到“智者创造机会”的最高境界，但也达到了“强者抓住机会”次高境界。

李纨当时在贾家的处境，就是个“精神摆设”，老太太房里的慧纹工艺品是显示他们家的富贵，“活牌坊”李纨身上则体现了国公爷家犹存的气节，竖起这个牌坊后，任贾珍贾琏们怎样荒唐无耻荒淫无度，仍然可以自诩为“规矩大”的人家。

坦率地说，贾府的人对李纨也不全是冷漠，他们对于李纨的情感，在尊敬中又有一些警惕和疏远。在那个时代，一个寡妇是让人尴尬的，会被认为是

“克夫命”而让人不敢亲近。沉默固然不当，赞美也是一种残忍，贸然表示同情，却只是“提出问题”而不想“解决问题”，又显得伪善，所以最好是尽可能地装做忘记她的身份，以寻常人待之。李纨再多的苦楚也只应该往肚子里咽，否则就是不合时宜，除非是别人主动提起，比如宝玉挨打那回，王夫人哭得肝肠寸断时忽然想起贾珠来，李纨也才能跟着痛快哭一场。

又比如第 39 回的螃蟹宴上，大家正是一团高兴时候，李纨因平儿触动心事，说起贾珠在世时，也有几个房里人，可惜这些人守不住，日日在屋里不自在，只好趁年轻都打发了。“若有一个守得住，我倒有个膀臂。”说着滴下泪来。见她如此，众人都道：“又何必伤心，不如散了倒好。”说着便都洗了手，大家约往贾母王夫人处问安。

这样看来，李纨似乎只有如同书里第四回介绍她说，“这李纨虽青春丧偶，居家处膏粱锦绣之中，竟如槁木死灰一般，一概无见无闻，惟知侍奉亲子，外则陪侍小姑针凿诵读而已。”可喜的是，李纨在陪侍小姑针凿诵读的日常生活里，终于抓住了一个千载难逢的好机会，协助大观园里的姑娘们办好诗社。

李纨的这一借力策略，有着一举多得之功效：一则丰富了大观园中姐妹们的文化生活，凝聚了人心；二则体现了李纨不俗的管家能力，提升了地位；三则填补了李纨内心情感世界的空虚，充实了生活；四则博得了贾母王夫人等的欢心，拉近了距离。从李纨的成功借力我们可以看出，机会的把握是职场制胜的法宝。

比较分析：熙凤李纨管理模式的对比

熙凤和李纨这对妯娌管理模式的不同之处，综合起来，主要表现在：其一，管理特点与模式不同；其二，管理的出发点不同；其三，处理矛盾的方式不同；其四，处理人际关系不同；其五，对待经济利益不同；其六，管理方式方法不同；其七，管理效果与个人成就不同；其八，管理权限和权力基础不同。

管理特点与模式不同

由于熙凤采用独裁的管理模式，李纨采用“借力打力”的管理模式，导致两者的管理特点不同。熙凤在理家的过程中重威严轻怀柔，重管制轻安抚，重集权轻分权，处处体现出她的霸气、强势；李纨在管理的过程中则正好相反，重怀柔轻威严，重安抚轻管制，重分权轻集权，处处体现出她的温顺、弱势。

管理的出发点不同

在理家的出发点方面，两人相差悬殊。熙凤管理的出发点重在维护贾府的正常运转的同时使得个人私利最大化；而李纨则重在不得罪人，与人为善。熙凤虽然是贾府的大管家，但她并不是真正握有实权的贾政王夫人的儿媳妇，她不可能不为自己留条后路，所以她把个人私利看得很重。而李纨尽管不是大管家，但她生下了贾政王夫人的长孙，她真心希望有人能解决贾府日积月累的问题，所以她不仅不反对而且很赞同探春的改革。

处理矛盾的方式不同

在解决复杂矛盾事件上，两人方式截然不同。凤姐遇到矛盾绕着走，八面玲珑，权谋一流，善于解决矛盾，她的权谋高于大观园众多女中豪杰，有“女曹操”之称；而李纨则更是性格温柔、与世无争，遇到矛盾肯定回避，她的处世哲学是远离是非之地，逃离矛盾漩涡，为儿子营造一个“世外桃源”般的成长环境。

处理人际关系不同

在处理关系尤其是与人合作关系方面，两人也各不相同。凤姐杀伐决断，独断专行，她的严刑峻法使得天怒人怨，私底下对她恨之入骨的大有人在，如赵姨娘就请马道婆做法陷害她；而李纨很会处理人际关系，行事低调又精于暗中算计，明哲保身，处处以“活菩萨”的形象出现。

对待经济利益不同

在争取经济利益的问题上，两人则殊途同归。凤姐行事，着眼的是自己的经济利益，她热衷于权钱交易，常常假公济私，放高利贷，收受贿赂，依靠的是“挟天子以令诸侯”的威和权；李纨则由于“寡妇失业”，又处于权力的边缘，她着眼的是儿子贾兰能有一个相对富裕的生活环境，所以她处处精明算计，这一点与王熙凤有共同之处。

管理方式方法不同

在管理方式方法上，两人也反差很大。凤姐私心很重，处理人时心狠手辣，对待财物巧取豪夺，放高利贷精打细算，对待情敌暗藏杀机；李纨则对人温柔和顺，处事低调平和，宽以待人以和为贵，对财物她也精打细算但不巧取豪夺，而且与上下人等都能搞好关系，在夹缝中求生存。

管理效果及个人成就不同

在管理效果及个人成就上，两人存在差异。这一点在判词中就一目了然，王熙凤的判词是“凡鸟偏从末世来，都知爱慕此生才。一从二令三人木，哭向金陵事更哀。”吴恩裕先生《有关曹雪芹十种·考稗小记》中说：“凤姐对贾琏最初是言听计‘从’，继则对贾琏发号施‘令’，最后事败终不免于‘休’之，故曰‘哭向金陵事更衰’云云。”这位“金陵王”家的女强人，最后受到了极大的打击，命蹇运乖，已无能为力，才只好哭着回娘家去。李纨的判词是“桃李春风结子完，到头谁似一盆兰。如冰水好空相妒，枉与他人作笑谈。”李纨一生奉行“三从四德”，是一个封建社会贤女节妇的典型。丈夫去世以后，望子成龙便成了她唯一盼头。贾兰中了举，暂时满足了她的愿望，但是贾家的衰败又属必然，局面已成，无法挽回，李纨最终也只落得“槁木死灰”。

管理权限和权力基础不同

在管理权限和权力基础上，两人也体现出较大差距。李纨的权力一部分来自于凤姐病倒后王夫人临时赋予的代管权，管理地位并不稳固，其管理权限也仅限于和探春、宝钗共同维持日常生活的运转；另一部分管理权限是借助于陪侍小姑子的机会，她主动争取当诗社的社长才得到的，但这方面的权力是很有限的；而熙凤的权力则来自于贾府董事长和总经理王夫人的全权委托，她的管理权限是很大的，而且最为关键的是她的理家方案完全迎合了贾母王夫人等当权者的切身利益。

第五章　探春的经济体制改革

人物介绍：敏探春

贾探春是中国古典小说《红楼梦》中的主要人物，是贾宝玉的庶出妹妹，贾政赵姨娘所生，与贾环同母。她也是海棠诗社的发起者，别号蕉下客，居于大观园中的秋爽斋，为人精明能干，擅长书法，从金陵十二钗的判词中推断最终远嫁他方。

从外貌看，“削肩细腰，长挑身材，鸭蛋脸面，俊眼修眉，顾盼神飞，文采精华，见之忘俗。”探春是一个不同凡响的智慧型美女。

从才情看，曹雪芹给予探春一“敏”字(第56回回目“敏探春兴利除宿弊 时宝钗小惠全大体”)，完全写出探春之性格；探春动静、进退皆宜，用行舍藏，推崇法理，不和恶势力妥协而给予迎头痛击，在红楼梦书中可作为少数的儒家思想代表人物。她是曹雪芹笔下除王熙凤外另一个展现有治事长才的角色，她和薛宝钗、李纨的铁三角组合被下人喻为三个“镇山太岁”，也是在贾府中具备慧眼及勇气的女性，脂批：“探春看得透、拿得定、说得出、办得来，是有才干者。”在抄检大观园时，探春也是唯一具有主控权的小姐，充分表现出一捍卫下人的领导者风范(由此也可见其平日对下人的管理是让她们足以信赖她的)并明白的表示人格被怀疑的愤怒，相较于贾迎春的懦弱、贾惜春的明哲保身、林黛玉的置身事外，探春对抄检这般不合理的事采取充分准备并正面迎战，令人不得不服、不得不赞叹。

从性格看，探春性格开朗、大方，才情高且有着自己的一番抱负，是个有政治家风范的小姐。她擅长书法、下棋而不是女红，可见她不是一个一般意义上的美女、才女。

从住所看，探春住在秋爽斋，这是《红楼梦》大观园中的一处建筑。元妃省亲期间，题有“桐剪秋风”匾额。“探春素喜阔朗，这三间屋子并不曾隔断。当地放着一张花梨大理石大案，案上摞着各种名人法帖，并数十方宝砚，各色笔筒，笔海内插的笔如树林一般。那一边设着斗大的一个汝窑花囊，插着满满的一囊水晶球儿的白菊。西墙上当中挂着一大幅米襄阳的《烟雨图》，左右挂着一副对联，乃是颜鲁公墨迹，其词云：烟霞闲骨格，泉石野生涯。案上设着大鼎。左边紫檀架上放着一个大观窑的大盘，盘内盛着数十个娇黄玲珑大佛手。右边洋漆架上悬着一个白玉比目磬，旁边挂着小锤。……东边便设着卧榻，拔步床上悬着葱绿双绣花卉草虫的纱帐。”见于第四十回“史太君两宴大观园 金鸳鸯三宣牙牌令”。

从代表花看，探春为十二钗中唯一具两代表花者：一是杏花，代表其命运。六十三回“寿怡红群芳开夜宴　死金丹独艳理亲丧”中掣花签时所得为杏花：“众人看上面是一枝杏花，那红字写着‘瑶池仙品’四字，诗云：‘日边红杏倚云栽。’注云：‘得此签者，必得贵婿，大家恭贺一杯，共同饮一杯。’”二是玫瑰，代表其性格。六十五回中，贾琏偷娶尤二姐后，其心腹小厮兴儿对尤二姐大略介绍家中人物时，提到探春时有以下评语：“三姑娘的浑名是‘玫瑰花’...玫瑰花又红又香，无人不爱的，只是刺戳手。也是一位神道，可惜不是太太养的，‘老鸹窝里出凤凰’”。

玫瑰带刺，但若不受威胁绝不主动攻击，正如探春个性。第74回“惑奸谗抄检大观园 避嫌隙杜绝宁国府”中给予王善保家的令人爽快的一巴掌，也是因为王善保家的以下犯上，并且掀探春的衣襟，此举无疑将探春当贼看。探春的动怒是捍卫人格的一种表现，之所以口称王善保家的为‘奴才’，更是以阶级制度杜绝污辱。而玫瑰“又红又香，无人不爱的”也是探春个性令人喜爱的一面，探春落落大方，不扭捏造作。

从判词看，曹雪芹给贾探春的判词为“才自精明志自高，生于末世运偏消。清明涕送江边望，千里东风一梦遥。”再结合《红楼梦曲》里写的：“一帆风雨路三千，把骨肉家园齐抛闪。恐哭损残年，告爹娘，休把儿悬念。自古穷通皆有定，离合岂无缘？从今分两地，各自保平安。奴去也，莫牵连。”这说明了她后来是离家远别了，后四十回续书写她嫁给镇守海门等处总制周琼之子，但据曹雪芹的初衷，她可能是嫁给了一个王子，成为王妃。在书中第63回“寿怡红群芳开夜宴”中，探春掣签，签上写道“得此签者，必得贵婿，大家恭贺一杯，共同饮一杯。”众人笑道“……我们家已有了个王妃，难道你也是王妃不成？大喜，大喜。”这些看似是玩笑话，但也可能是条伏线。她抽到的是枝杏花签，签上写道“瑶池仙品”，并引入唐代高蟾诗句“日边红杏倚云栽”，根据封建时代的传统和习惯“日”是皇帝的象征，“日边红杏”应是指皇帝身边的贵妇人。又根据舒四爷所见《乾隆五十五，六年间钞本》说《红楼梦》里“内有皇后，外有王妃”（参阅舒批《随园诗话》），或者早期抄本确有探春嫁为王妃的情节安排。但根据刘心武先生的探轶，探春是被皇上和番，远嫁到了茜香国。无论哪种分析，基本上都认为探春最终是远嫁异国他乡了。

管理才能：决断果敢有魄力

敏探春的总体评价

《红楼梦》中贾府里的三小姐贾探春，是个“才自精明志自高”、有远见、有抱负、有作为的女子，她敢说敢为、办事练达。她最出色的表演是在凤姐患病期间，治理大观园，兴利除弊，富有改革精神。再是抄检大观园时，王善保家的无理取闹，要搜她的身，她无所畏惧，为维护自己的尊严打了王善保家的一记耳光，表现出决断果敢的气概。

贾府的三小姐探春浑名“玫瑰花”，她在思想性格上与同是庶出的姊姊“二木头”迎春形成了鲜明的对照。她精明能干，有心机，能决断，连凤姐和王夫人都畏她几分、让她几分。在她的意识中，区分主仆尊卑的封建等级观念特别深固。她之所以对生母赵姨娘如此轻蔑厌恶，有一点因为生母赵姨娘“着三不着两”。抄检大观园时，在探春看来，“引出这等丑态”比什么都严重，她“命众丫鬟秉烛开门而待”，只许别人搜自己的箱柜，不许动一下她丫头的东西，并且说到做到，绝无回旋余地，这也是为了在婢仆前竭力维护作主子的威信与尊严。“心内没有成算的”王善保家的不懂得这一点，动手动脚，所以当场挨了一记巴掌。

美丽的探春，不仅才干出众，而且情趣高雅。她的诗才虽不及薛、林，但亦有自己的韵味，其《簪菊》诗，就受到姐妹们的好评。她处事、治家，也更有“文化品味”。与凤姐相比，两人皆有才干，都可谓理家能手，但两个人的“境界”却不同：探春关注的是整个家族的命运，而凤姐主要是为了一己之私利；探春理家有理念，有危机感，有忧患意识；而凤姐全靠随机应变，唯以讨好贾母为主，充满市俗气。探春身为女子，但其爽朗气概不让须眉。请看她居住的阔朗的秋霜斋里：大理石案上“笔如树林”、“宝砚数方”，墙上是“大幅字画”，案上是“大鼎”，架上是大观窑的“大盘”，盘里是数十个“大佛手”……居室如其人，这毫无脂粉气的居室，正表现了探春的男子气度。

探春的管理才能，主要体现在第37回“秋爽斋偶结海棠社 蘅芜苑夜拟菊花题”，第46回“尴尬人难免尴尬事 鸳鸯女誓绝鸳鸯偶”，第56回“敏探春兴利除宿弊 时宝钗小惠全大体”，第74回“惑奸谗抄检大观园 矢孤介杜绝宁国府”等回目中，后文加以一一分析。

巾帼不让须眉的刚烈品格

探春在《红楼梦》中无疑是一个活跃人物，她个性突出，与众不同。元妃省亲时诸姐妹的题咏、林黛玉葬花之诗，都显示着大家的诗才。贾探春，这个有才干、有思想的三姑娘，正是根据这种情况第一个提出了建立诗社的创意（第37回），她给宝玉和众姐妹送上了帖子（犹如今日之开会通知或邀请函），邀集大家共议。在给宝玉的帖子中，还特别举出了东晋高僧慧远之莲社及谢安邀友集于东山的典故，以为结社之榜样。但值得注意的是帖中云：“孰谓莲社之雄才，独许须眉；直以东山之雅会，让余脂粉。”意思是谁说结诗社以展示才华，只能是男子的事，在这里却主张我们女子也应有此雅会。我们虽不能说探春是女权主义者，但她不让须眉的刚烈品格，却是显而易见的。对探春的创意，宝玉自然“喜得拍手”叫好，而且表示“早就该起个社的”。在探春的号召之下，众姐妹都热烈响应，聚会在秋爽。探春提出了诗社活动的时间，“一月之中，只可两三次才好。”又表示“我须得先作个东道主人”，并决定当日就开一社……总之，探春不仅是建立诗社的创意者，也是诗社活动的“决策”者。于是，大观园中第一个以女诗人为主体的海棠诗社诞生了，而且此后一发而不可收，海棠诗之后，有菊花诗、芦雪庵即景诗、怀古诗、桃花诗……，成为《红楼梦》这部交响乐中最美好的旋律。而诗社的创建，正是探春才干的一次高雅的显现。

在第55回中，探春还曾对自己的生母赵姨娘说道：“我但凡是个男人，可以出得去，我必早走了，立一番事业，那时自有我一番道理。偏我是女孩儿家，一句多话也没我乱说的。”可见她具备巾帼不让须眉的刚烈品格。

“兴利除宿弊”的改革魄力

探春对贾府面临大厦将倾的危局颇有感触，她想用“兴利除宿弊”的经济体制改革来挽回这个封建大家庭的颓势，但这只能是心劳日拙，无济于事。

第55回一开始，就写凤姐“小月了”（流产），在家养病，“不能理事”。于是，受王夫人之托，探春偕李纨、宝钗共同理家，用下人们的话来说，则是“倒了一个巡海夜叉，又添了三个镇山太岁”。探春理家遇到的第一个问题，就是那些管家媳妇们对她的轻视甚至是故意的刁难，如吴新登的老婆就是一个代表。赵姨娘的兄弟赵国基死了，该赏多少银子按常规，吴新登老婆应该在报告此事的同时，还要说出惯例，以备主子裁决，但这次吴家老婆报告了赵国基已死之后，“垂手旁侍，再不言语”，意思很明白，看三姑娘如何处置，更何况赵国基与贾探春又存在那种特殊的血缘关系，所以更是对探春考验。聪明的探春，当然意识到问题的敏感，立刻制止了李纨赏银四十两的表态，责令吴家的说出以往的成例，而吴家的却回答说忘了，要现去查旧账。探春笑道：“你办事办老了的，还记不得，倒来难我们。你素日回你二奶奶也现查去？……”一通不软不硬、绵里藏针的妙语，把个吴家的说得“满面通红，忙转身出来”。这一回合，探春显然是强者，是赢家。查了旧账以后，探春按例决定赏银二十两。

但这一决定立刻引来赵姨娘的大闹，赵姨娘说：“……如今你舅舅死了，你多给了二三十两银子，难道太太就不依你？……（你）如今没有长羽毛，就忘了根本，只拣高枝儿飞去了！”探春没听完，“已气的脸白气噎，抽抽咽咽的哭起来了。”从血缘关系上说，赵国基无疑是探春的舅舅，但在封建宗法制社会里，这一血缘关系是不被认可的，她只能承认王夫人是母亲，生母赵姨娘反而成为“姨娘”。因此，她也只承认王夫人之兄王子腾是舅舅，不承认赵国基是舅舅，而且在她眼里，赵国基不过是跟着贾环的仆人（这也是事实）。这一切，对今天的读者来说，是不可理解的，但历史就是如此，这是封建社会的畸形状态，是封建宗法制度对人性的摧残。贾探春作为贵族之家的一个年青女子，她根本不可能与这强大的宗法制度相抗衡。探春最痛心的，就是赵姨娘唯恐别人不知道贾探春是她赵姨娘养的，“必要过两三个月寻出由头来，彻底来翻腾一阵，生怕人不知道，故意的表白表白。”庶出的身世，无疑是探春终身的悲剧，而生母赵姨娘卑劣的品格，阴暗的心理，在贾府中的恶名，更给探春造成极大的压抑。

然而刚强的探春，正是在这样的背景下，以自己的才干，成为众姐妹中的公认的佼佼者。

有敏锐洞察力的战略眼光

探春是最关注家族命运的“政治家”，她为贾府上下的“自杀自灭”而痛心疾首。在她的心目中，“抄检大观园”对贾府来说，就是“自杀自灭”的奇耻大辱。

第 74 回写了对大观园中七个地方的抄检，最精彩的就是在探春房里的一幕。我们不妨把整个过程分为八个层次：

(1) 探春知道有人来抄检，“命众丫头剪烛开门而待”；

(2) 公然申明：“我的东西倒许你们搜阅，要想搜我的丫头，这却不能”；

(3) 联想到甄家的被抄，慨叹自家是在“自杀自灭”；

(4) 要凤姐明确回答“东西都翻明白了”；

(5) 王善保家的“显势作脸献好”，拉起探春的衣襟；

(6) 探春大怒，打了王善保家的一记响亮的耳光，痛骂她是“狗仗人势”的奴才；

(7) 侍书挖苦王善保家的，凤姐赞许“真是有其主必有其奴”；

(8) 众人劝慰探春，结束。

由此可以看出，探春对此丑行深恶痛绝已达极点。被抄检的其它六处，所有的人都恐惧万分，而探春却“剪烛开门而待”，这本身就是抗议！她维护自己的丫鬟，不准翻抄丫鬟之物，这也是抗议！她怒打王善保家的，这更是抗议！探春之所以如此愤激，道理很简单，请看下面一段探春的最“经典”的剖白与感叹：

> 你们别忙，自然连你们抄的日子有呢！你们今日早起不曾议论甄家，自己家里好好的抄家，果然今日真抄了。咱们也渐渐的来了。可知这样大族人家，若从外头杀来，一时是杀不死的，这是古人曾说的“百足之虫，死而不僵”，须从家里自杀自灭起来，才能一败涂地！说到这里，探春已“不觉流下泪来”。

探春不是贾府的叛逆者，更谈不到封建社会制度礼教的叛逆者，相反，她是贾府大厦的最真诚的维护者。因此，当她以“政治家”的敏锐眼光看到了大厦将倾的现实时，激发出的悲愤、痛惜之情，就比贾府上下所有的主子来得更强烈、更真挚。实可谓一片赤诚！

然而，探春的警策之论以及种种兴利除弊、秉公治家的举措与努力，都终究未能挽救贾府的最后的败落，而她自己也只落得一个远嫁海疆的结局。

对于探春这样的人，作者是有偏爱和同情的。但是，作者没有违反历史和人物的客观真实性，仍然十分深刻地描绘了这个形象，如实地写出了她“生于末世运偏消”的必然结局。原稿中写探春后来远嫁的情节与续书不同，这我们已在她的判词的注释中说过了。曲中“从今分两地，各自保平安”，也是她一去不归的明证。“三春去后诸芳尽”，迎春出嫁 80 回前已写到，元春之死、探春远嫁，从她们的曲文和有关的脂批看，也都在贾府事败之前，可能八十回后很快就会写到，这样，八十回后必然是一波未平、一波又起，情节发展相当紧张急遽，绝不会像续作者写“四美钓游鱼”那样松散、无聊。

管理模式：责权利相结合的管理模式

近读红楼，对第 55、56 回中探春、宝钗的管理模式详加对比分析，发现两者存在着本质的差别，而长期以来红学研究者大多认为只是同一种管理模式。本文从红学及管理学的角度入手，并基于原作者的安排，认为应该包括两种管理模式，一为探春的“责权利相结合”的管理模式，另一为宝钗的“以人情为本”的管理模式。必须明确的是，探春与宝钗的两种管理模式是在相同回目中进行交叉描写的，隐含于两位闺中小姐的歧义与冲突中。

贾家三小姐的管理才能，作者安排在第 55 及 56 回，并且是在“凤姐儿因年内年外操劳太过……不能理事”，王夫人“一应都暂令李纨协理”而“李纨尚德不尚才的，未免逞纵了下人，王夫人便命探春合同李纨裁处，只说过了一月，凤姐将养好了，仍交给他”之背景下走马上任的，后王夫人“又恐失于照管，特请了宝钗来，托他各处小心”，为后一回贾、薛二人在管理思路上的分歧伏了笔。剖析探春的管理模式，体现了以下几种管理思路：

其一，体现了公平的思想以及“欲行其令、先正其身”的管理意识。所谓公平，即公正平等，不夹带任何私心杂念。且看探春刚登上“议事厅”宝座，就碰上她舅舅赵国基的丧事赏银问题，但她并不因为母亲赵姨娘的软硬纠缠及亲娘舅的丧礼而徇私违例，也拒绝了凤姐给她便宜行事的方便而坚持依例开发赏银，体现了不徇私情的公平思想。同时，她也不因为宝玉、贾环为亲兄弟，贾兰为亲侄儿而对他们网开一面，而是照样“就势作法开端，蠲免了他们学里重叠使用的银钱；并且，据平儿看来，探春“正要找几处利害的事与体面的人来开例，作法子镇压，与众人做榜样”，由此更可进一步看出其公平的思想。古语有训，“欲行其令，先正其身”，探春深知公平与效率之间的逻辑关系，即公平是效率的保障，只有秉公执法办事，一视同仁，而不是厚此薄彼，才能达到提高管理效率之目的，故而她行此两件事，便为日后众人不仅口服而且心服奠定了基础。

其二，体现了节流与开源并举的理财思路。家政理财只节流不行，还得广开财源；而只开财源不节流也不行，必须开源与节流并举。探春的节流举措表现在对一些重叠费用的蠲免，如宝玉、贾环、贾兰学里使用的银钱，她明察秋毫地指出“怎么学里每人多这八两——原来上学去的是为了这八两银子！从今日起，这一项蠲了”；又如姑娘们的每月头油脂粉费，探春“因此心里不自在，饶费了两起钱，东西又白丢一半，不如竟把买办的这一项每月蠲了为是。”在倡导节流的同时，探春还受赖大家小园子的启发，提出开源的措施：即变大观园为生产园，将园子承包给园中的仆妇收拾料理，从中获取一些收益。“开源与节流并举”正是贯穿于现代企业理财和家政理财的基本管理思路之一。

其三，体现了责权利相结合的经济管理思路。探春将大观园承包下去时，采取的是责权利相结合的方式，即：“任之以责，放之以权，动之以利。”“任之以责”表现在承包大观园时责任到人这一安排上，她认为“不如在园子里所有老妈妈中，拣出几个老成本分、能知园圃的，派他们收拾料理”，“园子有专定之人修理花木”；“放之以权”表现在不过多限制承包者，实行经营权力下放，类似于现代经济领域内的“两权分离”，即如原文所说，“也不必要他们交租纳税，只问他们一年可以孝敬些什么”；“动之以利”表现在“按四季，除家中定例用多少外，馀者任凭你们采取去取利，年终算帐”，“老妈妈们也可借此小补，不枉成年家中园中辛苦”。这一承包方式采取后，其效果是比较显著的，正如探春所归纳的，“一则园子有专定之人修理花木，自然一年好似一年了，也不用临时忙乱；二则也不至作践，白辜负了东西；三则老妈妈也可借此小补，……；四则也省了这些花儿匠、山子匠并打扫人等的工费。……”探春此举连重孔孟之道轻利之宝钗、尚德不尚才之李纨以及凤姐平儿等都衷心支持，而家中仆妇则更是一片“欢声沸腾”。足见“责权利相结合”的承包方式具有一举多得之功效的。

从现代理财观点看，此方式可最大限度地调动人的积极性，由于有利可图且取利合理，可以提高劳动效率；由于责任到人，可以避免人浮于事、推诿责任之现象发生；由于经营权下放，可促使各项人才物力资源得到最有效的配置。

其四，体现了“任人唯能不唯亲”的人事管理思路。探春在议及承包大观园时，认为“这一个老祝妈，是个妥当的，况他老头子和他儿子，代代都是管打扫竹子，如今竟把这所有的竹子要与他。这一个老田妈本是种庄稼的……，也许得他去再细细按时加些植养，岂不更好？”此为典型的“任人唯能不唯亲”。再如议及园里花草无人管理，平儿提出由莺儿的娘来管，而宝钗则因莺儿是自己的丫鬟，怕殃及自己而予以反对并荐焙茗的娘时，李纨平儿都同意，唯独探春不同意，她认为“虽如此，只怕他们见利忘义呢。”实际上探春的言外之意在于：既然莺儿之母有这方面专长，何不竟直接委派她？何必要像宝钗因避嫌疑而任人不唯能呢？甚至至于为了寻求平衡人际关系而不唯亲呢？此处似乎是要告诉大家宝钗是“任人不唯亲”的主张者，的确不少读者也误以为如此，实则宝钗只是出于自己的体面考虑，正如她自己所说，“这会子我弄个人来，叫那起人连我也小看了”，后文分析宝钗的管理模式将会详细论及。

作者借探春之口来言此管理思路，借探春之行来行此管理模式，可见作者对这种管理模式是赞赏的，因探春是作者所称道颂扬的少数几个“脂粉队里的英雄”之一；再看回目用的是“敏探春兴利除宿弊”，其褒扬之意溢于言表，表明作者也认为只有采取这种管理模式才能“兴利除宿弊”，但在贾府，由于传统势力对旧有体制的维护，探春的改革是不可能成功的。作者不忍心伤害他所欣赏的女中豪杰——敏探春，因而他并没有直写探春管理模式的失败，而是通过王熙凤之口间接说出，相信每位红楼读者均已一一品味出来了。

成败原因：直线式改革思维的缺陷

总体而言，探春理家中的兴利除弊，除了废除一些不合理的开支外，最重要的事情就是大观园内的经济体制改革，其中最值得关注的以下几点：

其一，改革要有权威的理论作为指导思想，宝钗提出的朱子理论极为重要，这是改革成功的方向指引；其二，实行责、权、利相结合的承包责任制，这是改革成功的动力机制；其三，选取承包人要有一定的条件，要任人唯贤，这是改革成功的人力保障；其四，要进行必要性的财务改革，要合理分配利润，这是改革成功的前提条件；其五，要兼顾承包者的利益和相关群体的利益，“贤宝钗小惠全大体”就是这是改革成功的最好补充；其六，要进行必要的思想教育和职业道德宣传，这是改革成功的基本保障。

但是，由于贾探春的直线式改革思维的缺陷，她的“新政”和“改革”并不能解决贾府固有的矛盾。她的“兴利宿弊”不仅没有克服贾府的“经济危机”，反倒引发了一些新的矛盾和问题。比如我们在后文并没有看到贾府一片欣欣向荣的改革新气象，反倒看到的是“贾二舍偷娶尤二姨”，“凤姐大闹宁国府”，闹得宁荣两府鸡飞狗跳，人仰马翻。实际上是间接指出直线式改革思维的缺陷的。

探春理家的局限性

探春理家的局限性主要表现在以下诸多方面：

改革的目标有限

探春改革只是基于开源节流的战术性理财目标，而不是基于力挽狂澜的战略目标。现代经济体制改革的重点、难点和关键点就在于目标要有战略高度，所以局部的、有限的战术性目标必然意味着改革难以从根本上解决问题。

改革的指导思想有限

“登利禄之场，处运筹之界；穷尧舜之辞，背孔孟之道。”在贾探春看来，既然经济改革的目的在“利”，那么打出“背孔孟之道”的旗号就是顺理成章的。很显然，贾探春对于改革的思考是直线式的。

改革的重点有限

探春改革的重点是经济体制改革，没有也不允许她对贾府的政治体制进行改革。贾府的权力构架没有根本的变革，既得利益者掌握了比改革者更大的政治资源，那么纯粹通过经济上的变革，想“兴利除宿弊”最终必然会是“千里东风一梦遥。”

改革的范围和影响有限

探春经济体制改革的试点范围局限于大观园，而不是整个贾府的经济体制改革，其影响仅限于将消费性的大观园转变为生产性的种植园，所以改革的范围和影响都有限。

理家的权力有限

探春理家只是王夫人的权宜之计，她的权力有限，并且还有李纨和宝钗的权力制衡，实际上，王夫人也确实是既不信任大儿媳的能力，也不相信探春的衷心，所以她还让自己的外甥女和未来的儿媳妇宝钗处处照管着，形成了三权分立、相互牵制的制衡格局。

> “凤姐儿因年内年外操劳太过……不能理事”，王夫人“一应都暂令李纨协理”而“李纨尚德不尚才的，未免逞纵了下人，王夫人便命探春合同李纨裁处，只说过了一月，凤姐将养好了，仍交给他”。

改革的成果有限

探春采用公开竞标和委托的方式，把大观园分包给园中的老妈妈们。一个消费性的大观园就被改造成了一个生产性的种植园，捉襟见肘的贾府经济也因此找到了一个新的生长点。但者并没有从根本上解决贾府深层次的问题，改革的成果极为有限。

借鉴的模式有限

探春在大观园实行承包制，学习的标杆是赖大家的园子，而赖大家是贾府的奴才外放出去后做了小官，不比贾府那样家大业大、矛盾重重、关系复杂，她学习借鉴的样本没有可比性，这样的照搬照抄他人的经验本身就有缺陷。

直线式改革思维的评价

在《红楼梦》第 56 回中，曹雪芹以一个章回的篇幅，完整地描绘了发生在大观园里的经济改革故事，并塑造了与王熙凤完全不同的管理权威贾探春、薛宝钗。贾探春是利益为重的积极改革者，但她的直线式改革思维是存在缺陷的，这也是改革最终失败的根源所在。

为了克服贾府的经济危机，贾探春凭借自己对当时正处于萌芽状态的市场经济的敏感，富有创意地推出了一个全新的改革举措。对于贾探春的经济改革，薛宝钗予以充分的支持。然而，在指导思想上，两人却存在着严重的分歧。贾探春对她的改革相当自负，鲜明地打出了她的改革旗号：“登利禄之场，处运筹之界；穷尧舜之辞，背孔孟之道。”在贾探春看来，既然经济改革的目的在“利”，那么打出“背孔孟之道”的旗号就是顺理成章的。很显然，贾探春对于改革的思考是直线式的。

为此，薛宝钗尖锐地批评她说："你才办了两天的事，就利欲熏心。"薛宝钗指出："若不拿学问提着，便都流入世俗去了。"实质上就是要以孔子的"义利观"来指导这场经济改革，以防止改革滑向物欲横流的邪路。实事求是地说，薛宝钗的这一思想是非常深刻的。在薛宝钗的改革理念中，已自觉地包含了对于单纯商业利益的理性超越。薛宝钗的这一改革理念，应该说是曹雪芹为当时正在转型的中国社会重塑一个新的道德规范的积极尝试。

尽管贾探春片面求利的改革指导思想受到了薛宝钗的批评，但她的直线式的思维模式却一时难以完全扭转。例如，贾探春只看到承包的种种好处："一则园子有专定之人修理花木，自然一年好似一年了，也不用临时忙乱；二则也不至作践，白辜负了东西；三则老妈妈们也可借此小补，不枉成年家在园中辛苦；四则也可省了这些花儿匠、山子匠并打扫人等的工费，将此有余，以补不足，未为不可。"

与贾探春不同，薛宝钗却考虑到承包可能产生的负面影响。她清醒地意识到，能够直接承包并得到好处的只是少数人，大多数人心里仍是不服的。如果不考虑大多数人的利益，那么承包就可能因得不到大多数人的支持而遭遇种种意想不到的挫折。因此，薛宝钗建议，承包者年终时拿出若干吊钱来分给也在园中辛苦的老妈妈们，让她们也能分享改革的成果。

她对承包者说："还有一句至小的话，越发说破了。你们只顾自己宽裕，不分与他们些。他们虽不敢明怨，心里却都不服。只用假公济私的，多摘你们几个果子，多掐几支花儿，你们有冤案还没处投呢。他们也沾带些利息，你们有照顾不到的，他们就替你们照顾了。"

薛宝钗这一"小惠"主张，不仅兼顾了大多数人的利益，同时也为承包者的经营提供了新的保证，的确是一个符合"惠而不费"原则的双赢高招。

贾探春的直线式思维还影响到她对管理流程的改革思考。她考虑到，"若年终算账，归钱时，自然归到账房。仍是上头又添一层管主，还在他们手心里，又剥了一层皮"。贾探春认为，"如今这院子是我的新创，竟别入他们的手，每年归账，竟归到里头来才好"。

对此，薛宝钗再次表示反对："依我说，里头也不用归账。这个多了，那个少了，倒多了事。不如问他们谁领这一份的，他就揽一宗事去。都是他们包了去，不用账房去领钱。"

薛宝钗的反对意见显然是正确的。因为从本质上说，归账到账房和归账到园子里头，只是五十步和一百步的关系。从纯粹的管理角度来说，同样存在着重复算账的麻烦，而承包者同样存在着会被园子里的新账房剥皮的可能。因此，薛宝钗所提出的这些物质层面的改革主张，理所当然地受到了承包者和众人的普遍欢迎。

总体而言，贾探春提出在大观园实行承包制，进行管理体制上的改革，但是，其指导思想是“登利禄之场，处运筹之界者，窃尧舜之词，背孔孟之道”，以“利”为中心，因此，被薛宝钗责之为“不拿学问提着，便都流入市俗去了”，可见，薛宝钗对承包制这一管理方式的认识，有更高层次的思想境界。仔细探究，承包制管理模式是一种貌似简单，实则切实可行，并且行之有效的管理方式。因此，我们有必要分析、借鉴贾探春、薛宝钗的承包制管理经验：(1) 承包管理的方式及效益；(2) 承包人的确定：某项具体事务的行家，“本分老成”；(3) 对承包人的要求；(4) 宝钗对实行承包制的规范要求；(5) 贾探春、薛宝钗实施承包制的不同指导思想。

探春的经济体制改革注定失败

“才自清明志自高，生于末世运偏消。”这是曹雪芹对玫瑰花似的三小姐探春的判词。探春不但有吟诗作词之才，更有治家经济之才。最终她只能远嫁异国他乡，“清明涕泪江边望”。

读红楼者，为探春感叹的人很多，叹她不幸是庶出，还摊上那样不争气的生母赵姨娘；叹她生为女身，不能走科举仕宦之道，一展平生才学。但如果仅仅限于此，只是皮相之论，这两点固然是决定探春命运的原因，但最根本的原因，曹公已经说出来了：生于末世，有其才，而不逢其时，不得其位，即使她是男人，即使贾府有十个探春，依然不能挽救贾家败亡的命运。

最能显出探春经济之才、坚毅性格、处事公道的是她因凤姐休病假，代理荣国府内务总管的表现。探春搞的“包产到户”，并没有太大的财政上的收益，此举强调的是勤俭持家、量入为出的儒家价值观。她改革的着眼点，便是承认人有私心、图私利的现实，试图打破荣府责权不分、滥收滥支的宿弊，用利益驱动这支大手来管理、制约属下，李纨的评价是：“使之以权，动之以利——再无不尽职的了”。一是缩减重复支出。为宝玉、贾环、贾兰上学每年向家学支付 8 两银子用来买点心、纸笔，而此项财政支出已经包含三位公子哥的月钱之内。

这种虚支冒领在国有企业中是常见的事，无非是假造个名目给某些人谋利益而已。因此这笔钱被探春免了。二是剥夺了府中买办采办姑娘、丫鬟脂粉钱的权力。买办买的东西又贵又不合适，想必是吃了商家的回扣，而大部分姑娘只能用自己的月钱去买合心意的化妆品——从古到今，大家族、大企业里用公家的钱来采购办公用品，总是价格昂贵质量很差，其中的奥妙贾府的人都很明白。

这项措施是"节流"，另一项"开源"的措施便是在大观园中实行"包产到户"，将园圃、池塘划成一块块"自留地"，承包给老成本分的老妈妈。借用30年前中国大陆流行的一句话："交够国家的，留足集体的，剩下便是自己的"，这样的改革措施应当是皆大欢喜。

探春开始代理CEO碰到的第一件事，就是驳了生母赵姨娘的面子，照着贾府的惯例支付赵姨娘兄弟的丧葬费；接着向自己的兄弟、侄儿开刀，免了家学里的钱。有人说探春人情淡薄，而这正是有大志、干大事者必须具备的素质，不能徇私，因为吴新登家的等一干"刁奴"都在看戏，看探春在牵扯到自己的事面前，能否公道正派，探春不如此不能立威取信。这点凤姐看得明明白白，关照平儿要以实际行动来支持探春。自古改革者做大事之初，必须树立威信，就如商鞅变法开始时，悬赏百姓扛一根木头从南门到北门一样。探春拉下脸，不给生母面子的决绝之时，心中一定是万分的悲凉——尽管她没说哪怕前面有地雷阵或者万丈深渊之类的豪言壮语。

改革的设计合乎经济规律，改革倡导者探春本人的手段、人品也很适当。为什么失败了呢？可以从探春本人所处的位置，当时贾府及朝廷的大环境来分析。

首先是探春代理CEO的含金量不高，她是替凤姐当差的，贾府并没有正式授予她正式的权力。她将园圃承包给老妈妈固然是"使之以权"，可自己的权力来源都成问题，说穿了她是临时雇来的，重大问题上不能最终拍板，可她自己又想有所作为。这种情形下，纵然费尽移山心力，也是枉然。

其次是贾府内部权力结构没有根本的改观，既成的利益格局难以撼动。贾母是最高权力拥有者，她一言九鼎，贾府所有的活动都以她为中心。尽管知道贾府再坐吃山空下去是不行的，可正值垂暮之年的贾母，是不愿意冒险打破目前各种利益分配格局的，她最现实的选择便是维系贾府表面上和和气气平平稳稳这种来之不易的安定局面。作为最高权力拥有者，她可以带头破坏规矩而别人不能追究。凤姐当政时，袭人的妈死了，因为她得宠于贾母、王夫人，便可不按规矩赏银四十两，整整是给赵姨娘的两倍。对于自己顶头上司的违规行为，探春只能无可奈何，这种改革能彻底么？因为贾府权力结构未变，探春这点小措施只能是点缀，她可以在自己的职权范围内多收几升芝麻，却不能阻止更有权力者丢更多的西瓜。

最重要的一个原因是，贾府的兴衰在当时，不在于子弟肖与不肖，也不在于经营方式如何，而是在于它生存的政治环境如何，也就是说贾妃是不是继续得宠于皇帝。因为当时并不是自由竞争的经济体系，这些豪门大户所有的经济利益都是政治权力的孳息。当时做大官的家庭收入来源不外乎两个，一是地租，二是当权时的灰色收入，本人的薪水占很小的比例。而这两项收入都和本人的政治地位息息相关。如果贾妃继续得宠，而不是抑郁中死去，甚至生了儿子做了皇储，贾府的子弟再怎样不治产业，也会继续维持烈火烹油的兴盛。而一旦政治上失势，皇帝雷霆震怒，贾府的子弟再有出息，平时支出再节约，政治风波突发必将难逃抄家的下场，照样“白茫茫一片真干净”。因此，不能用现在的经济学理论去衡量当时的权贵经济，在政治权力通吃一切的大观园时代，结交权贵是增加经济收益的必需，浪费也是维系那种经济体系运转的必然。开源节流、勤劳致富只是具有道德教化上的意义。

探春采取的“包产到户”，靠激励机制来驱动员工，道理其实很简单，历史上许多人都尝试过。春秋战国时期的“开阡陌，费井田”，商鞅废除贵族门第特权，以战功定爵位都是这种“包产到户”。但是有的成功了，有的失败了。对比这些成败的例子，都有一个规律，最高权力拥有者是否支持改革，政治资源是否得到合理的配置是最重要的，这些问题解决了，经济问题自然而然得到解决。王安石新法的命运，就取决于当时皇帝是谁。权力构架没有根本的变革，既得利益者掌握了比改革者更大的政治资源，那么纯粹通过经济上的变革，想富国强兵最终会是“千里东风一梦遥”。探春的兴利除宿弊如此，晚清的洋务运动亦如此。

曹雪芹安排探春远嫁是不是可以有某种解读：曹公太怜惜探春之才，在贾府所处的土地上无法有所作为，只有让她去父母之邦，走得远远的。也许更远的地方，有探春的梦想，也有曹公的梦想。“道不行，浮槎于海”，对探春而言未必不是件好事。

比较分析：熙凤协理宁国府与探春理家的对比

熙凤协理宁国府与探春理家的不同之处，综合起来，主要表现在：其一，理家特点与模式不同；其二，理家的出发点不同；其三，处理矛盾的方式不同；其四，处理人际关系不同；其五，对待经济利益不同；其六，理家方式方法不同；其七，管理效果不同；其八，管理权限和权力基础不同。

理家特点与模式不同

由于探春采用"责权利相结合"的管理模式，熙凤采用集权式的管理模式，导致两者的理家特点不同。探春在理家的过程中重制度，重"理"，她冒着得罪生母赵姨娘的风险和被他人误解为不孝的指责，按照老祖宗留下来的规矩发放舅舅丧事赏银；探春提出的大观园改革方案，重视分权，体现出她的管理胆识和魄力；王熙凤协理宁国府则重"管"，体现出她的霸气，重视集权。探春理家具有改革和创新性质；王熙凤协理宁国府只是治理和整顿的性质。

理家的出发点不同

在理家的出发点方面，两人殊途同归。探春理家的出发点重在兴利除宿弊、开源节流；而王熙凤重在将丧事办得风光体面。探春作为贾府的女儿，是为自家理财的，她真心希望解决贾府日积月累的问题；王熙凤协理宁国府，相当于外聘项目经理，只针对某一个具体项目。尽管出发点不同，但她们最终都因为管理方案行之有效，且在管理过程中以身作则、正人正己，都成为红楼梦中值得推崇的、经典的、成功的管理案例，可谓是殊途同归。

处理矛盾的方式不同

在解决复杂矛盾事件上，两人方式截然不同。探春由于刚直不阿、雷厉风行的"女汉子"性格，她遇到矛盾迎着走，正人先正己，不避亲疏；而凤姐则是遇到矛盾绕着走，八面玲珑，权谋一流，善于解决矛盾，她的权谋高于探春，有"女曹操"之称。

处理人际关系不同

在处理关系尤其是与人合作关系方面，两人也各不相同。从承包大观园的方案设计来看，探春是精于合作的，善于与李纨、宝钗协商，能够博采众长，深孚众望；而凤姐则是杀伐决断，独断专行，她的严刑峻法使得天怒人怨。

对待经济利益不同

在争取经济利益的问题上，两人更有天壤之别。探春理家，考虑的是大家的经济利益，开源节流，兴利除弊，凭借的是惠泽家族众人的情和理；凤姐行事，着眼的是自己的经济利益，她热衷于权钱交易，常常假公济私，依靠的是“挟天子以令诸侯”的威和权。

理家方式方法不同

在理家方式方法上，两人也有较大差异，既体现了各自的个性特征，更体现了探春高于王熙凤的探春决策果敢、理性精明和廉洁清正，这就是敏探春的过人之处，她为人处世身正为上，公心为重，“正心、修身、齐家、治国、平天下”的管理理念影响着探春，这方面探春比凤姐高明许多；而凤姐则明显没有这样先进的管理理念，她的私心很重，心狠手辣，精打细算，暗藏杀机，为了达到目的不择手段。

管理效果不同

在管理效果上，两人也存在差别。探春的直线式改革导致处处树敌，管理效果并不理想，连她的亲生母亲都来为难她，可见直线式的思维方式不适合当时的家族环境；王熙凤协理宁国府则是大获成功。管理效果的不同主要是与她们的权力基础和地位是否稳固有关，与她们是否为醉生梦死、愚钝庸碌的当权者的切身利益着想有关。

管理权限和权力基础不同

在管理权限和权力基础上，两人也体现出较大差距。探春的权力来自于凤姐病倒后王夫人临时赋予的代管权，管理地位并不稳固，其管理权限仅限于在维持日常生活的运转，但探春却想大刀阔斧地搞经济体制改革，结果却触动了那些醉生梦死、愚钝庸碌的当权者的切身利益；而熙凤协理宁国府的权力，则来自于宁国府最高长官的全权委托，丧事期间她的权限是很大的，而且最为关键的是她的理家方案完全迎合了醉生梦死、愚钝庸碌的宁国府当权者贾珍的切身利益。

第六章　宝钗以人情为本的管理模式

人物介绍：冷美人

薛宝钗是《红楼梦》中的主要人物，别号蘅芜君，金陵四大家族之薛家的掌上明珠，父亲紫薇舍人薛公早亡，母亲薛姨妈王氏，哥哥薛蟠，嫂子夏金桂，夫君是表弟贾宝玉。

从外貌看，宝钗艳若牡丹，被题为“艳冠群芳”，“眉不画而翠，唇不点而红”，“脸若银盆，目似双杏”，“任是无情也动人”。她容貌美丽，肌骨莹润，举止娴雅。宝钗体态丰满，肌肤白皙，宝玉有次见了好雪白的一段酥臂，也不觉动了艳羡之心，想“摸一摸”。

从才情看，宝钗经史子集融汇贯通，诗词歌赋博采广收，甚至连《西厢》、《琵琶》“元人百种”也多有涉猎。不但有文化方面的知识，还是个管理策划的人才。

从性格看，宝钗才华惊人、世事洞明人情练达，能随波逐流进退得宜又能坚持己心，做淑女时便是举止娴雅、处处周全大气，无人不倾心服气，最符合主流社会审美观的淑女；然而又屋如雪洞、心如冰雪，脂粉簪环一样不爱，在自己的领域内半点不妥协，意志不受任何人不受任何思维惯性的影响，能忍能狠，尤其是对自己狠心。

从人际看，在《红楼梦》第 45 回中，黛玉叹道：“你素日待人，固然是极好的；然我最是个多心的人，只当你藏奸。从前日你说看杂书不好，又劝我那些好话，竟大感激你。往日竟是我错了，实在误到如今……”其警言黛玉尽量少阅《西厢记》等杂书，实是借此保护黛玉，并自此开始送燕窝与病黛玉。以及宝钗暗自帮助湘云种种、第五十七回救济邢岫烟等段落，也是宝钗之善。薛宝钗为人深思熟虑，其每一行为都代表着封建贵族女性，所走的每一步都是为了以后做打算，目的性很强。

从住所看，宝钗进京参选"才人、赞善之职"，但最终落选。与母亲薛姨妈、哥哥薛蟠寄住于贾府。后元妃命宝玉与诸姐妹搬进园子里住，宝钗搬入"蘅芜院"。宝钗住的蘅芜苑正名"蘅芷清芬，杜若、蘅芜两者都为香草的一种，使人想到楚辞"离骚经"里屈原总是在身上戴满香花。"只见许多异草，或有牵藤的，或有引蔓的，或垂山岭，或穿石脚，甚至垂檐绕柱，萦砌盘阶，或如翠带飘摇，或如金绳蟠屈，或实若丹砂，或花如金桂，味香气馥。""进了房屋，雪洞一般，一色玩器全无，案上只有一个土定瓶中供着数枝菊花，并两部书，茶奁茶杯而已。床上只吊著青纱帐幔，衾褥也十分朴素。"

从健康看，薛宝钗长期服用癞头和尚给的药方"冷香丸"来压抑"打娘胎里带出的一股热毒"，实则隐含宝钗压抑性情及情感的人格特质。《红楼梦》第7回写道："不用这方还好，若用这方，真真把人琐碎死。要春天开的白牡丹花蕊十二两，夏天开的白荷花蕊十二两，秋天开的白芙蓉蕊十二两，冬天开的白梅花蕊十二两。将这四样花蕊于次年春分这一天晒干，和在末药一处，一齐研好，又要雨水这日的天落水十二钱，白露这日的露水十二钱，霜降这日的霜十二钱，小雪这日的雪十二钱，把这四样水调匀了，制成龙眼大的丸子，盛在旧磁坛里，埋在梨花树底下。若发病的时候，拿出来吃一丸，用一钱二分黄柏汤送下。"

从代表花看，"花中之王"牡丹是宝钗的代表花。占花名儿抽签时，宝钗掣得的是牡丹花签，诗云："任是无情也动人"。

从教育背景看，宝钗性格内敛，从小为"才选凤藻宫"而教养，其人品性格被认为是中国传统文化陶臻出的"完美典范"，喜怒哀乐皆有所压抑，不欲表达于言表。宝钗曾作过《螃蟹咏》讽刺贪官污吏，也曾作诗"好风凭借力，送我上青云"表达自己的思想抱负。宝钗深信女子无才便是德的封建价值，藏愚守拙，不露锋芒，王熙凤曾形容其是"不关己事不开口，一问摇头三不知"。

从婚姻来看，由于宝钗体态丰满，品格端芳，才德兼备，性格大度，深得贾政王夫人的喜爱。加之身上挂有一金锁，据说"是个癞头和尚给的"，刻着"不离不弃，芳龄永继"八字，与贾宝玉随身所载之玉上所刻之"莫失莫忘，仙寿恒昌”恰好是一对，因此有“金玉良缘”之说。

总体而言，宝钗之丰腴与黛玉之灵窍，被人们普遍认作是中国古典两种类型美女典范，其安分随时之性格与黛玉“由著性子生活”的个性亦形成强烈对比。宝钗对人情事故了然于胸，理家才能不让凤、探，诗作才华不让黛、湘，是拥薛及抑林二派热烈讨论的一段内容。

性格特征：沉稳乖巧的典型淑女

薛宝钗是中国著名的古典小说《红楼梦》中的一个重要人物。她的重要性不仅在于她是宝、黛、钗爱情悲剧的主人公之一，而且还在于这一艺术形像所蕴含的丰富内容，以及这一形像的创新性。

对于薛宝钗这一人物形象，历来有不同的看法。有的尊薛而抑林，有的则尊林而抑薛。历代所引邹弢与其友许伯谦因争论激烈而“几挥老拳”的故事，就是一典型事例。即使到今天，仍然有不同看法。有人认为林黛玉尖酸刻薄，心胸狭窄，爱使小性儿，而宝钗端庄稳重，温柔敦厚，豁达大度；有人则认为，宝钗性冷无情，虚伪奸险，是个“女曹操”。同一人物形象，竟然有截然相反的看法，一则固然有仁者见仁、智者见智的原因，同时也说明这一形象的复杂性、丰富性和描写的客观性。那么，到底怎样看待这一人物形像呢？首先必须摒弃个人的偏见和爱恶，而从作品的描写刻画中进行具体分析。

从《红楼梦》对薛宝钗的描写中可以看出，曹雪芹所塑造的薛宝钗形像，是封建社会中一位典型的标准的淑女。这一形像的基本特征，表现为她是封建礼教忠诚的信仰者、自觉的执行者和可悲的殉道者。

然而这一封建淑女形象又是复杂的、丰富多彩的。薛宝钗一出场，容貌美丽，举止娴雅，看似当时正统淑女的典范，骨子里却颇有愤世嫉俗的性格因子，她对当时的社会抱有一种强烈的批判精神。第 38 回作《螃蟹咏》，对当时横行霸道的官场人物如贾雨村之流，尖锐讽刺。而她最喜爱的词曲，居然也是一首富于孤愤、反叛色彩的《山门・寄生草》。由于受程高本误导，红学界对薛宝钗思想性格认识长期偏离实际情况。传统观点认为薛宝钗“城府颇深，能笼络人心，得到贾府上下的夸赞”。其实在曹雪芹的笔下，她恰恰因为自己的个性而得罪了家长。

第 22 回，宝钗曾一首《更香谜》引得贾政扫兴：“小小之人作此词句，更觉不祥，皆非永远福寿之辈”。第40回，在贾母携刘姥姥参观大观园的时候，宝钗蘅芜苑那“雪洞”一般朴素的室内布置，又引起了贾母的大为不满，认为是在亲戚面前很扫了她的面子。贾母对宝钗，一则曰“使不得”，二则曰“不象”，三则曰“忌讳”，四则曰“不要很离了格儿”，五则曰“我们这老婆子，越发该住马圈去了”。全是负面评价。“荣国府元宵开夜宴”的时刻，贾母命自己所心爱的宝琴、湘云、黛玉、宝玉四人，与自己同坐主桌，却唯独将宝钗排挤到了主桌之外，同李纹、李绮辈坐在一起，都是宝钗在贾母面前由“受宠”转为“失宠”的重要标志。如她真是“城府颇深，能笼络人心”，她何以会落到如此结果呢？可见，在曹雪芹的原著中，宝钗恰恰是最不屑于玩弄什么“城府”以讨好家长的人！正好，脂砚斋对于钗、黛写应制诗一事的评语也是：“在宝卿有生不屑为此，在黛卿实不足一为。”对弱者真切的同情，却对权势者“不屑”，这才是宝钗行事的基调。

对于薛宝钗的评价，还有另外一种观点，认为薛宝钗很世故，即很会做人和处世。在贾府这个派系复杂、矛盾重重的大家族中，她一方面抱取“事不关己不开口，一问摇头三不知”的明哲保身的处世哲学；另一方面，她又善于处理人际关系，和各方面的人保持着一种亲切自然、合宜得体的关系；正如脂评所说：“待人接物不亲不疏，不远不近，可厌之人未见冷淡之态，形诸声色；可喜之人亦未见醴密之情，形诸声色。”而在这种貌似不偏不倚的处世态度中，她特别注意揣摩和迎合贾府统治者的心意，以博取他们的好感，而对于被人瞧不起的赵姨娘等人，也未尝表现出冷淡和鄙视的神色，因而得到了贾府上上下下各种人等的称赞。贾母夸她“稳重和平”；从不称赞别人的赵姨娘也说她“展洋大方”。就连小丫头们，也多和她亲近。

很多人认为宝钗虚伪，说她喜欢讨好人和奉承人。贾母要给她做生日，问她爱听什么戏，爱吃什么东西。她深知老年人喜欢热闹戏文，爱吃甜烂食物，就按贾母平时的爱好回答。她还当着面奉承过贾母。她说：“我来了这么几年，留神看起来，凤丫头凭她怎么巧，也巧不过老太太去。”结果是贾母大夸奖她“提起姊妹”，“从我们家四个女孩儿算起，全不如宝丫头”。

我们不能够一味指责薛宝钗虚伪，说她是个马屁精。宝钗博得老人开心，也是种敬老爱老传统美德的表现，宝钗留心观察，这点是必不可少的。宝钗富有帮助别人的热心，如湘云、邢岫烟、黛玉甚至香菱，就连极不怎么样的贾环，在分送礼品时，都不忘了他的一份。她的做法符合她平时的一贯处世态度，圆润，面面俱倒，不漏一处，也不厚此薄彼，拉拢着人心。她能够在妒心极重，“恨不得你吃了我，我吃了你”的贾府，广得人缘，好评如潮，这也是很让人钦佩的。

而我们也应该注意到，贾母领着刘姥姥逛大观园的时候，见到她的屋子“如雪洞一般”，竟勃然大怒，说“我们这老婆子，越发该住马圈去了”。在贾母看来，几个姊妹的房间差不到那里去，何必要沾了我们这些老婆子的习气。一般小姐的绣房，要布置得精致有活力，这样才以体现一个花季少女青春洋溢的生活。而宝钗素来不喜欢这些“花儿、粉儿”的。她虽然举止行为都喜欢迎合他人的意思，但内心却自有主张，并不因别人的看法改变自己的喜好，凤姐送来的东西她也退了回去，这说明她在自己的私人领地坚持自己个性和主张，即便这让贾母大感丢面子。

这并不是能全部用封建思想荼毒来解释，在高举反封建大旗的时候，最起码的是要尊重一个人的个性和自由，宝钗有不喜欢”花儿、粉儿“的权利，更有随自己的喜好布置自己房间的权利，因此在用宝钗房间装饰来做宝钗被封建思想荼毒的证据的时候，应该首先充分尊重一个人的个性和选择，而不是为了证明自己的观点而放弃所持理论的重要原则，陷入到为证而证甚至双重标准的怪圈中去。

宝钗的房间同她的内心是相互映照的，衬托出她冷眼看尘世的姿态，并且和她的词作“千丝万缕终不改，随他缘聚缘分”是相互呼应的，这样我们也不难理解为什么随时从分、颇有人缘的薛宝钗会做出《螃蟹咏》这种愤世嫉俗的诗词来。她虽然可以容忍人世间种种的不合理，但并不表示她内心也认同，她有她的坚持和原则。

当然，她自觉不自觉地维护逢迎核心人物的欢心，是要特别值得指出的，这也是她的人情世故的策略。她最常去的是王夫人的房间，不管长辈做错了，心有戚戚焉，她都要一番说辞，积极的消除长辈心中的顾虑。金钏儿投井自杀后，王夫人心里不安。她安慰王夫人说：金钏不会自杀；如果真是自杀，也不过是个糊涂人，死了也不为可惜，多赏几两银子就是了。王夫人说，不好把准备给林黛玉做生日的衣服拿来给死者妆裹，怕她忌讳，薛宝钗就自动地把自己新做的衣服拿出来交给王夫人。这一段是极其有争议的一段，很多人据此痛骂宝钗冷酷无情，不顾他人性命，只想花钱了事。但首先，金钏是因为感到丢脸自杀而死，其次，金钏的死跟宝钗没有任何关系。对于身为家奴的金钏一家，对这个造成这个悲剧的责任人贾宝玉和王夫人，没有任何能力去制裁甚至谴责，之后玉钏还在王夫人面前继续乖乖地做奴才。身为金钏的亲人都是这样的态度，那么有什么立场去指责一个毫不相关的宝钗呢？宝钗本就是一个性格很冷淡的人，这并不是针对金钏，而是对所有人，包括她自己。对于她来说，能做的就是尽量化解其中的矛盾、真正地解决问题。

我们也应该注意到，宝钗当时并不清楚金钏投井的真实原因，而王夫人告诉她金钏是因为弄坏了东西，自己生气把她撵走了，她一气之下投井而死。宝钗固然有为王夫人开托的嫌疑，但我国古代讲究“身体发肤，受之父母，不敢毁伤，孝之始也”，而金钏因为一点小事轻生，弃自己的父母不顾，这是宝钗这个封建道德信奉者无法理解的事情，在她的立场，这是极度不负责的行为。因此宝钗在得知王夫人版本的真相之后，评价她“糊涂”，其实是很客观的一种描述。但宝钗也没有因此嫌弃金钏这个可怜的女子，还向王夫人建议多给她父母银子，并把自己的衣服拿出来，这是她对失去女儿的金钏家里所能做的最大限度了，何况，封建道德要求：“子不言父过。”宝钗是不可能指责作为长辈的王夫人的。这是她在力所能及的范围内所能尽的最大努力了。在指责宝钗的同时，不妨想想，如果你处于她的位置是否能比她做得更得当呢？

与其流泪、哀叹、感伤，不如让还活着的人真正地获得补偿；与其对死了的人投注感情，不如多关心一下活着的人。这是宝钗的一贯理念。在柳湘莲失踪问题上，宝钗也是同样的表现，因为她很清楚地知道，这是柳湘莲的个人选择，只有自己才能解开这个心结，就算找到了，他的心结在那里，他也不会回来，如果他自己想通了，那么不用劝不用找也会自己回来。那么为什么不多关心一下那些劳累了数个月的伙计，他们也是人啊，他们指望着这一趟生意结算之后，领到自己养家糊口的钱，难道这些人不是人吗？难道这么多家庭都比不上一个柳湘莲吗？就因为柳湘莲失踪了，他们就活该被忽视、活该吃不上饭么？可见，据此说宝钗冷酷无情的人，本身就是带着偏见的。

在第 63 回“寿怡红群芳开夜宴　死金丹独艳理亲丧”，写宝钗掣得的酒令牙签上画着牡丹，上有一句诗：“任是无情也动人。”按照封建社会的标准，薛宝钗被称做群芳之冠，此句意思是虽然宝钗性格冷淡，但是她的品德依然打动人心。丸说冷香，可能暗指她非热心人的意思。但“无情”和不热心并不等于奸险。滴翠亭扑蝶，自然可以看出她有心机。但其目的是让小红、坠儿以为她没有所见那些私情话，并非有意嫁祸林黛玉。借衣金钏，也并非有意识让王夫人嫌弃林黛玉。她这样做，完全是遵循封建主义的明哲保身的哲学，自然也就表现了她的自私，但大观园的人哪有不自私的人，黛玉为了爱情自私，探春为了出身自私，迎春为了自保自私，惜春为了自洁自私，宝钗也并非圣贤，她为了周围人的看法自私。

宝钗的头脑里浸透了封建主义思想，她是一个忠实信奉封建道德和封建礼教的淑女。她认为按封建道德规范去做是天经地义的事，是最道德的；所以她很自然地做到了“四德”俱备。人有说薛宝钗是“大奸不奸，大盗不盗”，恐伯就是指的她对封建道德的忠实信奉和执行；因为这种道德本身最符合封建社会的形态，她得到了贾府上下的欢心，并最后被选择为宝玉的妻子，也主要是她这种性格和环境相适应的自然的结果，而不应当简单地看作是由于她或者薛姨妈的阴谋诡计的胜利。那种认为薛宝钗的一切活动都是有意识地有计划地争夺宝玉的看法，既不符合书中的描写，又缩小了这一人物的思想意义。事实上，她的性格特点并非奸险，并非事事时时处处都有心机，而是她按照封建正统思想去做，而且做得又是那样浑然不觉，那样如鱼得水，她是真诚的真心的按照封建道德的规范去做。因此她在劝导黛玉的时候苦口婆心，是因为她真诚的认为这些道德都是最正确无比的。薛宝钗的有心机与凤姐的两面三刀是截然不同的。

薛宝钗性格的复杂性和丰富性，还表现在她所具有的一些美好的品格。比如，她处事周到、办事公平、关心人、体贴人、帮助人。一次，袭人想央求湘云替她做点针线活，宝钗知道后，马上对她讲明史湘云“在家里一点做不得主”，“做活做到三更天”，“一来了就说累得慌”的苦衷，责怪她“怎么一时半刻不会体贴人”，并主动接去了要湘云做的活计。还有一次，湘云要开社作东，宝钗因伯她花费引起她婶娘报怨，便资助她办了螃蟹宴。因此，这位心直口快、性情豪爽的小姐，曾经真心地这样称赞宝钗：“这些姐妹们，再没有一个比宝姐姐好的，可惜我们不是一个娘养的——我但凡有这样一个亲姐姐，就是没了父母，也是没妨碍的。对于寄人篱下的林黛玉，家境贫寒的邢岫烟，也都给过种种帮助。即使对大观园的下人，她也能体贴他们的起早睡晚，终年辛苦的处境，为他们筹划一点额外的进益。

在看待宝钗这个人物之前，我们首先应该先辩证地看待封建道德，我国五千年的文化，封建道德固然有落后、阻碍社会进步的一面，同时它也有利国利民、积极向上的一面，它固然有压迫人民、禁锢思想一面，同时它也有稳定社会、传承文化的作用。因此我们应该去其糟粕取其精华，正确地看待宝钗这样一位优秀的女性。

管理模式：以人情为本的管理模式

薛宝钗的管理思路，是和探春的管理模式相比照而同时出现在一个回目里的。表面看她似乎是基本赞同探春的，只是略有分歧而已。实际上，详加剖析，便可发现两者的管理思路本质上是完全不同的。宝钗的管理是一种“动之以情、晓之以利、以人情为本”的模式，她注重的是人情，是人际关系。宝钗以圆滑乖巧、谙熟人情世故而著称，作为封建传统的卫道士，她深知“识时务者为俊杰”，作者用“时宝钗小惠全大体”一“时”字（注：有的版本为“识”、“贤”字）来形容宝钗，便是对她最准确的评价了。

的确，正因为宝钗识时务、重人际关系，方得贾府上下人的欢心。宝钗是贾政、王夫人等传统文化的发言代理人，我国几千年传统观念就是以人情为重，无论时间与空间，无论局部与全局，都无一例外地会结成一张无边无际的人情网，每一个社会人都很轻易地就困在网中央，若欲挣脱则只会“愈陷愈深愈迷惘”，路也会“愈走愈远愈漫长”。

宝钗正是基于对传统观念的深刻认识而强调“以人情为本”的人情式管理。而相对应的，探春兴利除宿弊的改革，正是因为触及了人情网上的某些关键性结点，蔑视了传统人情网来进行大刀阔斧的经济改革，从而触动了封建传统管理体制的要害，因而其改革的结局以失败而告终也就不足为奇了。

宝钗在阐述自己的管理思路时，强调不能失了大体统，在第五十六回短短几段话里，她只是围绕着这一点来展开，先是以“虽是兴利节用为纲”之言表面上赞同探春的主张，随后则很快道出了其真正动机，“然也不可太过，要在省上二、三两银子，失了大体统，也不象。……这庶几不失大体……岂不失了你们这样人家的大体?”并进而劝说料理园子的仆妇“……大家齐心顾些体统。……何如自己存些体面……”等文字，无一不体现出她传统思想，一是维护旧有体制；二是要保全体面。中国人历来都把所谓的“面子”看得比什么都重要。在宝钗看来，探春改革省下“二、三两银子”事小，而“失了大体”则事关重大矣！她支持探春也只是因其管理模式让承包者有利可图，可笼络人心，其余则按她自己的管理思路来施行，也就是“全大体”的“以人情为本”的人情式管理。

这正迎合了贾政、王夫人的心理：贾政可以为了自己的面子而往死里鞭笞宝玉；王夫人也可以为了顾全自己的面子而逼死金钏屈死晴雯；宝钗又何曾不是为了顾全王夫人的面子而说违心的话呢，为了不使“那起小人连我也看小了”而拒绝了探春、李纨对莺儿娘的委派呢?!

如果探春主张的“开源与节流并举”，“欲行其令，先正其身”等管理思路，最终导致出多进少，“外面的架子虽未曾倒，内囊却也尽上来”的那下世的景况来，那时的贾府才是真正的不体面呢！

再看李纨、探春、平儿议及让“跟宝姑娘的莺儿他妈就是会弄这个的”而要让她分管院里花草时，宝钗怕连带自己，道：

“断断使不得！你们这里多少得用的人，一个一个闲着没事办，这会子我又弄个人来，叫那起人连我也看小了。我倒替你们想出一个人来：怡红院有个老叶妈，他就是茗烟的娘。那是个诚实老人家，他又和我们莺儿的娘极好。不如把这事交与叶妈。他有不知的，不必咱们说，他就找莺儿的娘去商议了。哪怕叶妈全不管，竟交与那一个，那是他们私情儿，有人说闲话也就怨不到咱们身上。如此一行，你们办的又公道，于是又妥当。”

表面上看她举荐的是一个与己无挂碍的人，未予贾府上下等人话柄。岂不知，她所推荐的老叶妈是宝玉的小厮焙茗（即茗烟）的娘，她这种间接的人情做得更绝妙更隐蔽。贾府上下人等，包括凤辣子在内，都在贾母、王夫人之前竭尽奉承宝玉之事，宝钗又何尝不是？只是她手段更为高明矣！此处她使的是“一石多鸟”之计：此行一则顾全了自己的体面，二则笼络了丫鬟莺儿的心（因茗烟的娘是莺儿的干娘），三则赢得了众人的敬服（不任人唯亲），四则也趁机让宝玉高兴一番，宝玉焉能不因小厮的娘得此美差而心下感激宝钗呢？

此外，宝钗的管理模式掺和了平均主义的思想，必须强调是平均主义，即一种“吃大锅饭”式的平均，而有别于探春的公平意识。当探春论及承包园子年终归帐时，宝钗认为承包者年终不必归帐，其原因都是担心“这个多了，那个少了，倒多了事。”这是一种典型的怕得罪人的心理以及平均主意识的反映，这个和她是亲戚的外人身份有所联系，宝钗担心的是年终归帐时入帐多寡不均会导致承包者之间、承包者与贾府之间的矛盾，从而节外生枝。

又如在论及年终利息分配时她提出：

如今园内几十个老妈妈们，若只给了这个，那剩的也必抱怨不公”，并进而指出要让承包者“一年竟除这个之外，他每人不论有馀无馀，只叫他拿出若干吊钱来，大家凑齐，单散与这些园中的妈妈们。他们虽不料理这些，却日夜也是在园中照看、当差之人，关门闭户，起早睡晚，大雨大雪，姑娘们出入，抬轿子、撑船、拉冰床，一应粗糙活计，都是他们的差使。一年在园里辛苦到头，这园内既有利息，也是分内该沾的。

在她看来，利息均沾是理所应当的，但她却忽视了利益均沾的平均主义恰恰是建立在对承包者的不公平之上。

当然，宝钗之所以提出平均分配方式，是因为她深知“不均”的危害，“还有一句至小的话，越发说破了：你们只顾了自己宽裕，不分与他们些，他们虽不敢明怨，心里却都不服，只用假公济私的，多摘你们几个果子，多掐你几枝花儿，他们有怨还没处诉呢。他们也沾带些利息，你们有照顾不到的，他们就替你照顾了。”处处体现了平均主义的思想，这种建立在不公平基础上的平均主义思想，其根本目的在于平衡人际关系。

中国传统历来如此，宝钗深知不均之隐患，故而提倡以均制衡，处处都有“大锅饭”的烙印。究其根源，正是宝钗“以人情为本”的管理思想在起决定作用。

作者借其所不欣赏的人物宝钗之口来道出此种模式，可见其对此钟模式的态度是否定的，在作者看来，宝钗是“小惠全大体”而已，正因宝钗靠小恩小惠、以人情为本而全了贾家的“大体”，赢得了贾府上下人的欢心，仅仅为其将来登上宝二奶奶的位置积累了一点资本，重读《红楼梦》第55、56回，读出了两种不同的管理模式，相信红楼梦读者细细品位原著的字字珠玑后也会有此同感。

成功理由：利义全一的高级管理人才

由于贾探春的思维是直线式的，因而她的改革思路只是停留在物质层面上。薛宝钗则不同，她在完成物质层面的思考之后，更进一步展开了精神层面的思考。为了给改革营造一个良好的环境，薛宝钗提出了配套的改革措施，强化治安管理。她对老妈妈们说：“你们只要日夜辛苦些，别偷懒总放人吃酒赌钱就是了。”事实上，薛宝钗上任后做的第一件事情就是加强治安管理，每天晚上带人各处巡查。这也从一个侧面反映出她对改革环境的重视。

薛宝钗和王熙凤一样，深知管人是要讨人嫌的。但她的处理风格却和王熙凤完全不同，她在就职演说中说道：“我本也不该管这事。就你们也知道，我姨娘亲口嘱托我三五回，说大奶奶如今又不得闲，别的姑娘又小，托我照看照看。我若不依，分明是叫姨娘操心。我们太太又多病，家务也忙。我原是个闲人，就是街坊邻居，也要帮个忙儿，何况是姨娘托我？讲不起众人嫌我。倘或我只顾沽名钓誉的，那时酒醉赌输，再生出事来，我怎么见姨娘？”

薛宝钗把自己参与管理说成是身不由己、万般无奈的事情，这样不仅在相当程度上淡化了管理者与被管理者之间的矛盾，而且在一定程度上赢得了被管理者的同情。即使是强化治安管理，薛宝钗也不是金刚怒目式的，而是循循善诱，尽可能启发人们的羞耻之心。事实证明，薛宝钗的这套柔性管理确实具有很强的感化作用，人们对此都口服心服。

由于有了薛宝钗的新设计，贾探春的这次承包改革获得了很大的成功。正如李纨所说：“使之以权，动之以利，再无不尽职的了。”生产者的积极性被充分地调动起来了。“因今日将园中分与众婆子料理，各司各业，皆在忙时，也有修竹的，也有护树的，也有栽花的，也有种豆的，池中间又有姑娘们行着船夹泥的、种藕的。”同时，生产者的责任性也大大加强了。春燕道：“这一带地方上的东西，都是我姑妈管着。她一得了这地，每日起早睡晚。自己辛苦了还不算，每日逼着我们来照看，生怕有人糟蹋。老姑嫂两个照看得谨谨慎慎，一根草也不许人乱动。”

还应该强调的是，与王熙凤相比，甚至与贾探春相比，薛宝钗实际上并没有什么管理实权。但是我们完全可以说，《红楼梦》中真正的管理权威就是薛宝钗。杜拉克就说过：“不论一个人的职位有多高，如果只是一味地看重权力，那么，他就只能列入从属的地位；反之，不论一个人职位多么低下，如果他能从整体思考并负起成果的责任，他就可以列入高级管理层。”按照杜拉克的这一标准，薛宝钗显然是可以进入“高级管理层”的。

探春和宝钗管理的比较

从相同点来看，探春和宝钗的管理都属于分权式，两者的不同点主要表现在：其一，理家特点与模式不同；其二，理家的出发点不同；其三，处理矛盾的方式不同；其四，处理人际关系不同；其五，对待经济利益不同；其六，理家方式方法不同；其七，管理效果不同。

理家特点与模式不同

由于探春采用“责权利相结合”的管理模式，宝钗采用“以人情为本”的管理模式，导致两者的理家特点不同。探春在理家的过程中重制度，冒着得罪生母赵姨娘的风险和被他人误解为不孝的指责，按照老祖宗留下来的规矩发放舅舅丧事赏银，探春提出的大观园改革方案，体现出她的管理胆识和魄力；宝钗则处处重人情，体现出她“以人情为本”的温情式管理特点。探春理家具有改革和创新性质；宝钗理家只是维护贾府的体面。

理家的出发点不同

在理家的出发点方面，两人殊途同归。探春理家的出发点重在兴利除宿弊、开源节流；而宝钗重在不得罪人，上下人等都有好处。探春作为贾府的女儿，是为自家理财的，她真心希望解决贾府日积月累的问题；宝钗则是为姨妈家暂时照看一下，属于协助李纨、探春管理荣国府，相当于外聘顾问。尽管出发点不同，但她们最终却因为改革方案能让下属员工有利可图而达成了共识，可谓是殊途同归。

处理矛盾的方式不同

在解决复杂矛盾事件上，两人方式截然不同。探春由于刚直不阿、雷厉风行的“女汉子”性格，她遇到矛盾迎着走，正人先正己，不避亲疏；而宝钗则性格圆滑乖巧，遇到矛盾能妥善化解，八面玲珑，她的权谋不仅高于探春，甚至高于有“女曹操”之称的王熙凤。

处理人际关系不同

在处理关系尤其是与人合作关系方面，两人也各不相同。从承包大观园的方案设计来看，探春是精于合作的，善于与李纨、宝钗协商，能够博采众长；而宝钗很会处理人际关系，行事精于算计，明哲保身，不关己事不开口，一问摇头三不知。

对待经济利益不同

在争取经济利益的问题上，两人更有天壤之别。探春理家，考虑的是大家的经济利益，开源节流，兴利除弊，凭借的是惠泽家族众人的情和理；宝钗行事，看重的则是贾府的体面，处处着眼于从维护贾家的体面。

理家方式方法不同

在理家方式方法上，两人也有较大差异。探春决策果敢、理性精明和廉洁清正，这就是探春的过人之处，她为人处事身正为上，公心为重；宝钗则温柔一刀、以人情为本、以面子为重，暗藏着笼络人心的私心。

管理效果不同

无论是作者曹雪芹，还是贾府高管王夫人，都寄希望于“敏探春兴利除宿弊，贤宝钗小惠全大体”，可是探春理家的结果是不了了之，真可谓“欲除何曾除？云敏未必敏”，这种直线式改革导致她处处树敌，管理效果并不理想，连她的亲生母亲都来为难她，可见直线式的思维方式不适合当时的家族环境；宝钗协理的结果虽然也差强人意，可以说“欲全何曾全？云贤未必贤”，但她至少凭借着小恩小惠笼络了人心。另外，从处处给人难堪的赵姨娘都曾夸奖宝姑娘来看，也可见宝钗的管理效果。

第七章　刘姥姥的生存法则

刘姥姥：见证贾府兴衰的边缘人

刘姥姥“村而不俗”，她是“丑角，但不是“傻角”，她说的笑话在别人听来可笑，但她自己说笑时眼里闪动的是泪光，她的心里在流泪。刘姥姥的“谐”是人生经验的痕迹，是她“大智若愚”的艺术表现，有着特殊的审美价值。刘姥姥出现在大观园，给了读者一种鲜明的集视觉、听觉为一体的强烈对比，让读者更易于看到贾府奢侈浪费的腐朽生活和当时社会的巨大贫富差距，刘姥姥用她的谐趣带给读者乐趣，也带给了读者强烈的震撼。贾府衰败后，她对巧姐的救助又展现了她有恩必报，滴水之恩涌泉相报的高尚人格，这一人物形象虽然出场不多，却给读者留下了十分深刻的印象。

刘姥姥出场

刘姥姥，是中国古典文学名著《红楼梦》里的人物，是“积年的寡妇”，王狗儿的岳母，板儿青儿之姥姥。刘姥姥在《红楼梦》中的主要形象是一位具有非凡公关才能的老太太，见证了贾府兴衰荣辱的全过程。刘姥姥何许人也？请看第 6 回关于刘姥姥出场的描写：

按荣府中一宅人，合算起来，人口虽不多，从上止下也有三四百余口；虽事不多，一天也有一二十件，竟如乱麻一般，并无个头绪可作纲领。正寻思从哪一件事自哪一个人写起方妙，恰好忽从千里之外，芥豆之微，小小一个人家，因与荣府略有些瓜葛，这日正往荣府中来，因此便就此一家说来，倒还是头绪。你道这一家姓甚名谁，又与荣府有甚瓜葛？且听细讲。

方才所说的这小小之家，乃本地人氏，姓王，祖上曾作过小小的一个京官，昔年与凤姐之祖王夫人之父认识。因贪王家的势利，便连了宗认作侄儿。那时只有王夫人之大兄凤姐之父与王夫人随在京中的，知有此一门连宗之族，余者皆不认识。目今其祖已故，只有一个儿子，名唤王成，因家业萧条，仍搬出城外原乡中住去了。王成新近亦因病故，只有其子，小名狗儿。狗儿亦生一子，小名板儿，嫡妻刘氏，又生一女，名唤青儿。一家四口，仍以务农为业。因狗儿白日间又作些生计，刘氏又操井臼等事，青板姊妹两个无人看管，狗儿遂将岳母刘姥姥接来一处过活。这刘姥姥乃是个积年的老寡妇，膝下又无儿女，只靠两亩薄田度日。今者女婿接来养活，岂不愿意，遂一心一计，帮趁着女儿女婿过活起来。

三进荣国府

第 6 回是“刘姥姥一进荣国府”。刘姥姥一进荣国府，耳闻目睹荣府表面上是一派荣华繁盛的景象，由此“一进”便成为《红楼梦》故事正传的开端，开始了对现实生活深刻的描写与对封建末期社会的解剖。

话说有一年到了年冬岁末，王狗儿家无以为计，顾头顾不得尾，岳母刘姥姥只好借着这个关系到贾府攀亲，寻求救济，于是就有了刘姥姥一进荣国府。刘姥姥一进荣国府的旗开得胜，使一个小小的庄户人家和赫赫有名的金陵大户逐渐建立关系。她不但使贾府认下了这门亲戚，还拿回来二十两银子外加一吊钱的援助，使这个庄户人家度过了难关。此刻刘姥姥在《红楼梦》里的使命仅仅完成了三分之一，更重要的戏份还在后头，这一回，刘姥姥可是大展身手，穿红戴绿，备受瞩目，让读者深刻记住了这个老太太。

刘姥姥二进荣国府，则深入到贾府的各处，引出了贾府衣、食、住、行、玩等各个方面。这次刘姥姥所接触的人物之多、所见的场面之广、感受惊叹之深，都胜过了第一次。角色也由王家的亲戚变为了贾母的座上宾，出席了贾府丰盛的家宴，游览了大观园。作者透过刘姥姥的观察、体验、评论，进一步地表现了贾府主子们的享乐与奢侈，既写出了贾府鲜花著锦之盛，又为日后贾府败落巧被救埋下了伏笔。这里边就写到当时王熙凤的女儿，大姐抱着一个大柚子玩（那时候还没取名叫巧姐），见板儿手里拿着一个佛手，然后她就要。丫鬟就哄着板儿把这个佛手给大姐换了柚子，板儿已经对佛手玩腻了，玩很久了，他看见那个柚子又圆又香，就换了，这个好像是冥冥之中缘分是佛手指引的结果，曹雪芹在这儿他是进行了这么一番暗示。所以，让刘姥姥起名，刘姥姥不就说了嘛，取个“巧”字，将来必定是遇难成祥，逢凶化吉，全从这“巧”字上来。

刘姥姥三进荣国府时，贾府已面临家破人亡，一片萧索凄凉。贾府的老祖宗贾母已死，昔日泼辣的凤姐病得骨瘦如柴，神情恍惚，只得把自己的独生女儿托付给这位昔日来打抽风的穷老婆子。刘姥姥挺身而出，侠肝义胆，成为《红楼梦》里重要的收场人物。

边缘人身份

《红楼梦》中有一类人，他们既不是主子，也不是奴才，看起来对贾府来说，身份是独立的。如刘姥姥这样的穷亲戚，陪着贾政附庸风雅的清客，尼姑道婆，贾芸、贾芹这类族中子弟，和贾府比邻的放高利贷者等。这些人都可以归为边缘人之列。

首先，他们身份的边缘，士农工商把他们划到哪一类都不太贴切。有的人读书但却没能做官；有的人干的是仆人的活却有公子哥的名分；有的人名义上是贾府的亲戚实质上是来求乞；有的人说是化外之人却比化内之人还善于计算得失利益。

其次，他们行事方式的边缘。他们不是单纯靠某种技艺或职业为生，而是寻找各种各样生活中的“空隙”，谋取生存之本。如他们通过各种方式依附于贾府这棵大树，或者做那些不为一般人瞧得起的营生，如放高利贷、偷盗、做伶人娼妓等。

再次，他们价值观的边缘。他们的价值观不属于非黑即白的主流价值观，他们身上有往往是贪财、怯弱、仗义、狡猾、善良等价值观的混合体，按照一般主流价值观来分析他们的行为往往如隔靴搔痒，因为他们在谋取边缘利益，价值观必须边缘，难以泾渭分明。

现实生活中存在着许许多多空隙，这些空隙能容纳一些人生存，因此就会产生边缘人群，这是社会的常态。刘姥姥就是这类边缘人。

性格特证：善良机智幽默懂得感恩

刘姥姥三进荣国府，带来无数欢声笑语。刘姥姥这个艺术形象塑造得非常成功，她善良正直，勇敢机智，风趣幽默，重情重义，而且有那种坚韧不拔的毅力。这个老太太身上体现了中华民族传统美德，深受广大读者喜爱。

善良正直

刘姥姥一进荣国府后的第二年夏秋季节，这个善良热心的老婆婆，没有忘记贾家的周济，“多打了两石粮食”，就把头一茬摘下的瓜菜送来，二进荣国府，以感谢贾家的关照。没想到，这一来，却意外受到贾老太太的爱宠和厚待，并且给大观园的小姐太太们带来了无穷的乐趣。刘姥姥没有因自己和贾府的关系招摇撞骗，炫耀乡里，也没有因王熙凤的背时而忘义，过河拆桥，而是表现出高尚的人格魅力。《红楼梦》的后十回中，刘姥姥三进荣国府使她的形象更加鲜明突出。这时的宁国府已被查封，引荐她出入荣国府的王熙凤已经落到“力诎生人怨”的地步，先前被她伤害的人们，现在都来乘机报复。她在众叛亲离、极端狼狈的垂死之前，却把自己的独生女巧姐托付给刘姥姥。在封建社会里，所谓受人托妻寄子，是一种了不得的仁义或信任的高尚品格。精明过人的凤姐，凭借她锐利目光看出，在当时的荣宁二府中，只有刘姥姥这个人才是善良的，才不会对她落井下石。

勇敢机智

正如王熙凤所料想的那样，在她死后，巧姐的舅舅王仁和哥哥，为了图几个钱，要把巧姐卖到妓院的时候，刘姥姥勇敢机智地救了巧姐。刘姥姥在这里的具体行为，表现了这个人物高贵、机智的品质，她敢做敢为，有计有谋有办法，也毫不顾虑拯救这个无助孤女，会给自己带来多少麻烦和危险。王熙凤当初用自己对刘姥姥的一点同情心，使女儿免遭厄运，这件事本身就极具寓言色彩。

幽默风趣

刘姥姥二进荣国府，就很快受到贾母、宝玉以及鸳鸯、平儿等人的羡慕和喜欢，表现出了她的机智过人之处，这和她守寡多年经历了各种磨难、仍对生活充满乐观的情趣有着极大的关系。她幽默风趣，她精明强干，无不充满寓言色彩，也可以这样说，她办的每一件事、说的每一句话，全都是一篇篇精彩的寓言故事，带有哲理性。

懂得感恩

特别难能可贵的是，刘姥姥追逐物质利益却不唯利是图，置身经济交易之中却不失道义和立场。在贾府败落、需要救助、没有任何利用价值的时候，她大义凛然，果断出手，救出了贾家后人，由贾府的救济对象变成了救命恩人，完成了由被救者到施救者的角色转变。刘姥姥只把贾府看作自己的恩人，心里决不会产生焦大那样的忿怨之气。焦大是有所求而无所得，有的只是“牢骚太盛防肠断”的狭隘，所以心生怨恨。而刘姥姥是所求有得，甚至得的比求的更多，有着“风物长宜放眼量” 的豁达，她懂得“滴水之恩当涌泉相报”的道理。

生存法则：刘姥姥的草根智慧

刘姥姥无疑是《红楼梦》边缘人中的聪明人。人间最大的聪明不是治家安邦，也不是吟诗作画，而是审时度势、察言观色和趋利避害。因此相比“机关算尽太聪明”的凤姐、“心较比干多一窍”的黛玉、以及“心比天高”的晴雯，刘姥姥具有在社会底层积累的草根智慧。就如一只在林莽中生存的野生动物一样，它们本能地感觉到哪里有食物，哪里有危险。一旦将它们圈养在动物园里，无食物安全之虞，它们的这种本领便会急剧退化。这也是刘姥姥的生存智慧高于大观园中诸人的根本原因。

穷人要善于发现机会

人在困窘或危险的时候，反而能急中生智，找出一条出路来。当年李斯在楚国过着穷困潦倒的生活，他去上厕所时，看到偷食粪便的老鼠一见有人入厕，吓得四处逃窜；而打开一个谷仓，看到吃的饱饱的老鼠躺在那里一动不动，根本不害怕。李斯悟出来了：“人之贤不肖譬如鼠矣，在所自处耳。”仓中鼠比厕中鼠不但舒服，而且安全，便离开楚国，去秦国作了客卿，最后官至相国。另一位离开楚国，走异路、去异地，去寻找别样的人们的伍子胥和李斯经历有点类似，不过伍子胥是被迫离开故土的，作为楚国的望族，父兄被楚王处死，大难临头的他过昭关时一夜愁白了头。到了吴国他过了一段“吴市吹箫”的悠闲生活，但总算保住了性命，还辅佐吴王成就了霸业，攻下郢都报了血海深仇。但随着李斯和伍子胥逐渐位高权重，年轻时那种求生的本能变得迟钝，最终李斯灭族之前，抱着自己的儿子痛哭：“吾欲与若复牵黄犬俱出上蔡东门逐狡兔，岂可得乎？”伍子胥被夫差杀死前，要求把自己的人头挂在姑苏城阊门之上，看着吴国被越国灭亡。这两个人无法挽救自己性命时，只能发出这种绝路的哀鸣。古代士人中，如张良、刘伯温这样早年困窘时知道求显达之术，成功后知道避祸独活的智者实在太少了。

穷人自然是弱势群体，在权贵们的面前如待割的鱼肉，但穷人仍然有翻身的机会。老虎是百兽之王，整个森林里的动物几乎都是它的食物。但是，一只小得不能再小的蚊子，可以在老虎庞大的身躯上吸一点血来养活自己。因为老虎身躯庞大，也不在乎流失这点血，对蚊子的行为只能无可奈何的默许。

刘姥姥是个积年寡妇，跟着自己的女婿、女儿过活。她的女婿狗儿是一个小京官的后代，由于家道中落，靠两亩薄地生活。狗儿和大多破落户子弟一样，既没有重振祖业的雄心，又不甘心生活的艰难，有的更多的是颓废与埋怨。对于女婿在家酒后的气恼，刘姥姥的一番开导非常睿智：

> “姑爷，你别嗔着我多嘴。咱们村庄人，那一个不是老老诚诚的，守着多大的碗儿吃多大的饭呢。你皆因年小的时候，托着老家之福，吃喝惯了，如今所以把持不住。有了钱就顾头不顾尾，没了钱就瞎生气，成个什么男子汉大丈夫呢！如今咱们虽离城住着，终是天子脚下。这长安城中，遍地都是钱，只可惜没人会去拿去罢了！在家跳蹋会子也不中用。”

刘姥姥这席话骂尽天下所有游手好闲惯了的子弟，他们对于生活除了唉声叹气、感叹命运不济外，不做任何努力改变现状，以往的优厚生活使他们的视力存在着盲区，看不到或者是不屑于抓住一点点小机会。如北京、上海这样的大城市，一些下岗的老北京、老上海的公民觉得这个世界都欠他，他们住着祖上传下来的房子、拿着政府最低生活保障，却在发牢骚，说世道不公。可那些从河南、四川、安徽等农村进京、进沪的农民，他们没有北京人、上海人所具备的地理优势，包括知识面、受教育的程度，但他们珍惜自己发现的哪怕一点点机会，什么活都能干，当保姆、扛沙包、开小饭店、做保安……比起贫穷的老家，他们觉得大城市简直是天堂，机会太多了。只要不把他们遣送回家，白眼、歧视、劳累都可以忍受。他们虽然卑微，但比起老家来，自己以及自己家人的生活质量已有了很大的改观。

"这长安城中，遍地都是钱，只可惜没有人会去拿罢了。"穷人如何抓住改变自己生存的机会，有时不取决于能力，而是"态度决定一切"。

乞求没有什么大不了的

刘姥姥主动出击的态度。有了这种态度，自然会找到一个合适的方案。为了找到进城攀附的门径，刘姥姥还对自己的懒女婿循循善诱。狗儿抱怨："难道叫我打劫不成？"

当然，打劫也是小人物改变命运和生存状况的一种方式，但这种把命赌出去的方式不能轻易使用，也不是谁都能使用，这世间还有比"打劫"更安全、更经济的方式。刘姥姥说：

> "'谋事在人，成事在天。'咱们谋到了，看菩萨的保佑，有些机会，也未可知。我倒替你们想出一个机会来。当日你们原是和金陵王家连过宗的，二十年前，他们看承你们还好，如今是你们拉硬屎，不肯去亲近他，故疏远起来。想当初我和女儿还去过一遭。他们家的二小姐着实响快，会待人，倒不拿大。如今现是荣国府贾二老爷的夫人。听得说：如今上了年纪，越发怜贫恤老，又爱斋僧敬道，舍米舍钱的。如今王府虽升了边任，只怕二姑太太还认得咱们。你何不去走动走动，或者他念旧，有些好处，也未可知。只要他一发点好心，拔根寒毛比咱们的腰还粗呢！"

刘姥姥说和她的女儿去过王府，王夫人当时尚未出阁。那么刘姥姥带女儿进王府时，至少在刘姥姥一进荣国府之前二十多年，因为此时王夫人已经当奶奶了，贾珠的儿子贾兰好几岁了。而刘姥姥带女儿进王府，至少自己的女儿当时已许配给王狗儿，她才有上门的理由。唯一可以解释的是刘姥姥的女儿一出生，已经许配给狗儿。刘姥姥认为王狗儿家强装硬汉是极不明智的行为，世人当然嫌贫爱富、人一阔就变脸的事件很多，但也有不少人因为自己混得不好而自惭形秽，留恋过去显达使自己不能牺牲自尊。在生存的面前，自尊有时算不了什么，乞求并不是件很丢人的事情。刘姥姥接着分析了去攀附贾府成功的可能性。

“如今上了年纪，越发怜贫恤老，又爱斋僧敬道，舍米舍钱的。”她认为王夫人会因为念旧而帮助狗儿一家，刘姥姥这种分析是建立在对人性的理解上。富人需要施舍给自己带来快乐和安慰，不忘穷亲戚对他们来说，是一种可以博取舆论称赞的美名。

听了丈母娘的一番宏论，狗儿立马开窍，不亏是官宦子弟，能举一反三。他建议刘姥姥去贾府“试试风头儿”，当刘姥姥和自己的女儿害怕侯门深如海，根本见不到真佛时，开窍了的狗儿给刘姥姥找到了一把“钥匙”：“不妨，我教你老人家一个法子：你竟带了外孙子板儿，先去找陪房周瑞；若见了他，就有些意思了。这周瑞先时曾和我父亲交过一件事，我们极好的。”

二十年前埋下的“因”，看似无用，关键时刻便能结“果”。在这里我们不经要问一句：王家和狗儿的祖辈、父辈究竟有何种交情？我们知道狗儿的祖父是个小小的京官，和累世公卿的王家不会有太大的渊源，天下姓王的太多了。虽然小京官级别不高，但他处在六部的要津之地，信息灵、路子广。而王侯之家，尽管位高权重，但伴君如伴虎，如果不及时了解中枢的种种信息，弄不好一夜之间就抄家丢官，因此对狗儿祖父这样的小京官，他们不敢怠慢，且愿意结交。封建时代外面的封疆大吏结交京内穷官是一种传统的生存方式。王家需要小京官做耳目，狗儿的祖上需要攀附豪门，因此两家联宗则十分自然，这点从后来贾雨村和贾家联宗也可看出。

狗儿祖上埋下的“因”，具体说来就是周瑞周大爷“昔年争买田地一事多得狗儿他父亲之力。”周瑞夫妇俩原是王家的仆人，宰相门房七品官，周瑞想必很神气。但大凡高官的奴仆仗势欺人，不是直接打着老爷的旗号，这样也太给老爷丢人，他们一般都是巧妙地利用老爷的社会关系。如周瑞当年买田地，大概是强买强卖，如薛蟠强买英莲一样。产生争端他自然不会惊动老爷，如果是这样的话，那么这个奴才也太愚蠢了。周瑞找到和老爷联宗的小京官，小京官也乐意送个顺水人情，进一步巴结王家。所以，要结交高官，对他的秘书、司机这些长随是决不能得罪的。

能跟着小姐出嫁做陪房的奴仆，地位不同一般。贾、史、王、薛四大家互相联姻，跟过来的陪房简直就是一国派向另一国家的驻外大使，婆家是不能怠慢的，否则就是藐视亲家。这也是周瑞家能当奴才头子、谁都不敢得罪平儿的原因之一。《水浒传》中《智取生辰纲》一节，杨志押送生辰纲途中，有一个谢都管根本不把他放在眼里，原因就是谢都管是梁中书的妻子即蔡太师女儿嫁过来的陪房，在梁府他几乎可以代表蔡府。

攀附方案一经确定，刘姥姥家便选出两个最合适的"演员"，刘姥姥和板儿，一个老太太和一个小孩子，这样的人马出场，首先能博得同情分；其次，如刘姥姥所说的那样：

> 你又是个男人，这么个嘴脸，自然去不得；我们姑娘，年轻的媳妇儿，也难卖头卖脚；倒还是舍着我这副老脸去碰碰。果然有好处，大家也有益。

刘姥姥一进荣国府，完全是经过精心策划的攀附、乞食行为，从刘姥姥的策划中可看出她对世情的洞察和人情的了解。剧本已经策划好，就看刘姥姥"撞木钟"的演技了。

"以丑事人"的小品演员

刘姥姥一进荣国府，受到的待遇是比较冷淡的，但戏剧不可能一次达到高潮，刘姥姥的这番投石问路基本上达到了预想的目的。更主要的是和豪门中断了二十多来的"线"又续了起来，接着要做的便是沿着这条线继续走下去。

周瑞家的为了显示自己在贾府的地位，至少让刘姥姥见到了贾府的主要人物——当家的凤姐，这比刘姥姥打秋风得来二十两银子要重要得多。有了这个开头，才有二进荣国府的种种殊遇。

刘姥姥虽然是一乡村老妪，但对办事的种种潜规则烂熟于心，当凤姐儿赏给她二十两银子后，她转身拿出一块给周瑞家，说让她给孩子买糖果吃，尽管周瑞家的瞧不上这点银子，婉言谢绝，但刘姥姥却必须有这样的表示，因为是周瑞家的引荐之力才见着凤姐儿，否则她就是不懂规矩，再想二进贾府，把路拓得更广就难了。

王熙凤对一进荣国府的刘姥姥冷淡是正常的，这位凤姐儿能于百忙之中，拨冗一见这位贫婆子，已经很不容易了，主要是得给周瑞家的——自己的婶母兼姑妈王夫人陪房的面子，也是给王夫人的面子。对刘姥姥的关照，从另一层意思来说，是曲折地表达王家人在贾府不容置疑的地位。

刘姥姥二进荣国府，正是元妃省亲后不久，大观园内姹紫嫣红、一派兴旺气象的时期。再次来打秋风的刘姥姥更显出她的世故精明、察言观色见机行事的本领。首先她带着根本不值几个钱的乡土特产来进贾府，则是找了个再次打秋风的理由。她对平儿说：

> 这是头一起摘下来的，并没敢卖呢，留的尖儿孝敬姑奶奶姑娘们尝尝。姑娘们天天山珍海味的也吃腻了，这个吃个野意儿，也算是我们的穷心。

这一番话真是体现姥姥语言艺术的炉火纯青，该表达的都表达了，却一点也不肉麻拙劣。至于是否真的是头一茬瓜果摘下孝敬贾府，只有天知道。

刘姥姥的杰出表现，终于获得了最大的回报。用周瑞家的话来说："可是姥姥的福来了，竟投了这两个人的缘了？"哪两个人的缘？即贾府的实权派、掌握经济大权的凤姐和最高层领导、贾府精神领袖贾母史太君。投这两个人的缘，那么在贾府就可以通吃了。

凤姐留刘姥姥住下来，并把她郑重推荐给贾母，并非凤姐真的怜贫悯老，而是她了解贾母的爱好。享尽荣华富贵，在大观园里百无聊赖，希望找点笑料，找个乡野的穷婆子解解闷而已。正如贾母第一贴心丫鬟鸳鸯说的那样：

> 天天咱们说，外头老爷们，吃酒吃饭，都有凑趣儿的，拿他取笑儿。咱们今儿也得了个女清客。

刘姥姥的角色，和整天陪贾政吟诗作对的读书人詹光、单品仁一样，出卖自己的自尊与人格，换取主人高兴从而获得奖赏。

当刘姥姥对凤姐千恩万谢时，因说话粗鄙，周瑞家的一再用眼色制止。可她不知道，粗鄙正是刘姥姥的"卖点"之一。一个进城开饭馆的农民要想立足，自然不能学大饭店搞豪华装修，请知名大厨，他只能走"乡土气息"的路子，用地道的乡野小菜来吸引吃惯了大餐的城里人。刘姥姥正是靠粗鄙、乡土的语言博得了贾母的欢心。她一个从乡下来到公侯之门打秋风的老太太，到了贾府，她要有所为，达到事先预定的目标实在太难了，想依附贾府的人实在太多，有贾雨村这样科甲出身的读书人，有围绕着贾政的一帮清客，还有贾家宗族的一些子弟……再分析刘姥姥的客观条件，她实在太没有竞争力了。论关系远近，她女婿的父亲当年在京和王熙凤家联过宗，和贾府的关系简直比九曲黄河还要拐得更远；比奉承巴结的成本，她那点土特产哪比得上其他的财主？要比重要性，当然不如做官的贾雨村。那么，她能讨贾母和贾府上下高兴的，唯一的法子就是演一个丑角，以“女清客”的身份，故意搞笑，甚至不惜作践自己，娱乐大观园里的主子奴才。

贾府的人，家里专门养着戏班子，什么样的正剧没看过？什么样的曲艺没欣赏过？完全比才艺，刘姥姥能比得上那些受过专业训练的龄官、芳官么？她只能以“土”取胜，以“丑”取胜，就如赵本山演小品一样，卖点就是土得掉渣的东北乡土味儿。

如果自己不把自尊当回事，那么自尊就什么都不是，人就可以完全进入角色，演得淋漓尽致。刘姥姥何尝不知道这点？当吃饭时凤姐和鸳鸯一起捉弄刘姥姥，鸳鸯为此对姥姥说：“姥姥别恼，我给你老人家赔个不是。”刘姥姥心里如明镜似的，早就知道自己在这场大戏中的科诨角色。她说：

> 姑娘说那里话？咱们哄着老太太开个心儿，可有什么恼的！你先嘱咐我，我明白了，不过大家取笑儿。我要心里恼，也就不说了。

刘姥姥演小品的水平不亚于本山大叔。她便是作践自己的形象，将一个快乐、惜财、爱热闹、满身土里土气的农村老太太那份本色戏演得活灵活现。

她信口开河惹得宝玉刨根问底的那个小故事显出刘姥姥抖包袱的本事。说到雪天听到屋外响动，以为有人来偷柴草时，便故意停顿，卖了个关子，惹得贾母的思维不得不跟着她往下走，不觉得入了戏，猜测是过路客人拿柴草烤火御寒。这时刘姥姥将包袱抖了出来，说是一个十七八岁的标致小姑娘。

包袱抖出来后，因为大观园发生了小火灾，便戛然而止。知道贾母因为失火而厌烦了这个故事，刘姥姥知趣地打住。可是贾府另一个重要人物——宝玉，却不依不饶问到底，刘姥姥不敢得罪这个小霸王，便顺着宝玉的爱好，信口编了一段凄婉的故事，惹动了宝玉怜香惜玉之心，傻傻地派茗烟去找那个子虚乌有的庙。这即兴创作的水平如何？

刘姥姥满口村话，却是那样幽默有趣，形象生动。夸大观园的气派美丽，她说：

我们乡下人到了年下，都上城来买画儿贴。时常闲了，大家都说：怎么得也到画儿上逛逛。想着画儿也不过是假的，那里有这个真地方呢。谁知我今儿进这园里一瞧，竟比那画儿还强十倍。

这段先抑后扬、先虚后实的赞美，胜过宝玉、黛玉等人的词赋。

如大伙儿给刘姥姥头上插满花，她自己打趣道：

我虽老了，年轻时也风流，爱个花儿粉儿的，今儿老风流才好。

粗鄙的词汇、充满乡土气的动作正是刘姥姥打动大观园中诸人的根本原因，就如赵本山的小品一样，只有充满东北黑土地的乡野气息，才能博得了观众的喝彩。我们想象一下，如果刘姥姥假装斯文，说那些着三不着四的文辞，赵本山改变戏路装城里的绅士，效果如何？肯定是东施效颦。

刘姥姥演出最成功的一幕是吃饭前，她高声说道：

"老刘！老刘！食量大如牛；吃个老母猪不抬头。"说完，却鼓着腮帮子，两眼直视，一声不语。众人先还发怔，后来一想，上上下下都一起哈哈大笑起来。

雪芹用各人的不同的笑来衬托了刘姥姥的演出效果：

"史湘云撑不住，一口饭都喷了出来。黛玉笑岔了气，伏着桌子嗳哟；宝玉早滚到贾母怀里，贾母笑的搂着宝玉叫'心肝'；王夫人笑的用手指着凤姐儿，只说不出话来。薛姨妈也撑不住，口里茶喷了探春一裙子；探春手里的饭碗都合在迎春身上；惜春离了坐位，拉着他奶母叫揉一揉肠子。地下的无一个不弯腰屈背，也有躲出去蹲着笑去的，也有忍着笑上来替他姊妹换衣裳的，独有凤姐鸳鸯二人撑着，还只管让刘姥姥。"

能把黛玉这种尖酸多才的小姐、王夫人薛姨妈这种注重仪表的贵妇逗成这样，可见其功力。

刘姥姥尽管在哄大观园所有的人，包括丫鬟们的开心，但她心中有谱，知道谁最重要，因此对这些人使出浑身解数来取悦。她看得很准，看出来贾府的重点人物是贾母、王夫人并凤姐姑侄、宝玉。书中写道：

> 那刘姥姥虽是个村野人，却生来的有些见识，况且年纪老了，世情上经历过的，见头一个贾母高兴，第二见这些哥儿姐儿都爱听，便没了说的也编出些话来讲。

黛玉说刘姥姥是一手舞足蹈的“牛”、是“母蝗虫”，妙玉连刘姥姥喝过茶的杯子都要砸掉。刘姥姥的出现，实质上刺激了她们，从根本上来说，她们和刘姥姥没有太大的区别，都是贾府的“乞食者”。作为一个村妇，刘姥姥早把面子两字给忘了，从从容容、直直白白地“乞食”，因而率真可爱；妙玉的“乞食”，偏要装出一副清淡高雅、独立不群的样子来，其实也势利得可以，对宝钗、黛玉和宝玉，她另眼相待。

“乞食”就要像刘姥姥这样，彻底放下来做个真正的“乞食者”，否则的话弄巧成拙。在大难到来的末世，像刘姥姥这样看透世情的穷人反而可以好好地活下来，而放不下一些“魔障”的妙玉，最后是：

> 欲洁何曾洁？云空未必空。可怜金玉质，终陷淖泥中！

刘姥姥二进荣国府满载而归。不仅仅是得到一百多两银子，可以回去买地，更为重要的是贾府承认了和她家稳定的亲戚关系。平儿对她说：“到年下，你只把你们晒的那个灰条菜干子和豇豆、扁豆、茄子、葫芦条儿各样干菜带些来。”隐含的意思就是以后可常来常往了。有了贾府这棵大树，刘姥姥一家在当地肯定不会被人欺负压榨了。

刘姥姥三进荣国府时，她自己说：

> 如今虽说是庄稼人苦，家里也挣了好几亩地；又打了一眼井，种些菜蔬瓜果。一年卖的钱不少，尽够他们嚼吃的了。这两年，姑奶奶还时常给些衣服布匹，在我们村里算过得的了。

刘姥姥的“卖丑”能获得读者的尊重，是因为她心如明镜，知道贾老太太就是喜欢自己的土气和滑稽，并非真的惜老怜贫，自己就是个请来演小丑的老太太，并非真的是侯门的贵戚。有这份清醒，才有三进大观园报恩的可能——真正的喜剧演员是智者，比如卓别林和赵本山。

《红楼梦》里的融资高手

刘姥姥第一次进贾府，是她的女婿狗儿在穷途末路的情况下发生的。当时，狗儿家穷得没有米下锅了，务农为业的一家之主狗儿只会唉声叹气，而刘姥姥却表现出见识不凡，虚实结合，她说谋事在人、成事在天，这是务虚。她紧接着很务实，提供了一条融通资金的重要线索。她打情感牌，从王狗儿家与王家的二小姐(王夫人)是远房亲戚这层关系寻找突破口，而且她还抓住了大户人家惜老怜贫的慈悲心理，认为从这个地方打开缺口，去争取点赞助，是切实可行的。从刘姥姥务虚又务实这点看，她比狗儿明显强多了。

果然，刘姥姥一进贾府就得了二十两银子和一吊钱的雇车费。从书中的比较来看，刘姥姥看到贾府上下一餐螃蟹二十四两银子，感叹说小户人家可以过一年了。也就是说二两银子可以过一个月，那么二十两银子和一吊钱就相当于小户人家十个月的开支，这对于第一次上门打秋风的远房亲戚而言可不是一笔小数目。如果按照现代的购买力平价来换算，相当于刘姥姥第一次融资四万左右，她挣到了自己的“第一桶金”，不仅为狗儿一家度过了难关，而且还有一点盈余作为扩大再生产的资本。最为关键的是，这次进贾府使得一个小小的庄户人家和赫赫有名的金陵大户贾家逐渐建立关系，相当于建立了未来拓展业务往来的融资渠道。

再看看刘姥姥第二次进荣国府的收获：

> 次日，刘姥姥带着板儿来向凤姐辞行，又说：“虽然住了两三天，把古往今来没见过的、没吃过的、没听见的都经验过了。难得老太太和姑奶奶并那些小姐们，都这样怜贫惜老照看我。我这一回去没别的报答，唯有请些高香，天天给你们念佛，保佑你们长命百岁的。”凤姐告诉她，昨日老太太和大姐儿都着了凉，又想起大姐儿还没有名字，便让刘姥姥取个名儿，借她的寿压压邪。刘姥姥问了大姐儿的生辰，听说是七月初七日，便说就叫巧儿正好，若一时有不遂心的事，必然遇难成祥，逢凶化吉，都从这“巧”字儿来。凤姐儿听了，自是欢喜，又叫平儿把送刘姥姥的东西打点好。刘

姥姥随平儿到外屋，见堆了半炕的东西，还有王夫人和凤姐送的一百零八两银子，连连道谢。刘姥姥又给贾母辞行，鸳鸯将众人送她的几大包东西给她，叫了车，让小厮送刘姥姥回乡下去了。

这一次，刘姥姥又拿回了银子108两，青纱、茧绸及其他绸子若干，内造点心、各样面果子、御田粳米若干，袄儿裙子等衣裳若干，梅花点舌丹、催生保命丹等养生药物若干。按照平儿转述王夫人的话说，可以做个小本买卖或置上几亩地了。

在清朝康熙年间，这笔108两的银子值多少呢？依前面的推算后，可以这样认为，24两白银当时够普通人家一年的生活费。像刘姥姥不仅有房有地，还雇着工人丫头，消费应该不算太低，108两按理够刘姥姥一家4年多的生活费。

另据计算，以清朝六品官员年俸45两白银为例，拿到今天白银价格似乎只有9 000元。但实际上由于通胀的缘故，清朝的一名“局级干部”，年薪如以今天的比例计算，至少应与9万元相当，即10倍的购买力。实际上当时的108两白银，现在的价值至少超过20万元人民币。刘姥姥一次融资20万元，挣到了自己的“第二桶金”，后来就彻底改变了女婿狗儿和孙子板儿的命运，也为后来的小康生活奠定了基础。

成功理由：有谋略重实效定位准抓机会

一进荣国府，刘姥姥小心谨慎，打通关节，与赫赫有名的金陵大户建立关系。二进荣国府，刘姥姥左右逢源，装疯卖傻，演绎着一位公关人士的成功之道。三进荣国府，刘姥姥挺身而出，侠肝义胆，成为《红楼梦》里重要的收场人物。一个目不识丁的农村老太太，何以在贾府里畅游大观园、醉卧怡红院？她的成功理由何在？

刘姥姥的成功，关键在于有谋略重实效、定位准找机会、生存能力强，这是她的职场特征，也是她的生存法则。

有谋略重实效

首先，她积极寻求致富机会。女婿狗儿因没钱过冬，喝了几口酒，在家闲寻气恼。刘姥姥看不过，先是给女婿讲朴素的生活道理，在第6回中，刘姥姥说：

> 姑爷，你别嗔着我多嘴。咱们村庄人，哪一个不是老老诚诚的，守多大碗儿吃多大的饭……如今咱们虽离城住着，终是天子脚下，这长安城中，遍地都是钱，只可惜没人会去拿罢了。在家跳蹋会子也不中用。……谋事在人，成事在天。咱们谋到了，看菩萨的保佑，有些机会，也未可知。

接着，刘姥姥娓娓而谈，提出具体的解决方案：

> 我倒替你们想出一个机会来，当日你们原是和金陵王家连过宗的，二十年前，他们看承你们还好，如今自然是你们拉硬屎，不肯去亲近他，故疏远起来。想当初我和女儿还去过一遭。他们家的二小姐着实爽快，会待人，倒不拿大。现如今是荣国府贾二老爷的夫人，如今上了年纪，越发怜贫恤老，最爱斋僧敬道，舍米舍钱的。……你何不去走动走动或者他念旧，有些好处，也未可知。要是他发一点好心，拔一根寒毛比咱们的腰还粗呢。

当女儿女婿碍于面子，怕丢人而不肯去的时候，刘姥姥决定亲自出马，

> 你又是个男人，又这样个嘴脸，自然去不得，我们姑娘年轻媳妇子，也难卖头卖脚的，倒还是舍着我这张老脸去碰一碰。

不仅如此，刘姥姥在事情成功之前，先论失败。“果然有些好处，大家都有益，便是没银子来，我也到那公府侯门见一见世面，也不枉我一生。”事情未办，先做两手打算。放平心态，即使失败了，也不懊恼。

一场最漂亮的仗，其实是一场事前已计清得失的仗。刘姥姥还没有动身去荣国府，单凭这一段对话，就足以看出刘姥姥的谋略心胸。也正因为姥姥心中有如此丘壑，才能一进荣国府就得到凤姐资助够庄稼人嚼用一年的二十两银子，顺利完成任务。

刘姥姥二进荣国府，攀上荣国府的最高权威人物——贾母，更是满载而归。最终帮女儿女婿家置上几亩田地，过上了不愁吃穿的好日子。

所以，关键时刻，我们需要的就是这种深思熟虑、不怕失败、勇往直前的人生智慧，需要这种有谋略、重实效的执行力。

定位准找机会

刘姥姥职场名言是“这长安城中遍地都是钱，只可惜没人会去拿去罢了”，她认为机会处处有，关键是如何抓住机会。

先看刘姥姥一进荣国府时，看见大门上“车马一簇一簇的”，就觉得从大门进去不妥。她将自己准确定位成一个打抽丰的穷亲戚，于是转到角门，用现在的话说要“走后门”，见了门上有几个人，先道了个万福称：“太爷”——只有县官才称太爷，后门仆人却也称得上太爷，这很能讨看门人喜欢，结果年长者就给她指明了正道的路径。

再看刘姥姥二进荣国府。她在贾府所起的作用，说“开心果”太轻了；“母蝗虫”太重了；说白了就是增长贾府上下人等优越感的有效参照物。“女篾片”是鸳鸯和凤姐给她的定位，很准确。“篾片”就是“清客”、“相公”、“门客”等的别称。红楼里并不缺清客相公，“詹光”（沾光）、“单聘仁”（善骗人）、“卜固修”（不顾羞）等，为何只有刘姥姥这个女清客给读者的印象深刻？

刘姥姥她作为一个封建社会的底层劳动者，显得那么朴实与幽默。大观园里人们，都把她当笑话看，总是戏弄她，可她仍然我行我素，不去管别人的想法，而是做自己。她是一个宽宏大量的人，当别人都笑话她时，她并不生气，还逗大家乐，她认为能给别人带来欢乐也是一种福气。刘姥姥有着农村人民的乡土气息，老实、朴素、能干，凭借自己的草根智慧，对自己准确定位，扮演了一个以丑示人、让贾府的贵夫人公子哥儿千金小姐们都开心的另类清客，相比贾政身边那些让人生厌的酸腐清客，刘姥姥无疑高明得多。

刘姥姥在贾府里说话滴水不漏，见什么人说什么话。进了贾府向主人问完好，还不忘下人。贾母让她说说村里的事，她就信口开河编了两个老少皆宜的故事。第一个是“少女抽柴”的故事：村里下了几天雪，那日起得早，瞧见一个十七八岁的极标致的一个小姑娘，梳着溜油的头，穿着大红袄儿，白绫裙子……到门前来抽柴。这故事多好听，主人翁和大多数听众年龄相仿，又有虚幻、神秘色彩，符合少男少女们的认知特点。那些哥们姐们怎么不爱听呢？以至于贾宝玉着了迷。

第二个故事是“老年得福，观音送子”。刘姥姥说：“我们村庄上，有个老奶奶，今年九十多了。她天天吃斋念佛，谁知就感动了观音菩萨，观音菩萨就送给她一个孙子，今年十三四岁，生得雪团儿一般，聪明伶俐非常可爱。可见这些神佛是有的。”这个故事是专讲给贾母、王夫人听的。用书中的话说“实合了她们的心事。”贾母的孙子不也长得“雪团儿一般”。可见刘姥姥并非信口开河而是有意为之，又满足了少年的心思，于是乎皆大欢喜，人人都喜欢听，也都喜欢刘姥姥。可见刘姥姥是个有头脑、定位准的“女清客”。

刘姥姥作为生活在社会底层的边缘人，她出身卑微却不自卑，家境贫寒却不甘贫寒。在家庭生活陷入重大困境、家人懦懦，毫无作为的时候，她直面困难，挺身而出，深入贾府，用自己的阅历和智慧，征服了贾府，玩转了贾家人，获得了成功，改善了家人的生活和命运。她敢闯敢试的冲劲和挑战自我的精神，她战胜困难的勇气和准确定位的能力，她与人为善的品格和创造机会的智慧，诠释了草根一族的成功之道，着实可歌可泣，可敬可钦，值得我们现代职场人士借鉴。

比较分析：刘姥姥和焦大的对比

《红楼梦》中，曹雪芹对焦大和刘姥姥的描写都着墨不多。这些描写虽篇幅极短，但他们的形象描述却非常鲜明——暴躁乖张、粗鄙傲慢却又耿直愚忠的贾府功臣焦大，质朴淳厚、外拙内巧、深谙世道、知恩图报的村野老妪刘姥姥，均跃然纸上，呼之欲出，深深烙印在读者脑海中。

焦大仅出现两回，均以骂姿登台亮相：在第 7 回是醉骂，在第 105 回是哭骂。尽管他对贾府忠心耿耿，对主子恨铁不成钢，但他却不分尊卑，上骂主子、下叱奴才，为封建宗法等级制度所不容，最终落得五花大绑、马粪塞嘴的下场。

刘姥姥则分别在第 6 回、第 39 回和第 118 回三进贾府，虽不过是个“千里之外，芥豆之微”的社会底层小人物，并与贾府的关系很远，但她却得到了贾府高层的关照并改善了家庭生活，在物质和精神上都满载而归。

同为红楼梦中位于社会底层的老年人，何以依附贾府的刘姥姥处处讨好处处讨巧，而贾府功臣焦大却下场如此凄惨？我们从职场角度来看，两者之所以有如此大的反差，主要是由于他们自我定位、处世态度以及后续关系的维系等几方面的差异所造成的。

自我定位不同

刘姥姥自我定位准确，清楚地知道自己只是依附于贾府的边缘人，所以她毕恭毕敬，礼数周到。她三进贾府，一路赔笑，对门房、周瑞家的、凤姐、贾母，无不“笑道”、“笑说”；对主子奴才、丫鬟婆子，无不使用敬称、尊称。几声“太爷”、“嫂子”、“奶奶”、“太太”、“姑娘”，外带打躬作揖，便给自己开辟了一条通往贾府的绿色通道。

焦大则居功自傲，不分尊卑。焦大总是显摆自己的“马溺”功劳，强调自己对贾家的劳苦功高，要求别人对自己感恩戴德，处处突出自己：“焦大太爷翘起一只腿，比你的头还高些。”他忘了自己的奴才身份，不把主子放在眼里：“你别在焦大跟前使主子性儿!”焦大过于自我膨胀，甚至将自己凌驾于主子之上：“你祖宗九死一生挣下这个家业，到如今不报我的恩，反和我充起主子来了!”此外，还威胁主子：“不和我说别的还可，再说别的，咱们‘红刀子进去，白刀子出来’!”动则爆粗口，还称主子为“这些畜生”，如此傲慢无礼，自然不讨主子欢喜，纵然当年焦大功业赫赫，最后也只有讨嫌的份儿。

处事态度不同

刘姥姥深谙世道，有勇有谋。她见女儿女婿混得不好，便出谋划策，到贾府“打抽丰”，认定“瘦死的骆驼比马大”、“拔根寒毛比咱们的腰还壮呢”，而为了女儿女婿能过上好日子，她便舍着“这副老脸去碰碰”。终归，“谋事在人，成事在天”，六岁的板儿既当周瑞家的“你侄儿”，又当凤姐的“你侄儿”。而在贾府，她不去直接找王夫人，而是找周瑞，因为狗儿的父亲王成曾为周瑞买地一事出过力。“与人方便，自己方便”，周瑞家的自然会为她铺路开道。

焦大则不识时务，耿直愚忠。尽管焦大是在贾府的资深老奴，却不知“侯门似海”的道理，老是躺在过去的功劳簿上。而数十年来，贾府从主子到奴才都已改朝换代，都只看着自己的利益，谁还把这个退役的功臣放在眼里。焦大却不识时务，非但不知献媚，反而冒犯主子，下烦奴才，自然处处碰壁。焦大一相情愿地充当贾府守护者，但性格暴躁，语言粗鄙；借酒发疯，竟然说人隐私，戳人痛处：“每日偷狗戏鸡，爬灰的爬灰，养小叔子的养小叔子。”这样，就算他再为贾家拼命效忠，也只会被人当作“冤家”，对他的愚忠毫不领情。

关系维系不同

刘姥姥质朴淳厚，知恩图报，注重与贾府后续关系的维系。刘姥姥一进贾府是去“打抽丰”的，她二进贾府便是来还情的，带着“头一起”摘下来的瓜果蔬菜，“留的尖儿”，“孝敬姑奶奶、姑娘们”，结果却满载而归。刘姥姥三进贾府不仅没带走任何财物，反而救走了平儿和巧姐，而且为巧姐寻了一个“家财巨万”、“良田千顷”、“眉清目秀”的夫婿，不但报答了贾家的大恩，还赚得了侠义的好名声。

焦大是宁国府的老家奴，是有功之臣，“他从小儿跟着太爷们出过三四回兵，从死人堆里把太爷背了出来，得了命，自己挨着饿，却偷了东西来给主子吃，两日没得水，得了半碗水给主子喝，他自己喝马溺。”可以这么说，若没有焦大，宁、荣二公是不可能建功立业的，所以焦大在老国公还在世的时候非常有面子。老国公不在世时，由于他辈分高、年事长、功劳大，宁府的主子们对他也是另眼相看的，不大难为他。而当贾珍当家以后，对焦大的态度急转直下。这一方面是由于贾珍及贾蓉全没有念及当年的恩情，但最为关键的是，焦大对宁国府后代糜烂的生活深恶痛绝，他在喝醉酒后敢大骂他们：“每日偷狗戏鸡，爬灰的爬灰，养小叔子的养小叔子”，吓得众小厮魂飞魄丧，把他捆起来，用土和马粪满满填了他一嘴。从焦大醉骂中，我们可以看出焦大也是个天不怕地不怕的人物，什么都敢说、什么都抖搂出来。他还指名道姓地说：“蓉哥儿，你不报我的恩，反和我充起主子来了。不和我说别的还可，若再说别的，咱们红刀子进去白刀子出来……”。焦大不仅不去维系好与现任主子的关系，而且“他自己又老了，又不顾体面，一味吃酒，吃醉了，无人不骂。”最终落得“主子深恶，奴才痛嫉”的下场。

两个底层小人物，因为自我定位各异、处世态度不同、与他人的关系维系相异，导致结局大不相同，这值得《红楼梦》读者们思考。

第八章　夏金桂的集权管理

红楼异端：
夏金桂

富二代夏金桂

在《红楼梦》的第79回，出现了一个“爱自己尊若菩萨，窥他人秽如粪土；外具花柳之姿，内秉风雷之性”，有“盗跖性气”的既泼悍又善妒且滥淫的女性形象，她就是呆霸王薛蟠的妻子“河东狮”夏金桂。夏金桂在《红楼梦》中第一次出场，并非正面出场的，而是出现在这一回香菱与宝玉的对话中。在香菱的介绍中，我们得知了夏金桂的出身、家庭背景及与薛蟠的交往过程。夏金桂出身富贵皇商家庭，生得颇有姿色，也颇识几个字。“金桂”的名字是因为她家有“几十倾地种着桂花”，她家又称为“桂花夏家”。夏家与薛家“同在户部挂名行商，也是数一数二的大户”，非常富贵，其馀田地不用说，有几十顷地的桂花树，“长安城里城外的桂花局俱是他家的，连宫里一应陈设盆景亦是他家贡奉”，有“桂花夏家”的浑号。足见夏家当年的富贵、显赫。

河东狮夏金桂

夏金桂的外号“河东狮”。“桂花夏家”虽然富有，但美中不足的是夏家无子，只有夏金桂这样一个独女。金桂父亲早亡，“寡母独守此女，娇养溺爱，不啻珍宝，凡女儿一举一动，彼母皆百依百随，因此未免娇养太过，竟养成盗跖的性气。”她将自己尊若菩萨，视他人秽如粪土。因她小名叫金桂，就不许别人口中带出“金”“桂”二字来，凡有不小心误说出一字者，她便定要苦打重罚才罢。她着实是一泼妇，就连薛蟠那呆霸王她都治得住。薛蟠打死人命被下在牢里，她又耐不住寂寞，勾引薛蝌。她极端嫉妒香菱，不时地折磨她，香菱备受夏金桂的折磨，不仅名字被改为秋菱(求怜)，还遭谋害——夏金桂想用砒霜毒死她，但香菱侥幸躲过，夏金桂倒把自己毒死了，所以她被人称为“河东狮”。

“河东狮”一典出自宋代洪迈的《容斋三笔・陈季常》，文中这样写到：“陈慥字季常，公弼之子，居于黄州之歧亭，自称‘龙丘先生’，又曰‘方山子’。好宾客，喜畜声妓，然其妻柳氏绝凶妒，故东坡有诗云：‘龙丘居士亦可怜，谈空说有夜不眠。忽闻河东师子吼，拄杖落手心茫然。’”河东是柳姓的郡望，暗指其妻柳氏；师(狮)子吼，佛家以喻威严，陈慥好谈佛，故东坡以佛家语戏之。后来人们便把“河东狮吼”作为妒妻悍妇的代称。曹雪芹这里运用这个典故，用意是很明显的。

红楼异端夏金桂

因父亲早逝，又是独女，寡母对夏金桂娇养溺爱，百依百顺，遂养成横行的性情。从这里我们可以看到，夏金桂从小就没有得到正确的、良好的教育。她既没有像李纨幼年那样读些“《女四书》、《列女传》、《贤媛集》”(第 4 回)等教导女子做个名媛淑女的书，也没有像王熙凤那样“自幼假充男儿教养”(第 3 回)，“从小儿顽笑着就有杀伐决断”(第 13 回)。夏金桂幼时的不良教育导致她成年之后，独断专行、骄横无礼、凶狠残忍，养成既泼辣又凶悍的性格，妇德、妇工、妇言没有一项达标，本来她也是“具花柳之姿”的青春女子，应该说“妇容”还是不错的，可一想到她又哭、又骂、又打，撒泼闹事，聚众斗牌作乐，啃着骨头喝酒的样子，即使她长得再美，也实在难以对她喜欢起来了。夏金桂其人“不见吟诗操琴(比香菱黛玉辈差之远矣)，不见治事理家(比宝钗探春辈差之远矣)，不见针绩女工(比湘云袭人辈差之远矣)，更不见敬奉茶汤(比阿凤李纨辈差之远矣)；言不脏不吐，行不恶不为”，是一个“大观园的反叛”，是红楼异端。

性格特点：泼辣善妒狠毒

既然夏金桂这一人物是作为红楼异端而出现的，就可以运用比较研究的方法，对比分析金桂与其他红楼女性性格特点的巨大差异。红学研究专家认为，夏金桂这一人物的形象描写，对《红楼梦》其他人物具有很大的补足作用，通过与金桂的对比阅读，我们感受到宝钗的温婉、娴雅及高超的交际手腕；而通过凤姐、金桂这两个有着相似思想和行为的人物的比较，让我们能全面地了解凤姐其人。凤姐是个善与恶的综合体，她有别于金桂的恶的化身。

与薛宝钗的对比

薛、夏两家都是“皇商”，同在“户部挂名”，且两家日趋衰落的命运也相似。相像的家庭背景使得薛宝钗和夏金桂性格中都体现出精明、会算计的特点。但较之金桂，宝钗因为受过良好的家庭教育、得到礼教的熏陶而显得更加知书达礼、平和娴雅。

其一，宝钗是个“品格端方，容貌丰美”、“行为豁达，随份从时”的大家闺秀形象，文中说她“大得下人之心”，“那些小丫头子们，亦多喜与宝钗去顽”。(第5回)从宝钗得心应手、游刃有余地处理好与众姐妹的关系，后来居上地夺过黛玉在贾母处所受到的宠爱，① 我们不得不为她高超的交际手段和超群的情商所折服。王昆仑先生称“宝钗是《红楼梦》所有人物中第一个生活技术家。”但是夏金桂呢，未出阁时就“和丫鬟们使性赌气、轻骂重打的”；(第79回)婚后连自己的陪嫁丫鬟宝蟾都容不下，夫妻关系、婆媳关系、与丈夫的妾的关系都是一团糟。在为人处事方面两人水平的高低显见。

其二，宝钗“罕言寡语……安分随时……”，(第8回)个人涵养十分了得。面对金桂的无理吵闹，总是尽量忍让，避免正面交锋。在“闹闺阃薛宝钗吞声”这一回中夏金桂对薛宝钗已经放弃了前面改名试探和“曲意俯就”(第79回)时的策略，采取了正面攻击的方法。“好姑娘，好姑娘，你是个大贤大德的。你日后必定有个好人家，好女婿，绝不像我这样守活寡，举眼无亲，叫人家骑上头来欺负的”，“我们屋里老婆汉子大女人小女人的事，姑娘也管不得”金桂这些话无礼、无赖甚至无耻，宝钗听了只能“又是羞，又是气，见他母亲这样光景，又是疼不过”。(第83回)金桂那句“天下有几个都是贵妃的命，行点好儿罢！别修的象我嫁个糊涂行子守活寡，那就是活活儿的现了眼了”(第83回)更好比是一把尖刀刺在了宝钗的心头。进京选秀“无疾而终”一事本来就是宝钗心口永远的痛，在第30回“宝钗借扇机带双敲”部分，宝玉无心说出“他们拿姐姐比杨妃”触动宝钗心事，平时涵养极好的她也“不由的大怒”？而别“象我嫁个糊涂行子守活寡”更是一语成谶言中宝钗的不幸后半生，想宝钗听到这话心惊胆颤应不亚于黛玉的惊兆之感。但是面对金桂的恶意挑衅，宝钗选择一一隐忍。因为她觉得没必要也不值得与金桂撕破脸面，若真闹开反而自己失礼且又失了身份。在这一回我们显而易见的感受到两人心思城府、个人修养上的差距。两位“皇商”之女，从小耳濡目染的全是“交易”，使得两人都是十分精明、善于伺机而动。但是薛宝钗能坚守闺阁礼教，也懂得韬光养晦，所以给人感觉是贞静娴淑、平和典雅；金桂“毫无闺阁理法”，任性妄为，给人的感觉则是粗俗、霸道。

与王熙凤的类比

作者在介绍金桂时这样写道，“若论胸中丘壑经纬，颇步熙凤后尘”(第 79 回)。曹雪芹善于塑造对比性形象，脂砚斋在第八回“比通灵金莺微露意探宝钗黛玉半含酸”的评语中，就这样说过“晴有林风，袭乃钗副”，说的是：晴雯有黛玉的风范，袭人具有宝钗的风格。虽然我们没有十足的证据说明作者是把夏金桂作为王熙凤的另一面来写的，但是从读者的阅读体验来说，我们会发现夏金桂与王熙凤身上真的有太多的相似点，所以金桂亦可视为凤姐的对比性形象，她具有许多与凤姐相似的性格和行为，对她的解读能帮助我们更全面的理解凤姐这个人物，也能从一个侧面了解到作者对凤姐、金桂这类女子一些没有明说的看法和评价。

其一，王熙凤、夏金桂都是泼悍奇妒的女子。二人都曾机关算尽地用极其残忍的手段虐杀过自己丈夫的侍妾。凤姐的善妒早已名声在外，仆人兴儿曾这样描述她：“人家是醋罐，他是醋缸、醋瓮”(第 65 回)。在听到贾琏在外面偷娶尤二姐后，她将二姐赚入贾府，经过她一番精心设计，尤二姐最后失爱于周遭被逼得自杀身亡。而夏金桂“不只是一个凶悍的泼妇，并且是一个心怀醋意的妒妇”，她一进薛家就盘算着一下子制服丈夫薛蟠，“自竖旗帜”。在看到“有香菱这等一个才貌俱全的爱妾在室，越发添了‘宋太祖灭南唐’之意，‘卧榻之侧岂容他人酣睡’之心”(第 79 回)，天天计划着除掉香菱才安心。用薛姨妈的话来说，为了“拔去肉中刺，眼中钉”(第 80 回)，王熙凤和夏金桂可谓是步步为营、费尽心机。虽然具体步骤、方法不尽相同，但她俩都用了三十六计中的“借刀杀人”这一计。王熙凤利用了贾琏的另一个小妾秋桐，达到除去尤二姐的目的；夏金桂同样利用丫鬟宝蟾，使薛蟠忌恨，甚至暴打香菱，让香菱失去了妾的地位，沦为丫鬟，这样还不甘心，企图“施毒计”害死香菱。

其二，王熙凤、夏金桂的个人作风都有待指摘。夏金桂不顾伦理道德，闺阁理法勾引小叔子，这时的夏金桂已经是一个被情欲燃烧尽了理智，顾不得廉耻的淫妇形象了。从“纵淫心宝蟾工设计”、“破好事香菱结深恨”这两回的正面描写及金桂死后宝蟾回忆金桂生前“天天抱怨说：‘我这样人，为什么碰着这个瞎眼的娘，不配给二爷，偏给了这么个混帐糊涂行子。要是能够同二爷过一天，死了也是愿意的。’”(第 103 回)，我们可以看到金桂的种种丑态。不知道作者在创设这一人物时是否有原型，但较之红楼其他女儿的写意、虚幻，金桂是作为现实世界中真实存在的人物来塑造的，是作者直观现实世界的产物。金桂的丑与恶，作者是毫不加掩饰的、赤裸裸的展现在读者面前的。

王熙凤与小叔子及子侄辈的关系，由于作者为尊者讳或其他原因而采用了闪烁其辞的叙述，也使其成为一个众说纷纭的话题。对于贾瑞的淫心王熙凤为什么不直接当面加以指责、甚至怒斥，使他断了邪念，而要费尽心机的设计了一个相思局，害得贾天祥命丧黄泉；刘姥姥第一次进荣国府时，在王熙凤房里，真好赶上贾蓉来借玻璃炕屏，王熙凤与贾蓉之间那场类似打情骂俏的对话，给人留下了深刻的印象，而欲言又止的让贾蓉晚饭后再来更是一直牵动着研究者的神经(第 6 回)。

夏金桂在性格和行为上有很多与王熙凤相似，但作者对金桂的描写更直接，爱憎表达更明显，所以从夏金桂身上我们可以感受到许多作者不忍加在王熙凤身上的评价。可是两百多年来为什么同情、喜爱王熙凤的大有人在，而欣赏夏金桂的人却几乎没有呢？我们再来对照阅读一下这两个人物，会发现她们在性格上还是存在很多的差异。王熙凤虽称“凤辣子”，“明里一盆火，暗里一把刀”(第 65 回)，但她依然受礼法制约。处处寻她不是的婆婆邢夫人当众给她没脸(第 71 回)，也只能含羞忍愧，背后发泄。而金桂却和薛姨妈当面顶嘴，气得婆婆“声战气咽”(第 80 回)；凤姐不管出于何种目的，还能对小叔小姑处处关照，尤其是怜惜邢岫烟“家贫命苦，比别的姊妹们多疼她些(第 49 回)，更是发自内心的真情流露，表现出她灵魂中善的一面。而金桂刚到薛家，就盘算着自竖旗帜，先整倒薛蟠，然后折磨香菱，挟制薛姨妈；凤姐尚能容下平儿，金桂连宝蟾也不放过；而且凤姐最让人叹服的是她出众的才华，治理荣国府，协理宁国府，颇有巾帼不让须眉之势。她的琳琅的笑语，机智的幽默，精明的才干都能激发起读者的审美愉悦。夏金桂虽“颇步熙凤后尘”，但她只在设计害香菱，用心制服丈夫、婆婆，勾引小叔子上显示自己的心计，其他何时看到她一展才能？如果王熙凤是善恶美丑兼备的合体，金桂则是恶的化身，我们只能在河东狮吼的震颤中感受她的泼悍、狠毒。所以野鹤的《读红楼劄记》中有这样的叙述“金桂行径颇似熙凤，然刻露无余，终是小器。若仿张为《主客图》例，王当是主，夏则副之”。

管理模式：集权式的强硬管理

从夏金桂的家政管理模式来看，她采取的是集权式的强硬管理。主要表现在一下几个方面：

使用连环计夺取家政大权

夏金桂嫁到薛家，除了巨额嫁妆外，只带了一个贴身丫鬟宝蟾，相当于一个职场“空降兵”，她急于掌控薛家的家政大全，便使了欲擒故纵计、美人计、借刀杀人计等计谋，压服薛蟠、控制宝蟾、辖制香菱，从而达到钤压薛家众人之目的。从她的职场名言就可以得到证实，她扬言“要做当家的奶奶，比不得作女儿时腼腆温柔，需要拿出这威风才能钤压得住”。

她对丈夫薛蟠实际上是不满意的。首先，从薛蟠的才情看，他不是个才子，能把“唐寅”读成“庚黄”（第 26 回），能唱出“一个蚊子哼哼哼，两个苍蝇嗡嗡嗡”（第 28 回）这样的曲子的“呆霸王”注定了他的庸俗不堪，也注定了他与才子称号的无缘。其次，从薛蟠和夏金桂的结合过程看，虽然是通家之好，两人从小就一处厮混过（第 79 回），成年后的重逢，薛蟠是“一心看准了”金桂，但从后面宝蟾转述金桂的抱怨“我这样人，为什么碰着这个瞎眼的娘，不配给二爷，偏给了这么个混账糊涂行子”（第 103 回），我们可以发现金桂嫁给薛蟠是出于母亲的要求，而非自己的感情。才子佳人小说中才子与佳人的结合前提几乎都是“怜才爱色”之心，而不是“父母之命，媒妁之言”。虽然薛蟠一眼看上了金桂的姿色，但从文中我们不见有一字是写金桂爱上薛蟠的才华的。

而她自认为自己是富家千金又生得颇有姿色，可谓是财富与美貌双全，是典型的现代版“白富美”，她对婚姻不满从而造成心理不平衡，这种心理不平衡是需要心理补偿的，比如要求薛蟠从此以后情感上只忠于她一人，或者要求薛蟠对她百般呵护，唯夫人的马首是瞻等。然而，她从薛蟠身上看到的是贪得无厌、喜新厌旧等毛病，不仅身旁有香菱这样一个才貌俱全的爱妾，而且薛蟠还对她的陪嫁丫鬟宝蟾垂涎三尺，她顿起狠毒之意。她用欲擒故纵计、美人计将薛蟠压服后，又开始百般折磨香菱，并蛮横地将香菱的名字改为秋菱。更为甚者，她使用借刀杀人计，为了摆布香菱，她让薛蟠收纳了自己的丫头宝蟾，再调唆薛蟠处治香菱，薛姨妈来解劝，她就隔窗叫喊拌嘴，将薛家搅得无一日安。她使用了连环计达到钤压薛家、夺取管理大权之目的。

采取强硬管理以威压人

夏金桂的强硬管理体现在诸多方面：

一是对待阳刚之人薛蟠她以刚克刚。她看到薛蟠气质刚硬、不肯俯就，便用“一哭二闹三上吊”的手段，以“你刚硬我更刚硬”的方式来压服薛蟠。在前80回中，薛蟠抢英莲、打冯渊，“为了秦钟，闹个天翻地覆”(第30回宝钗语)，为琪官(蒋玉函)招惹事端，后来竟打起了柳湘莲的主意，被暴打了一顿。这样一个“天不怕，地不怕，心里有什么，口里说什么”(第35回宝钗语)的“呆霸王”，在面对他“河东狮”一样的妻子时，只能沦落到唉声叹气。第80回“美香菱屈受贪夫棒”中，夏金桂诬陷香菱用镇魇法想害死她，不分青红皂白的“呆霸王”抓起门闩就劈头劈面得暴打香菱，薛姨妈看不过去，出来劝说，金桂当面顶嘴，气得婆婆“声战气咽”，急得薛蟠只是跺脚。薛蟠也“曾仗着酒胆挺撞过两三次，持棍欲打，那金桂便递与他身子随意叫打；这里持刀欲杀时，便伸与他脖项。薛蟠也实不能下手，只是乱闹了一阵罢了。”就这样，习惯成了自然，“金桂越发长了威风，薛蟠越发软了气骨。”金桂就这样把个“天不怕，地不怕”的“呆霸王”给彻底制服了。金桂与薛蟠的夫妻关系是不正常的、有违常理的。父权制的社会要求女人“未嫁从父，既嫁从夫，夫死从子”，出了嫁的女子就应该礼从夫君，与丈夫一同持家执业、孝敬长辈、教育幼小。可是我们看到的金桂却不是这样的，她一嫁入薛家就盘算着“趁热灶一气”把丈夫“炮制熟烂”，以便“自竖旗帜”(第79回)。这种违背常规的婚姻使得丈夫只能出走，而不安分的薛蟠又惹祸遭流放，加速了薛家的败落。在甲戌本《石头记》第一回脂评有这样一句话：“生不逢时，遇又非偶”，说的是香菱，其实也适用于金桂。遇到薛蟠这样的丈夫，也注定了金桂最后的悲剧结局。

二是对待阴柔至极的香菱她恃强凌弱。夏金桂与香菱是薛蟠的妻和妾，这两个人物形象本身是互相对立的，金桂泼辣、凶悍，香菱温柔、和顺，但她们又在丈夫薛蟠身上得到了统一。夏金桂的到来，使香菱这样一个富有才情的诗国女子最终逃不出命运的恶意摆布，走上了死亡之路。在香菱的判词里有这样两句“自从两地生孤木，致使香魂返故乡”，“两地孤木”者“桂”也，自从夏金桂出现，香菱的命运就是黄泉路将近。从初时的改名进行试探，到利用宝蟾离间与薛蟠的关系，到最后企图下毒害死香菱。夏金桂对香菱的逼迫是一步紧似一步也是一步毒似一步的。虽然最后她毒死香菱的奸计没有得逞，但本来就“血分中有病”，又“气怒伤感，内外折挫不堪”已“酿成干血之症”（第80回）的香菱估计也命不久矣！

一夫一妻多妾的婚姻制度使得妻与妾为了争夺丈夫而发生的战争如火如荼地进行。由于社会的承认、法律的允许等原因，女人必须在理论和事实上接受自己同其他女人分享自己的丈夫这一现实。但是，爱情的排他性及得到丈夫的宠幸就意味着得到财富、地位、权利等，使女性自然而然对丈夫其他女人产生仇恨之情，不过“这种怨恨没有施发到造成这种不平等现象的男性身上，却施发到同是受害者的女性身上。妻凭借其正统地位，怨恨妾这个地位卑下的女人，对妻的怨恨，妾只能化为沉默，在默默忍受的情况下，妾以自己独特的方式进一步博得丈夫的宠爱，以情与妻平衡”。金桂正是以其正妻的身份对香菱进行残酷的打压和迫害的。

三是对待刚柔相济的婆婆她不孝不顺。从书中可以看出金桂与薛姨妈的婆媳关系是不正常的，金桂不是传统意义上的好媳妇，而薛家的环境又是一个使她做不得“好媳妇”的原因。中国古代休妻有七条标准，称作七出或七去，是指在中国古代的法律、礼制和习俗中，规定夫妻离婚时所要具备的七种条件，当妻子符合其中一项时，丈夫及其家族便可以要求休妻（即离婚）。七出中的第一条就是“不顺父母”，即妻子不孝顺丈夫的父母。《大戴礼记》中所说的理由是“逆德”，在传统中国，女性出嫁之后，丈夫的父母的重要性更胜过自身父母，因此违背孝顺的道德被认为是很严重的事。可是在夏金桂身上我们根本看不到她作为一个媳妇对薛姨妈有任何孝顺的举动。还欺“婆婆良善”，“渐渐持戈试马”起来，“倚娇作媚”，“将及薛姨妈”（第79回）。可是如果金桂真如封建礼教要求的那样以善德立身，做一个千依百顺的媳妇，在薛家这样的人家她就真的能得到保全吗？薛家母女处处以柔克刚、以静制动，看似温柔、平和，最好相处，但是其胸中韬晦又岂是夏金桂所能看透。宝钗“暗以言语弹压其志”，（第79回）薛姨妈更是直接指桑骂槐，借薛蟠来教训金桂，生活在这样的环境下，夏金桂是孤独的，也是无助的。“尽管外在的形迹刚强的泼辣几乎近乎颠狂，但是，她内心的苦闷孤寂，灵魂的孤弱无助，有谁能知？”

四是对待旁人和下人她蛮横无理。比如因她小名叫金桂，就不许别人口中带出“金”“桂”二字来，凡有不小心误说出一字者，她便定要苦打重罚才罢。又如：

> 金桂不发作性气，有时欢喜，便纠聚人来斗纸牌、掷骰子作乐。又生平最喜啃骨头，每日务要杀鸡鸭，将肉赏人吃，只单以油炸焦骨头下酒。吃的不奈烦或动了气，便肆行海骂，说：“有别的忘八粉头乐的，我为什麽不乐！”

夏金桂对于薛家是个“搅家精”，她甚至还是“贾、薛、王等血脉相连的世家大族的克星”。张乘健先生在他的论文《夏金桂与卡杰琳娜——借〈大雷雨〉看〈红楼梦〉》中提出作者在第七十九回回目“薛文龙悔娶河东狮 贾迎春误嫁中山狼”中把“河东狮”夏金桂与“中山狼”孙绍祖并提意在指明“两人都是促使贾府败落的罪责者”。

失败原因：专横跋扈人际圈严重失衡

“搅家精”的败局

夏金桂在曹雪芹前 80 回中是最晚出场的一个较重要人物，作者称她为“河东狮”，在一个半回的篇幅中，成功地塑造了一个悍妇妒妇的形象。续作者在 80 回后继续写她的跋扈骄悍，薛蟠也被她逼得躲出家门，之后，她又百般勾引薛蝌，终被拒绝，遂迁怒于香菱，要将香菱毒死，不料鬼使神差，夏金桂自己饮毒身亡。第 5 回香菱的判词有“自从两地生孤木，致使香魂返故乡”句，“两地生孤木”寓桂字，此句意为香菱的结局应该是被夏金桂虐待致死，而续书却写夏金桂害人反害己，与原作意图不符。

尽管续书中夏金桂的结局与曹雪芹的意图不符，我们也是能够从前 80 回中预测得到夏金桂这种专横跋扈为人狠毒的女性是不会有好结果的。在第 79 回已经提示：夏金桂将桂花改名为“嫦娥花”，而她带来的丫鬟又叫“宝蟾”，都预示了这一结局。夏金桂害了自己更害了薛宝钗的娘家。所谓‘金桂’者，精怪也，夏金桂不过是大家末世的一个‘精怪’而已。”同在“薄命司”下挂名，可以想见金桂的命运一定也是十分悲惨的。不仅如此，她还让薛家付出了惨痛的代价，是薛家的“搅家精”。

夏金桂的嫁入加速了薛家这个“有百万之富”，“领着内帑钱粮，采办杂料”（第4回）的“皇商”之家衰落的进程。金桂姓夏而她的夫家正好姓薛，“薛”者谐雪也，“雪”、“薛”同音，指薛蟠或薛家。这在《红楼梦》中曾多次出现。第1回中癞头和尚就曾对香菱讲过四句类似谶语一样的话“惯养娇生笑你痴，菱花空对雪澌澌。好防佳节元宵后，便是烟消火灭时。”这里的“菱花”指香菱，“雪”即薛蟠；第4回“葫芦僧乱判葫芦案”中那张“护官符”里那句“丰年好大雪，珍珠如土金如铁”，这里的“雪”指代薛家。雪喻薛家，而薛家正好娶进一个夏姓女子，薛遇夏则势必不久矣。第79回薛文龙娶了河东狮后，脂评中有这样的话：“夏日何得有桂，又桂花时节焉得又有雪（薛）？三事原系风马牛，全若强凑合，故终不相符。败运之事大都如此，当事者自不解耳。”自从娶了夏金桂这个“搅家星”，薛家就没有太平日子可以过了。夏金桂吵得整个薛家沸反盈天、鸡犬不宁，进而弃伦理道德、闺阁理法于不顾，和丫鬟勾结一起勾引小叔子薛蝌，没得手之后又与娘家的过继兄弟私下来往，甚至偷偷把薛家的东西偷渡回娘家，她的母亲还教导她要“闹得他家（薛家）家破人亡，那时将东西卷包儿一走，再配一个好姑爷”（第103回）。夏金桂好像是为惩治、折磨薛家而生，她的存在对薛家人来说是一个噩梦。

管理失败的原因

就管理能力而言，夏金桂还是有的，她自小丧父，又无同胞弟兄，和寡母一起可以打出“桂花夏家”的名气，而且还揽下了贡奉宫里一应陈设盆景的差计，夏金桂的理家之能不可小觑。她嫁给薛蟠后“自为要作当家的奶奶”，这个想法也无可厚非，薛蟠是薛家独子，做了薛夫人，自然就是薛家当家的奶奶，虽是薛家已呈败落之势，但这点管家能力夏金桂还是有的。但夏金桂之所以落得个两败俱伤、家破人亡的悲惨下场，最为关键的是由于她的专横跋扈，导致人际圈严重失衡。她的社会关系其实并不复杂，婚前与老母相依为命，婚后除了丈夫外，只有婆婆、小姑、情敌香菱和陪嫁丫鬟宝蟾，但就是这为数不多的人际关系圈，也被她弄得人仰马翻、剑拔弩张，在很短的时间之内，就弄得“丈夫悔娶、婆婆不喜、小姑不爱、小妾心寒、丫鬟不服”，又在荣宁二府落了个“搅家星”的坏名声，彻底把自己陷入了孤立的境地，她的人际圈严重失衡。

“若论心中的邱壑经纬，颇步熙凤之后尘”，金桂本可以在“邱壑经纬”上和凤姐一较高低的夏金桂，可最终却只能在吃醋妒忌上和凤姐难分轩轾，夏金桂不能不说是很失败，她的不幸在于她的自视过高、“风雷之性”。就连“男人万不及一”的凤姐，也知道笼络平儿作心腹，也知道“若按私心藏奸上论，我也太行毒了，也该抽头退步”，也知道尊敬贾琏偶尔还迎合贾琏，说明她很清楚平衡人际关系的重要性。

夏金桂却夫妻关系、婆媳关系、妻妾关系、姑嫂关系、奴仆关系、叔嫂关系等一概打破。且看她的实施的几个管理步骤：

第一步：理清思路，转换家庭角色。嫁入薛家后，她就下决心，“今日出了阁，自为要作当家的奶奶，比不得作女儿时腼腆温柔，须要拿出这威风来，才钤压得住人”。

第二步：精心设计，破坏夫妻关系。她设计了一连串的计谋，引薛蟠上钩，并付诸行动将“丈夫旗纛渐倒”，挟制了丈夫后，夫妻关系的平衡被打破。

第三步：得寸进尺，恶化婆媳关系。夏金桂看到“婆婆良善，也就渐渐的持戈试马起来。先时不过挟制薛蟠，后来倚娇作媚，将至薛姨妈，又将至薛宝钗”。

第四步：见机行事，试探宝钗反应。夏金桂将香菱的名字改为秋菱，因名字是宝钗取的，“醉翁之意不在酒”，其意图在于试探宝钗的反应，而薛宝钗则“每随机应变，暗以言语弹压其志”。

第五步：欲擒故纵，改变奴仆关系。薛蟠娶了金桂没几天马上“得陇望蜀”，看上了有“三分姿色”的丫鬟宝蟾，那种贪婪之态实在令夏金桂如骨鲠在喉。她便采用欲擒故纵之际，先将宝蟾送与薛蟠，这就改变了她与丫鬟的奴仆关系。结果是香菱除去了，宝蟾却不是个省油的灯，“不肯服低容让半点”，致使金桂又输一局。

第六步：借刀杀人，摆布情敌香菱。为了达到“卧榻之侧岂容他人酣睡”而除香菱的目的，夏金桂借身边丫鬟宝蟾来除香菱，自以为“宝蟾原是我的人，也就好处了”，结果是赔了夫人又折兵。

本来金桂是有能力、有机会成为手握管理大权的第二个凤姐的，首先她自己有理家之才，薛家的理家大权又唾手可得，金桂可谓是占尽了天时地利，人和方面有薛蟠的逢迎薛姨妈的疼爱香菱的忠心，她只需要维持现状就很有可能成为薛家的王熙凤，甚至还有可能让薛家有个苟延残喘的家道中兴。可叹的是，俗话说“一着不慎满盘皆输”，而她则是“着着不慎”，必然“满盘皆输”。

对职场的启示

夏金桂人际关系失衡导致失败，给我们的启示就是：要保持人际关系的平衡。

所谓人际关系的平衡，是指交往双方需要的满足程度以及人际关系的吸引的程度达到平衡。用公式表达就是：甲对乙的(需要＋吸引)＝乙对甲的(需要＋吸引)

所谓人际需要，包括不同层次的需要：物质需要、归属需要、交往需要、尊重需要、赏识需要、体谅和宽容的需要等。所谓人际吸引，包括审美的需要，学习的需要和模仿的需要，在人际交往中这类需要通常表现为一方对一方的吸引。人们在工作和生活中，对他人的外貌、性格、气质、风度、学识、修养、道德品质、杰出能力的欣赏、喜爱、尊敬、崇拜，是产生人际吸引的普遍原因。

人际需要和人际吸引是同时存在、互相补充的。如：科长与厂长的关系。科长有得到厂长赏识和提拔的需要，补充了厂长缺乏人际吸引力的缺陷。在恋人之间，对方美貌所带来的吸引力，补充了家境贫寒、学历不高的缺陷；或者对方拥有巨额财产，可以满足多种物质需要的长处，有可能补充了其貌不扬、学识浅薄的缺陷。

人际关系是否平衡，对经理和员工的工作效率有直接的影响，例如：因为任何一项工作的完成都离不开经理以及下属工作人员的彼此协调合作，而经理的人际关系情况如何与团队组织工作人员协作程度休戚相关。如果经理和工作人员的人际关系平衡并且协调，那么在工作的时候就能够相互理解和支持，下属员工以及同事工作的主动性和协作性就强，工作效率就高。相反，如果经理的人际关系失衡，比如由于人际关系紧张，造成经理和同事之间以及下属之间心存芥蒂，谣言四起，就很难实现彼此间的合作与配合，从而影响工作效率，甚至还会影响工作目标的实现。

古今中外大量的案例说明，“得人际关系者昌，失人际关系者亡”，好的人际关系让你比别人多得到信任、平等、友情、爱情、亲情、交流、理解、热忱、推荐、机会、升迁、加薪、帮助、赠品等。

比较分析：熙凤金桂管理模式的异同

本节重点分析熙凤和金桂这两个独裁者管理模式的异同。综合起来，两者的相同点主要表现在四方面：其一，管理特点与模式相同；其二，管理的出发点相同；其三，管理方式方法相同；其四，管理权限和权力基础相同。两者的不同点也主要表现在四方面：其一，处理矛盾的方式相同；其二，处理人际关系相同；其三，对待经济利益相同；其四，管理效果与个人后果相同。

熙凤金桂管理模式的相同点

管理特点与模式相同

两人都采用独裁的管理模式，导致两者的管理特点相同。她们在理家的过程中重威严轻怀柔，重管制轻安抚，重集权轻分权，处处体现出她的霸气、强势，她们的严刑峻法都曾使得天怒人怨，私底下对她们恨之入骨的都大有人在。

管理的出发点相同

在管理的出发点方面，两者殊途同归，都是为了个人私欲和权力的最大化。熙凤管理的出发点重在维护贾府的正常运转的同时使得个人私利最大化；而金桂则重在确立在薛家的霸主地位。熙凤虽然是贾府的大管家，但她并不是真正握有实权的贾政王夫人的儿媳妇，她不可能不为自己留条后路，所以她把个人私利看得很重。而金桂作为薛家的大管家，权力已经很大，但她不满足于此，而是要凌驾于婆婆和丈夫的权力之上。

管理方式方法相同

在管理方式方法上，两人也很相似。第七十九回中就说金桂“若论胸中丘壑经纬，颇步熙凤后尘”。两人都杀伐决断，独断专行，都是香辣、麻辣、泼辣、酸辣、毒辣“五辣俱全”，她们职场上都私心都很重，权力欲很强；情场上都心狠手辣，对待情敌暗藏杀机，对待丈夫严密监控；生意场上都精打细算、颇有建树。

管理权限和权力基础相同

在管理权限和权力基础上，两人也大体相同。熙凤的权力来自于贾府董事长和总经理王夫人的全权委托，她的管理权限是很大的，而且最为关键的是她的理家方案完全迎合了贾母王夫人等当权者的切身利益。金桂的权力则是由于嫁给薛家独生子薛蟠为妻后得到的。她们的管理权限都很大，而且权力基础很稳固。

熙凤金桂管理模式的不同点

处理矛盾的方式不同

在解决复杂矛盾事件上，两人方式不同。凤姐遇到矛盾绕着走，八面玲珑，权谋一流，善于解决矛盾，她的权谋高于大观园众多女中豪杰，有“女曹操”之称；而金桂则遇到矛盾迎着走，并且还处处制造矛盾，时时滋生事端，她被称为薛家的“搅家精”。

处理人际关系不同

在处理人际关系方面，两人也不同。凤姐很会处理与她利益攸关群体的人际关系，如对待贾母王夫人等高层领导极尽巴结讨好奉迎之能事，对待贾母重用的鸳鸯、喜欢的宝玉黛玉等人则是非常尽心尽力，对待赵姨娘母子及下人等则非常苛刻狠毒。而金桂却非常不善于处理人际关系，她将自己尊若菩萨，视他人秽如粪土，与她的顶头上司婆婆都处理不好关系，如第八十回中说金桂却和薛姨妈当面顶嘴，气得婆婆“声战气咽”，可见她的情商很低，是一个关系圈严重失衡的人。

对待经济利益不同

在争取经济利益的问题上，两人有差异。凤姐行事，着眼的是自己的经济利益，她热衷于权钱交易，常常假公济私，放高利贷，收受贿赂，依靠的是“挟天子以令诸侯”的威和权；金桂则由于只关注在家庭的权力地位，对经济利益并不看重。金桂刚到薛家，就盘算着自竖旗帜，先整倒薛蟠，然后折磨香菱，挟制薛姨妈，所以她处处精明算计是如何夺取管理大权，这一点与王熙凤有差异。

管理效果及个人形象不同

尽管说夏金桂虽“颇步熙凤后尘”，但她只在使用美人计、借刀杀人计、欲擒故纵计等方面显示出自己的“才能”和心计，只在“五辣俱全”方面“颇步熙凤后尘”，其他方面不曾看到她一展自己的才能。王熙凤被称为善恶美丑兼备的合体，金桂则是仅仅是恶的化身，没有一点值得称道的，读者只能在河东狮吼的震颤中感受她的泼悍、狠毒、刁蛮、粗鄙。

第九章　四大丫鬟的职场人生

平儿：职场万能胶

人物介绍：聪明善良俏平儿

平儿是《红楼梦》中王熙凤的陪房丫头，贾琏之通房丫头。她是个极聪明、极清俊的女孩儿（第44回宝玉之语）。虽是凤姐的心腹，要帮着凤姐料理事务，但她为人很好，心地善良，常背着王熙凤做些好事。在程高本红楼梦的结局中，王熙凤病死后，王仁（巧姐的舅舅）和贾环（巧姐的叔叔）等要把巧姐卖给藩王作使女，是平儿陪伴巧姐逃出大观园。后来，贾琏把平儿扶了正。而按照前80回的线索与脂批来看，平儿最后被扶正的可能性很大。（她是王熙凤最得力的心腹助手。）第21回"俏平儿软语救贾琏"中突出了她一个"俏"字，她是一个聪慧、干练、心地善良的女性，又善于处世应变，以贾琏之俗、凤姐之威，竟能体贴周旋，可见她能力很强。不仅如此，平儿敬重有能力的女子，所以她对凤姐言听计从，对探春处处顾及。

职场表现：职场万能胶

平儿作为一个被"捆绑销售"到贾府的通房丫头，她首先是王熙凤的仆人，然后才是贾琏的"二奶"。贾琏对她性方面的占有和垄断，首先是建立在她是王熙凤陪嫁丫头这个身份的基础上。也就是说，"妾"的身份是"仆"的身份的延伸。

古代大户人家小姐的贴身丫鬟，命运基本上是这样，因为她们没有独立的人格权利，只是小姐的附属，必然和小姐一起嫁鸡随鸡、嫁狗随狗，真正是和自己的主人“同呼吸，共命运”。因此她们必然想小姐之所想，急小姐之所急，替小姐筹划人生便是替自己设计未来。所以西厢中，莺莺的丫鬟红娘才一马当先，极力撮合自家小姐和张生的好事；紫娟因考虑到宝黛能否结合是关系到自己一辈子的大事，因而编故事试探宝玉。而且小姐因顾忌身份，要装出矜持的样子，丫鬟反正是个丫鬟，没必要装正经，因而她们往往泼辣大胆，和那些知书达理、文雅羞涩的小姐配合得相得益彰。

了解这些，才能理解平儿和王熙凤的关系，理解她在贾府的生存之道。

平儿是王熙凤的心腹，她对王熙凤忠心耿耿，是凤姐不能缺少的助手。如果说王熙凤是一位出色的总经理，那么平儿就是优秀的总经理助理。李纨对平儿有过精彩的评价：“有个唐僧取经，就有个白马来驮他；刘智远打天下，就有个瓜精来送盔甲；有个凤丫头，就有个你。你就是你奶奶的一把总钥匙，还要这钥匙做什么。”“凤丫头就是楚霸王，也得这两只膀子好举千斤鼎；他不是这丫头，就得这么周到了！”

作为老板的助理，既要忠心能干，不能让老板觉得自己有异心；又要能忍辱负重，该为老板背黑锅就得毫无怨言地背黑锅，该为老板的失误决策承担责任时就得有承担责任的技巧。

和一般的小姐、丫鬟相比，凤、平的主仆一体关系没有变，只是表象正好颠倒了。一般是丫鬟泼辣，小姐文静，而王熙凤有杀伐决断之能，且锋芒毕露，平儿却温婉柔和；凤姐人望之生畏，平儿则望之可亲。但不管怎样，老板和助理必须有种互补关系。崔莺莺和杜丽娘春心荡漾，不敢随便表达，如果他们的丫鬟红娘和春香也是这般，千万个张生和柳梦梅都会错过。反之，如果平儿像凤姐一样待人严苛，整个荣府恐怕都没有安宁的时候。

老板说什么，助理毫不变样地执行，这样的助理并非好助理，真正的助理是像平儿这样，为维护老板长期的利益以及威望，有时可以变通，这才是对老板最负责任的做法。

如第 21 回《俏平儿软语救贾琏》中，贾琏和多姑娘私通，被她发现了证据：多姑娘的一绺青丝。但当凤姐询问时，她替贾琏瞒过了。这似乎对老板不很忠诚，可是再往深里想，若她如实告诉凤姐，虽然会让凤姐满意，但也会惹出风波来，得罪了贾琏。无论有何种冲突，贾琏和凤姐两人仍是夫妻，这种夫妻关系在那时候超越了简单的男女配偶关系，而是贾、王两家之间的家族联姻，是很牢固的。在夫、妻、妾这三角关系中，妾是最弱的一端。贾琏和王熙凤的这次冲突，可能几天后就风平浪静了，真正得罪人的却是平儿。你想一个总经理的助理，发现董事长有点什么事儿对总经理不利，这事儿是无关整个公司运行大局的，她却去告诉总经理，这会对她自己以及整个公司的高层有什么影响？这好的办法就是让老板不知道这事，彼此都平安无事。

还有一次，宝玉房里的丫鬟坠儿偷了平儿的镯子，事发后她瞒着王熙凤、宝玉和袭人，既避免刺激凤姐这个驭下甚严的当家人，又顾全了宝玉和袭人的面子，考虑不可谓不周全。

贾琏和鲍二家的私通时议论了凤姐和平儿，多有褒平贬凤之意，被凤姐听见到，醋意大发，引起了贾琏和凤姐的争吵，也使凤姐疑心平儿，怀疑平儿对她有怨言。平儿此时遇到了助理生涯最严重的问题——即将失去老板的信任。平时性格温顺的她只有一个办法去寻死。身为弱势一方的平儿用这种极端的方式博得了公众舆论的关注和同情，也消除了凤姐对自己的怀疑。

平儿最可贵的是，虽然得到凤姐信任和贾府上下的赞扬，但她知道自己只是个妾、只是凤姐的助理，小心谨慎地行事，丝毫不敢让自己的光彩超过老板，她注定是凤姐的附属物，一荣俱荣，一损俱损。她对凤姐的忠诚是生存的需要，并非她认同凤姐的行事风格。她没有和凤姐在男人面前争宠的资本和资格，只有如履薄冰地活在贾府。大观园女儿们共同的知音贾宝玉对平儿的遭遇有很准确的理解："平儿并无父母兄弟姊妹，独自一人，供应贾琏夫妇二人，贾琏之俗，凤姐之威，他竟能周旋妥帖，今儿还遭荼毒，也就薄命的很了。"

凤姐知道贾琏偷娶尤二姐后，利用贾琏另一个妾秋桐，借刀杀人。尤二姐死后，平儿悄悄地把二百两银子递给贾琏，让他去办理二姐的丧事。这做法固然符合平儿平时行事的一贯原则，但有没有这样的原因呢？平儿对尤二姐有着同情的理解，因为她和二姐都是活在大老婆阴影下的"二奶"，只是自己能被凤姐完全控制反而安全，尤二姐却威胁了凤姐的地位，凤姐必除之而后快。同样是妾，那个秋桐的智慧和平儿相比有天壤之别，给人当枪使还洋洋得意，她的下场好不到哪里去：凤姐在设计害二姐时已动了除掉秋桐的心思。

这个世道,小人物中多的是秋桐这类人物,少的是平儿。

成功理由:人际关系和谐

平儿的结局曹雪芹没有暗示。后40回续书写到凤姐去世,平儿悉心照料王熙凤的女儿贾巧姐,并护送巧姐出了大观园,直到巧姐被刘姥姥接走,最后贾琏把她扶了正。而按照曹雪芹原文前80回的线索与脂批来看,平儿最后也是极有可能被扶正的。平儿之所以能够获得成功,关键在于她善于采用柔性管理方式处理职场人际关系,使得人际圈很和谐。

首先,平儿心地善良,善于换位思考。她从不弄权、仗势欺人,本能地同情那些和她地位相仿或更低的奴隶们,在茯苓霜和玫瑰露事件中,她劝凤姐"得放手时须放手","什么大不了的事,乐得不施恩呢?"(第61回)这才使柳家母女免去了一场灾难。贾琏偷娶尤二姐,平儿得知后告诉了凤姐,后见凤姐如此虐待尤二姐,她又把同情给了尤二姐,引起王熙凤的不满。尤二姐一死,王熙凤推说没有钱治办丧事,平儿偷出二百两碎银子给贾琏,把局面应付过去。当然,以平儿这样奴隶地位,应命去处理种种复杂的关系和事件,是十分困难的。在纷繁的矛盾中间,她也常常感到处境的艰难和内心无告的悲苦。

其次,平儿平和通透,善于顾全大局。她是一个聪明人,所以她才可以在凤姐和贾琏的夹缝中生活。看第21回俏平儿软语救贾琏,就可以知道她平日既抓着贾琏的把柄,也有凤姐的把柄,所以他两人都有忌讳她的时候。平儿借着凤姐的权利在逐步影响和控制一批人。她的地位在一步步地提升,只是不知是有意还是无意。平儿的性格就是希望息事宁人,她的职场名言是"大事化为小事,小事化为没事,方是兴旺之家"。如贾琏和多姑娘私通,平儿从枕套中抖出一绺青丝,但她向凤姐隐瞒了事情真相,避免了一场风波。

第三,平儿应付自如,善于处置事务。如第56回凤姐有病,探春代理家政,平儿陪侍。那些管家媳妇见探春年轻,又是庶出,以为她办事没有经验,想欺负她,连得她生身母亲赵姨娘也来惹是生非。碰到此类状况,平儿竟能应付自如,处置得体。探春改革弊端,平儿总是先表示支持,接着又说出一番早就该改而竟未改的道理来,此举于公是相信探春能为大观园兴利除弊,于私也是为了转移平日众人对凤姐的积怨。引得宝钗过来摸平儿的脸笑道:"你张开嘴,我瞧瞧你的牙齿舌头是什么做的。从早起来到这会子,你说这些话,一套一个样子,也不奉承三姑娘,也没见你说奶奶才短想不到,也并没有三姑娘说一句，你就说一句是；横竖三姑娘一套话出，你就有一套话进去；总是三姑娘想到的，你奶奶也想到了，只是必有个不可办的原故……他这远愁近虑，不亢不卑，他们奶奶便不是和咱们好，听他这一番话，也必要自愧的变好了，不和也变和了。”

鸳鸯：
职场理性人

人物介绍：忠诚理性金鸳鸯

鸳鸯在《红楼梦》一书中，是贾母的大丫头。父亲姓金，世代在贾家为奴，因是家生奴，甚受信任。贾母平日倚之若左右手。贾母玩牌，她坐在旁边出主意；贾母摆宴，她入座充当令官。鸳鸯是贾府数以百计的丫鬟当中地位最高的，因为她是伺候贾府老祖宗贾母的“首席大丫鬟”。贾母像她这样月银一两的丫鬟有八个，而鸳鸯位居第一。贾府的规矩非常严格，也反映了中国传统文化当中的一个细节，就是伺候长辈的仆人，晚辈见了也要比较尊敬。如鸳鸯到王熙凤屋里去的时候，凤姐和贾琏都赶紧站起来，要让座，凤姐要叫她“鸳鸯姐姐”。其实，凤姐的年龄跟鸳鸯应该是差不多，却对她非常客气。鸳鸯所享受的礼遇，要高于其他的大丫鬟。

鸳鸯是个“家生子儿”，虽然是贾母的红人，但她自重自爱，从不以此自傲，仗势欺人，因此深得上下各色人等的好感和尊重。她蜂腰削肩，鸭蛋脸，乌油头发，高高的鼻子，两边腮上还有微微的几点雀斑。父母在南京为贾家看房子，哥哥是贾母房里的买办，嫂子是贾母房里管浆洗的头儿。贾赦看上她，非要纳她为妾，让邢夫人、鸳鸯的哥嫂来劝她、威逼她，但她坚决不从，对她嫂子冷嘲热讽。她鄙视贾赦的为人，坚决拒绝做妾：

> “别说大老爷要我做小老婆，就是太太这会子死了，他三媒六征的娶我去做大老婆，我也不能去。”

贾赦一听鸳鸯不肯屈从，就以断绝她的一切生路进行威胁：

“我要他（鸳鸯）不来，以后谁敢收他？……凭他嫁了谁家，也难出我的手心”。

鸳鸯面对这样的威逼，还是毫不动摇，她当着贾母等众人的面，铰发立誓：

“我这一辈子，别说是‘宝玉’，就是‘宝金’、‘宝天王’、‘宝皇帝’，横竖不嫁人就完了，就是老太太逼著我，一刀子抹死了，也不能从命！”

贾母死后，她自知逃不出贾赦等人的玩弄，悬梁自尽，不惜结束生命来坚守自己的清白。她如此蔑视主子的“赏识”，坚决反抗主子的迫害，这在丫鬟之中是非常难能可贵的。

职场表现：职场理性人

善于言辞巧周旋

鸳鸯善于言辞，重头戏在誓绝鸳鸯偶那一回里。锦心绣口的鸳鸯在这一回中精彩地演绎了一幕从幽溪到瀑布再到清泉这一个性上的转换。先看其幽：鸳鸯不仅仅懂得适度收敛，更知道如何克己。大太太为大老爷来向她保媒，她先是隐忍不发的，毕竟她是女孩，不好允诺或者婉拒婚事；毕竟她是奴才，不能正面与主子冲突。所以她把所有的羞愤、所有的不屑、所有的反感全部积蓄在“一言不发，夺手不行，低头不语”里面。以至于邢夫人怀疑：“你这么个响快人，怎么又这样积粘起来？”再看她的飞流直下：当她那个专管九国贩骆驼的嫂子来说时，前面这一切便酣畅淋漓地爆发了。要说红楼中骂人的场面也写了不少，主子们的就不提了，奴才们骂的也是各有千秋，平儿骂的浅陋：“没人伦的混帐东西，叫他不得好死（骂贾瑞）”，“哪里来的饿不死的野杂种（骂贾雨村）”；赵姨娘骂的低俗：“小娼妇，小粉头，浪淫妇们。（骂芳官等）”；惟有鸳鸯的痛骂虽然也有暴怒之下的粗口：“你快夹着屄嘴离了这里，好多着呢！”但终是与别人不同，有理有节，还有书香味：

“什么‘好话’！宋徽宗的鹰，赵子昂的马，都是好画儿。什么‘喜事’！状元痘儿灌的浆儿又满是喜事。怪道成日家羡慕人家女儿作了小老婆，一家子都仗着他横行霸道的，一家子都成了小老婆了！看的眼热了，也把我送在火坑里去。我若得脸呢，你们在外头横行霸道，自己就封自己是舅爷了。我若不得脸败了时，你们把忘八脖子一缩，生死由我。”

及至到了贾母跟前，这股激流还在咆哮：“我是横了心的，横竖不嫁人就完了！就是老太太逼着我，我一刀抹死了，也不能从命！”心已横，意已决，誓已立，控已毕，鸳鸯恢复到她平时的女儿柔肠，娓娓道来如山泉清透盈怀：

> “若有造化，我死在老太太之先，若没造化，该讨吃的命，服侍老太太归了西，我也不跟着我老子娘哥哥去，我或是寻死，或是剪了头发当尼姑去！”

这一番超出于婢女之范的情景交融，由不得贾母不因尊严受到严重践踏而奋起呵护之心，把儿子媳妇贬斥得无地自容。只是鸳鸯虽脱了身，怨却还是和长房结下了。抗婚始结怨，借贷再生恨。邢夫人后面闻风而动，找贾链索要过节的钱，又岂仅仅是贪念作祟，多少也有旁敲侧击想诋毁鸳鸯的纯情之意味罢。

配合默契受器重

红楼职场中谁是鸳鸯的知音人呢？凤姐该是当仁不让。她先前一句：“鸳鸯素习是个可恶的。”而后又一句：“鸳鸯是个正经女儿。”就把鸳鸯的倔强性情与洁身自好概括的丝毫不差。凤姐投过来桃，鸳鸯自然还过去李。诺大的一个贾府要说谁又是凤姐的知音人？鸳鸯也是当仁不让的。第71回里，鸳鸯这样说过：

> “罢哟，还提凤丫头虎丫头呢，她也可怜见儿的。虽然这几年没有在老太太，太太跟前有个错缝儿，暗里也不知得罪了多少人。总而言之，为人是难作的：若太老实了没有个机变，公婆又嫌太老实了，家里人也不怕，若有些机变，未免又治一经损一经。如今咱们家里更好，新出来的这些底下奴字号的奶奶们，一个个心满意足，都不知要怎么样才好，少有不得意，不是背地里咬舌根，就是挑三窝四的……”

寥寥数语把凤姐这个头上有三层公婆，中间有无数姊妹妯娌，底下有大群管家奴仆的贾府当家人当家做人的难处，剖析的滴水不漏，足见两人的默契至深。奴才和主子之间配合默契，会不会让人觉得匪夷所思？放在别的丫头或许可能，但在鸳鸯应该还是易于接受的。这还是缘于她和贾母的关系。

贾母是个人精，早已洞察世事，自己家中何利何弊、何亏何盈更是了然于胸，鸳鸯聪明伶俐再加耳濡目染，也是旁观甚清。在71回里，贾母因担心前来给她拜寿的寒素小姐喜鸾和四姐遭人轻视，故而打发婆子去传话，鸳鸯扔下一句："我说去罢。他们那里听他的话。"未等贾母点头，便一径往园子里来。显然她对贾母所说的"咱们家的男男女女都是'一个富贵心，两只体面眼'"是深以为然的，贾母看她的举动也是正中下怀的，这断非主子与奴才之间上行下效的规矩，分明是忘年朋友之间的理解与默契。

关切他人结善缘

第71回，鸳鸯细心打听凤姐受气的原委，再与贾母私下数说，这一段入微的描写让我们窥见她与贾母对家下人众的关切与了解。想必借贷于贾链也是在这样的对话中成事的。随后她在人群中那段关于家事的演说，也是站在贾母的立场上对不在场的凤姐做出的抚慰。夜深回房又无意遭遇迎春的丫头司棋正在偷会表弟潘又安，司棋十分羞愧、惊恐，鸳鸯面红耳赤的羞涩，只是要死要死的啐骂，鸳鸯不但不去告发、邀赏请赏，反而赌咒发誓说"横竖不诉与一人"，以此来安慰司棋，她的心地善良和富有同情心由此可见一斑。值得称道的还有，当她得知这对野鸳鸯逃的逃，病的病，自己反而过意不去，忙去送上定心药丸，劝慰司棋安心养病，别因此糟蹋了身体。她的"不便和人说"一句最有深意：别人公然行得，她连说都感不便，这一节相较于晴雯的无忌尖刻，金钏的无知调笑，司棋的无愧偷欢，又有多少的自重、庄重与稳重！而她对司棋柔柔地慰，恨恨地责，切切地劝，严严地戒更是真正做朋友、做姐妹应持的态度。曹雪芹通过这一事件，把一个高洁善良的少女形象雕刻的棱角分明。

在刘姥姥二进大观园的时候，鸳鸯让刘姥姥扮演一个喜剧角色，是为了让贾母高兴。但是你注意没有，鸳鸯丝毫没有侮辱刘姥姥的人格，是把她先叫出来，先跟她说好了，咱们目的是为了让老太太高兴。而且你看她送刘姥姥走的时候，那些对话，甚至跟她开了一个小小的玩笑。这些都表现出鸳鸯是一个心地善良、纯洁的姑娘。

行事低调不弄权

鸳鸯之于贾母史太君，犹如宫廷中司礼秉笔太监之于皇帝。如明代武宗朝前期的刘瑾，奸臣魏忠贤。鸳鸯虽然位高权重，经常要代表贾母去执行某些使命，但是她为人公道，心地善良，办事公正，所以深受贾府上下人等的敬爱。正如李纨所说：

> 老太太屋里，要没那个鸳鸯如何使得？从太太起，哪一个敢驳老太太的回？从王夫人开始，就没一个人敢。偏老太太只听她一个人的话，老太太那些穿戴的别人不记得，她都记得。要不是她经管着，不知叫人诓骗了多少去呢！那孩子心也公道，虽然这样，倒常替人说好话，还倒不依势欺人的。

尽管鸳鸯是名义上的奴才，但因为是一个家族最高领导人的私人秘书和首席大丫鬟，她有着超越自己名份的"隐性权力"。正是由于这种"隐性权力"，才导致大老爷贾赦看中她，定要娶她为妾，邢夫人还亲自充当说客。贾赦打的不是平常丫鬟的主意，而是首席大丫鬟鸳鸯的主意。不要说鸳鸯本人不喜欢贾赦，不愿做他的姨娘，即使她和她嫂子想法一样，心甘情愿给贾赦做妾，她的日子照样不好过——第一会失去贾母的信任，第二会得罪王夫人、王熙凤诸人。贾母知道自己的大儿子打鸳鸯的主意，大怒说：

> "我通共剩了这么一个可靠的人，他们还要来算计！""你们原来都是哄我的！外头孝敬，暗地里盘算我！有好东西也来要，有好人也来要，剩这么个毛丫头，见我待她好了，你们自然气不过，弄开了她，好摆弄我！"

贾母一点也不糊涂，知道贾赦和邢夫人要纳鸳鸯的真实目的，鸳鸯对此也心知肚明。

自尊自重有远见

尽管鸳鸯出身低贱，但她并不自卑，她有着自己的主见和追求。她的职场名言是"据我看，天下的事未必都遂心如意"，说明她有远见卓识。面对荣国府大老爷贾赦的逼婚，她敢于说"不"，誓死捍卫自己的尊严。贾赦和邢夫人要纳鸳鸯为妾，这在一般人看来，是改变自己处境，爬上主子地位的难得好机会，但鸳鸯却另有一番见识。所以她坚决拒绝贾赦和邢夫人，贾赦逼得紧了，她就在贾母面前表示了死的决心。她用自己的凛然正气，回答了无耻之徒的胁迫，表现出平民女儿贫贱不能移、威武不能屈的高尚情操。她借助贾母晚年在生活上对她的需要，暂时顶住了贾赦的淫威，使他的谋算不能得逞。但鸳鸯对自己的命运有清醒的认识，她早有盘算，所以，贾母一死，她也就自杀了。虽然最终也无法摆脱奴隶的枷锁，但她以死保持了一个奴隶的清白和自尊，这是任何一个权势者都无法剥夺和玷污的。

成功理由：理性认识职场定位

鸳鸯在贾府的地位，可以说是“位高权重”，是贾府董事长的最信任、最得力的助手，她在红楼职场上的成功，主要在于能理性选择自己的职场定位。

鸳鸯非常清楚，自己只是一个丫鬟，和袭人、麝月、紫鹃等人一起长大。但她和其他丫鬟不一样的是，那些伺候贾母的丫鬟长大后，不是送给别人使唤，就是死了或者离开了，而只有她因为伶俐和忠诚一直留在贾母身边，得到贾母的信任，成为贾母的私人秘书。因为这个身份，她虽是丫鬟之身，但凤姐都要敬畏她三分。凤姐所敬的当然不是她本人，而是她背后的主人贾母。她这个位置很风光，但也很有风险，因为离最高权力者太近，受最高权力者的信任和宠爱，难免遭人嫉妒。好在她是个聪明人，很能处理这类事情。但即使这样，她也逃不过权力争斗的漩涡，作为一把手的私人秘书，她再行事低调也不可能置身度外，所谓树欲静而风不止，——荣府的大老爷贾赦看上了她，要娶她做姨娘。

贾赦好色贾府人都知道，但赦老爷想纳鸳鸯为妾，首先图的不是美色。鸳鸯的长相并非特别出色，以贾赦的势力什么样的美女找不到？贾赦常常埋怨母亲的偏心，他行为不如弟弟政老爷检点，更不像弟弟那样娶了一个娘家有权势的夫人，在母亲面前失宠是自然的。但如果他把母亲最贴心的私人秘书娶上了，会怎样呢？他会在母亲即将离开这个世界前的几年内，夺得先机。平儿是王熙凤的一把钥匙，鸳鸯则是贾母的钥匙。控制了老太太的钥匙，其便利可想而知。

因此此时嫁或不嫁不能取决于鸳鸯自己，在那种情形下她必须誓绝鸳鸯偶。当然她只能度过眼前的难关，贾赦早就放下狠话来，一旦老太太归西，这笔账会算在她头上。但对任何一个一把手的秘书来说，这个风险必须承担。新的一把手上任，原来的一些官员可以留任，但是很少有继续使用原来一把手的贴身秘书。新皇登基，宫内大太监一定是在做东宫太子时就伺候他的亲信，刘瑾和魏忠贤都是这样。因此龙驭上宾后，最伤心的是老皇帝留下的嫔妃和心腹太监。等待他们的不是殉葬就是打入冷宫。没有制度保障这些心腹太监的安全，文官集团压根儿瞧不起他们，帝国正规的政治版图中没有他们的位置，他们只是皇帝的私人用品。一旦皇帝不在了，他们也就完蛋了，因此他们自然会抓住自己主人当权的每一分每一秒，攫取权力和财富，这种危机感使他们有些作为只能用疯狂来形容。后世的一些秘书何尝不是这样？

鸳鸯在贾母死时，自己自杀殉葬，她知道她没有理由再活下去，不如这样成全自己的名声。可是就算她不得罪贾赦，她又会怎样，大约是胡乱配个小子，了此残生，和当年的风光是霄壤之别。那些伺候一把手的秘书，如果在一把手退休前没有给他合适的安排，那么他们下半生的政治生命大约也就完了。这对一个曾经掌握莫大“隐性权力”的人来说，是多么残酷的一件事。鸳鸯的悲哀，实际上是“一把手政治”的悲哀。

司棋：职场糊涂人

人物介绍：性格刚烈重情义

司棋是中国古典小说《红楼梦》中的人物，贾迎春的丫鬟。她身材高大丰壮，与做小厮的表弟潘又安相爱。司棋是红楼中一个颇有自主意识的丫鬟，她精明能干、泼辣伶俐，是和袭人、晴雯、紫鹃、侍书、鸳鸯等人同一批成长起来的，算是“老资格”丫鬟了。按贾府人员的重要性划分，贾母、王夫人、王熙凤、宝玉的贴身大丫头是最有地位的女仆，如鸳鸯、平儿、袭人等人。其次重要的则是伺候各位没出阁小姐的贴身丫鬟，如二姑娘身边的司棋，三姑娘身边的侍书，四姑娘身边的入画。黛玉父母双亡寄养在外婆家，享受的也是贾母孙女辈的待遇，因此紫鹃也算也算这个等级的丫鬟。

贾府对待嫁的姑娘是很客气的，吃饭的时候姑娘们可以坐着吃，李纨和王熙凤两位嫂子只能站着伺候。因为姑娘在娘家是客居的，总要变成外姓人。贾府这样的大家族讲究的是门当户对的联姻，将来没准还得仰仗姑爷家，对姑娘好也可视为一种投资。那么姑娘身边的贴身大丫鬟会成为陪房，捆绑销售给未来的姑爷，有可能如平儿那样当姨娘，万一生个儿子发达了怎么办？因此对这些丫鬟不能太严酷。元妃省亲时，“又有原带进宫的丫鬟抱琴等叩见，贾母连忙扶起，命入别室款待。”因而如此分析起来，司棋有着超出别的一般丫鬟、小厮的地位，也能享受些特权。

职场表现：职场糊涂人

在红楼职场中，司棋的出场虽不如同为丫鬟的袭人、晴雯等人，但与其余丫鬟相比，她性格较为鲜明，加之大闹厨房、私会表弟、以死殉情等一系列事件，她在红楼职场上就给读者留下了特别深刻的印象。可以将她归为可叹可怜的职场糊涂人这一类型。

书中第7回第一次提到她，标明红楼职场身份是迎春的丫鬟——“迎春的丫鬟司棋与探春的丫鬟侍书二人正掀帘子出来”。第27回首次有台词——“小红听说撤身去了，回来只见凤姐不在这山坡子上了。因见司棋从山洞里出来，站着系裙子，便赶上来问道：‘姐姐，不知道二奶奶往那里去了？’司棋道：‘没理论’。”此后30余回里绝少见写她的笔墨，只是将其与其他丫鬟并列，顺带提及。见29回——“迎春的丫头司棋，绣桔。”第38回——“因又命另摆一桌，拣了热螃蟹来，请袭人，紫鹃，司棋，侍书，入画，莺儿，翠墨等一处共坐”。第61回首次给她多了点笔墨，写她率丫鬟大闹小厨房，描摹她的职场性格特征，为后来的职场惨败埋下伏笔。此章还通过他人之口说出她背后的社会关系——平儿道：“秦显的女人是谁？我不大相熟。”林之孝家的道：“他是园里南角子上夜的……”玉钏儿道：“……他是跟二姑娘的司棋的婶娘。司棋的父母虽是大老爷那边的人，他这叔叔却是咱们这边的。”后一回（第62回）写大闹小厨房的余波，提及她——“秦显家的听了……登时偃旗息鼓，卷包而出……连司棋都气了个倒仰，无计挽回，只得罢了。”而后十回再次偃旗息鼓，不再提司棋，所谓欲扬先抑。

从第71回起，开始了司棋命运的高潮。该回写鸳鸯无意撞破司棋与表弟的私情。第72回写到司棋因被人撞破私情抑郁成病，鸳鸯赶去安慰，发誓不会说出。第73回写司棋的春宫锦囊被傻丫头拾到（未明写是她的），为后来搜园留下因由。此事暂押下不表，转写迎春“懦小姐不问累金凤”的事，司棋暂充配角。第74回搜园，司棋被搜出与表哥传情之物，事败。再往后三章，第77

回，司棋被逐。其后，第78回，借宝玉之口，提及司棋，讲到大观园的情形——“忽又想到去了司棋，入画，芳官等五个，死了晴雯，今又去了宝钗等一处，迎春虽尚未去，然连日司棋也不见回来，且接连有媒人来求亲：大约园中之人不久都要散的了。”曲终人散之意越来越明显。宝玉因此得病，见第七十九回——此皆近日抄检大观园，逐司棋，别迎春，悲晴雯等羞辱惊恐悲凄之所致，兼以风寒外感，故酿成一疾，卧床不起。园中各丫鬟也噤若寒蝉——“袭人道：‘事却没有。方才太太叫鸳鸯姐姐来吩咐我们：

如今老爷发狠叫你念书，如有丫鬟们再敢和你顽笑，都要照着晴雯司棋的例办。”（见第82回）

从这些回目的描写，可以看出司棋是红楼职场糊涂人，理由有四：其一，她不应该小题大做，因一点小事就大闹厨房来发泄个人恩怨；其二，她不应该胆大妄为，在“父母之命媒妁之言”盛行的大观园内私会表弟、私定终身，这种办公室恋情在现代社会也是要理性克制的，何况在当时？其三，她不该知法犯法，明知大观园内禁止下人们私传信物却违反贾府的规章制度，在抄检大观园时，周瑞家的在她箱子里抄出一双男人的绵袜、缎鞋，一个同心如意以及潘又安给她的一封信，使得她被撵出大观园；其四，她不该轻易放弃生命，她被撵出来后，表弟潘又安到家探望，司棋的母亲对他又骂又打，司棋恳求妈妈成全他们，但母亲坚决不同意，司棋无法，便一头撞死在墙上，潘又安见状，也用小刀自刎。

失败原因：职场定位不清

司棋在情场上的表现可歌可泣，她的光彩在抄检大观园时方才显露。突然的搜查，她和情人之间的定情之物与书信都公之于众。先前被鸳鸯撞见吓得发抖的司棋倒一脸的无愧和平静，她自己做的事自己担当的无畏勇气，足以让人由衷钦佩。更令人钦佩的是司棋被赶出紫菱洲，不再是副小姐后，她的母亲为此也和她闹翻了。这时，她的情人潘又安回来了，书上写道：

那人道：“自从司棋出去，终日啼哭。忽然那一日，他表兄来了。……司棋说：‘一个女人嫁一个男人。我一时失脚，上了他的当，我就是他的人了，决不肯再跟着别人的。我只恨他为什么这么胆小，一身作事一身当，为什么逃了呢？就是他一辈子不来，我也一辈子不嫁人的。妈要给我配人，我原拼着一死。今儿他来了，妈问他怎么样。要是他不改心，我在妈跟前磕了头，只当是我死了，他到那里，我跟到那里，就是讨饭吃也是愿意的。'他妈气的了不得，便哭着骂着说：'你是我的女儿，我偏不给他，你敢怎么着？'那知道司棋这东西糊涂，便一头撞在墙上，把脑袋撞破，鲜血流出，竟碰死了。"

司棋在红楼职场上一败涂地，究其原因，主要是职场定位不清。

司棋的主子是懦弱本分、诨名"二木头"的迎春，主仆两人的性格特点形成了强烈的反差。在当时的贾府，仆人的地位和自己的才能、见识无关，而与主子的地位息息相关。茗烟敢大闹书房，诱奸小丫头万儿，别的小厮谁敢？司棋或者是不明白这些，或者是不甘心如此，竟然比自己的主子还要强，不能忍受别人的歧视，挑起了风波，最后引火烧身。

司棋委派小丫鬟莲花，去厨房通知厨娘柳家的"司棋姐姐说，要碗鸡蛋，炖得嫩嫩的。"要知道底下的仆人看人下菜是一种生存本领，连二小姐迎春他们都敢怠慢，何况二小姐的丫鬟？因此柳家的说没有鸡蛋，回绝司棋，并顺便教育了莲花一顿："你们深宅大院，衣来伸手，饭来张口，只知鸡蛋是平常物件，那里知道外头买卖的行市呢。别说这个，有一年连草根子还没有了的日子还有呢。"莲花攀比晴雯，说，"前日小燕来，说'晴雯姐姐要吃芦蒿'，你怎么忙的还问肉炒鸡炒？"这莲花因为年纪小没有政治敏锐性，但司棋怎么也和她一样？晴雯是哪个房里的？是宝玉房里的，能比么？司棋听莲花回去添油加醋的一番话，火冒三丈地带领众小丫头大闹厨房，和柳家的梁子彻底结下了。如果司棋就此罢手也就算了，可她想彻底将柳家的打垮。宝玉房里的芳官赠送柳家的女儿柳五儿玫瑰露，被林子孝家的带人捉住。因为正房内的玫瑰露被彩云偷去给了贾环，五儿被误认为窃贼，有口难辩。此时平时和柳家的不和的那些人，落井下石。司棋的婶子，秦显的受林子孝的举荐，趁机填补了厨娘的空。可等平儿审清楚原委，宝玉出来把事情揽在身上后，柳家的回到原来的岗位，司棋婶子为谋这个差事送给林子孝家的礼物也打水漂了，司棋等人空欢喜一场，而且因此得罪了许多人。

柳家的虽是个厨娘，但五儿和宝玉房里的众丫鬟要好。这场风波，已让司棋卷进了荣府第一大是非：长房邢夫人和次房王夫人的矛盾漩涡。本来迎春就是贾赦的女儿，司棋又是王善宝家的外孙女，王善宝家的又是邢夫人的陪房。如果如主子迎春那样守拙，倒也罢了，能博得众人同情。可她不甘示弱的性格，决定她成了遭一些人忌恨的丫鬟。至少宝玉房内的丫鬟、平儿乃至王熙凤等人认为她是个不安分的人，一有机会绝对会给她的苦头尝尝。

机会不久就来了，大观园内发现春宫图后，她的外婆本来想借机向王夫人这一派发难。这是场稍有失误就会一败涂地的进攻，王夫人和王熙凤有娘家的势力，又把持贾府内政大权，贾母宠爱。果然，抄捡大观园的时候，把司棋的表弟潘又安给她的情书抄出来了。恨死了王善宝家多事的王熙凤以及王夫人陪嫁过来的周瑞家的岂能罢休？这时候，谁能主动给司棋援手？除非她的主子迎春。可迎春哪有能力和胆量救她？驱逐司棋的时候，她跪求迎春，迎春竟然一句求情的话都没有，说："依我说，将来总有一散，不如你各人去罢。"而周瑞家的这些王夫人的亲信，"又深恨她们素日大样，如今哪里有工夫听她的话。"就此正好发泄对司棋的怨恨。

同样是庶出的小姐，探春因为是个众人敬畏有胆有识的玫瑰花儿，她的丫鬟就不需要像司棋那样自己去争地位、争待遇。王善宝家的搜查到探春房里时，探春说："我的东西，倒许你们搜阅；要想搜我的丫头，这可不能。我原比众人歹毒：凡丫头所有的东西，我都知道，都在我这里间收着，一针一线，她们也没得收藏。要搜，所以只来搜我。"探春敢于主动维护自己的仆人，实际上就是在维护自我的尊严。因此当探春打了王善宝家的，侍书跟进抢白王善宝家的，王熙凤笑道："好丫头！真是有其主必有其仆！"

司棋的错误在于她没有深刻领会仆人和主人是完全的人身依附关系，主人有权威仆人才有权威，给懦弱的主子当仆人还想出人头地，只会反受其祸。明代大太监之所以威风八面，不是因为他们自己有什么了不起，而是他们的主子是天下第一人——皇帝。迎春对整个贾府利益格局并不构成重要影响，其地位在贾府中并不是很重要。加之迎春样样俗事皆不放在心上，日常生活中的一切麻烦都是司棋拿了主意去搞定。久而久之，司棋便爽利务实，且有了世侩之气，更使得她对自己的职场定位偏差越来越大，最后在红楼职场争权夺利的竞争中败下阵来，气了个人仰马翻，无计可回。

晴雯：职场屈死鬼

晴雯：风流灵巧遭人怨

晴雯是宝玉的丫鬟，也是《红楼梦》中最具叛逆性格的丫鬟。“心比天高，身为下贱，风流灵巧招人怨。寿夭多因诽谤生……”这几句判词实际已写尽了晴雯的一生。

晴雯长得风流灵巧，水蛇腰，削肩膀，眉眼有点像林妹妹，口齿伶俐，聪明过顶，个性刚烈，敢爱敢恨，针线活尤好，有“勇晴雯病补孔雀裘”一回，极言其心灵手巧，神情跃然纸上。晴雯从小被卖给贾府的奴仆赖大家为奴。赖嬷嬷到贾府去时常带着她，贾母见了喜欢，赖嬷嬷就孝敬了贾母。这种被奴才当做礼物送给主子的奴才身份是最低下的。晴雯唯一的亲人是姑舅表哥多浑虫和与贾琏有染的多姑娘。晴雯被逐出大观园直至逝世，一直住在其姑舅表哥家。

“心比天高、身为下贱”：十岁的时候被赖大买去做丫头，是奴才的奴才，后来象礼物一般孝敬了贾母，但却没有一点奴性。她的爽直莽撞针对的是每一个人：宝玉、黛玉、袭人，用客观的眼光来看，她实在不是一位好丫头，她从来没有摆正奴才的位置，即便要求宝玉爱自己，也是站在“人”这一个同样对等的高度上，不是奴颜卑膝，也没有温柔和顺，再用黛玉所说的便是“我为的是我的心”。为了自己的心而活着的人，在现在也没法不让人感动的，我们难道一定要对着这颗高贵的灵魂指责她：你只是个奴才？身为下贱是她无法改变的命运，但我们已经看到了弱小如晴雯是怎样为这不公平的命而抗挣，她不愿服侍宝玉洗澡，她也看不惯别人的鬼鬼遂遂。她如此珍爱自己清白的女儿身，果真使最明白女儿的宝玉另眼相看，由亲昵而升为心爱。看宝玉挨打支走袭人却让晴雯送手绢，我们已经明白晴雯与宝玉更贴心了。

“风流灵巧招人怨”是晴雯的又一大罪状，晴雯的灵巧确实给她惹了不了麻烦，对于她暴炭一样的性子，有如平儿般的人物知道体贴，能够理解，有如宝玉一样的主人知道敬重，多方维护。也有因挨打受骂吃了亏的，难免要背后下蛆。看王善保家的在王夫人面前的一番话便知。她告晴雯，无非是说她掐尖要强。但王夫人触动的心思却是“长得几分像林妹妹”的晴雯轻狂太过，一口咬定她是妖精，再怀疑她并芳官四儿等人私情蜜意，勾引宝玉。

晴雯的反奴性还突出表现在她与贾宝玉的关系中。在这些丫头中，除晴雯之外是没有任何人敢与宝玉冲撞的。第 31 回：

> “宝玉让晴雯拿果子给自己吃，晴雯笑道：‘可是说的，我一个蠢才，连扇子还跌折了，……倘或再砸了盘子，更了不得了！’宝玉笑道：‘你爱砸就砸。这些东西，原不过是借人所用，你爱这样，我爱那样，各有性情；比如那扇子，原是扇的，你要撕着玩，也可以使得……’晴雯听了，笑道：‘既这么说，你就拿了扇子来我撕。我最喜欢听撕的声儿。’宝玉听了，便笑着递给她。晴雯果然接过来，‘嗤’的一声撕了两半，接着又听‘嗤’‘嗤’几声。宝玉在旁笑着说：‘撕的好，再撕响些’。正说着，只见麝月走过来，……宝玉赶上来，一把将他手里的扇子也夺了递给晴雯。晴雯接了，也撕作几半子，二人都大笑起。”

在那种时代，那种家庭，一个丫鬟敢于向主子以任性的姿态继续她的反抗，而主子居然以此为乐，这出人意料的情节足以表现出晴雯与宝玉性格中的共同之处，表达出他们间深切的关系。晴雯与宝玉，在形式上只能是奴主关系。但在晴雯的内心从来不承认自己是听任主子奴役、侮弄或践踏的奴才，即使对宝玉也不能例外。她所珍惜的只是互相尊重和真诚相待，因此她的自尊心在宝玉面前更不可以受到损伤。在宝玉，从来就不愿以主子自居，以奴才看人，当然更不以一般丫鬟来看待晴雯。宝玉看厌了别人对自己的奴颜婢膝，媚主求荣，特别看重晴雯的全无“媚骨”。

职场表现：职场屈死鬼

晴雯被逐出大观园的真正原因，并不是因为懒惰、刚烈、无能、刻薄等，而是因为“长得太好”，担了“狐狸精”的罪名儿。像晴雯那样清白而心高气傲的女孩儿，她又怎么能活下去？晴雯临死前叫的是娘，她有多少的冤屈要对自己的母亲讲？女孩子看得比生命更重的名声被可憎的封建卫道士如此糟蹋，而晴雯却连辩解的机会也没有。也许，她想到只有自己的亲娘或者能够安慰她；

也许，她想对母亲哭诉自己的清白；或者她想问当初为什么不把自己生得丑一些？

王夫人一一检示过怡红院的丫头，凡不顺眼的都赶了出去，然后，她到贾母处讲的却是晴雯得了“女儿痨”。她不敢说晴雯有什么行为不端处，是因为知道贾母将晴雯放在怡红院的道理，贾母信得过晴雯的清白，贾母本有让晴雯成为宝玉小妾的意思，如此一来，贾母虽着实惋惜一回，也是无可奈何。我们不仅为王夫人的阴暗心理而感到心寒不已，晴雯长得有几分象黛玉，贾府均知，她如此鲜明地表示对晴雯的厌恶，实际上是婉转地表明了她对黛玉的态度，她对贾母给宝玉选择的晴雯如此之狠，自然也希望贾母明白她不愿意黛玉成为自己的儿媳。

晴雯之死的关键，在于一个“屈”字，所以说晴雯是职场屈死鬼。作者写宝玉去看望晴雯，晴雯悲愤地对宝玉说：

> “只是一件，我死了也不甘心的。我虽生得比别人略好些，并没有私情蜜意勾引你怎样，如何一口死咬定了我是个狐狸精？我太不服。今日既已耽了虚名，而且临死，不是我说一句后悔的话，早知如此，当日也另有个道理；……”

晴雯受冤屈而死，死不瞑目。晴雯是正义无辜的，为了死而无恨，她选取了一种特殊方式，给枉耽的虚名充实进了实际内容。她剪下自己的指甲送给宝玉，穿上了宝玉穿的小袄，而且说：

> “回去他们看见了，要问，不必撒谎，就说是我的。既耽了虚名，越性如此，也不过这样了。”

这是对使她蒙冤的黑暗势力的抗议，是失败之后进行了胜利的抗争。堂皇正大，敢做敢当，视死如归，这就是晴雯的本色，这就是晴雯的风骨。

晴雯的死亡，在贾宝玉精神生活上所带来的打击与惨痛，是无法形容的。晴雯的死亡，暗示了林黛玉不可避免的死亡命运，也说明宝黛爱情悲剧反封建的强烈倾向。贾宝玉将他无比的愤恨和哀伤，用优美的文笔，一齐写进《芙蓉女儿诔》里。《芙蓉女儿诔》是讨伐封建势力的檄文。

"孰料鸠鸩恶其高，鹰鸷翻遭罦罬；薋葹妒其臭，茝兰竟被芟鉏！花原自怯，岂奈狂飚；柳本多愁，何禁骤雨。偶遭蛊虿之谗，遂抱膏肓之疚。……诼谣謑诟，出自屏帏，荆棘蓬榛，蔓延户牖。既怀幽沉于不尽，复含罔屈于无穷。高标见嫉，闺闱恨比长沙；贞烈遭危，巾帼惨于羽野。"

曹雪芹借宝玉之口痛骂那些狐群狗党的小人，痛恨封建统治者的狠毒残忍。把晴雯看作"高标见嫉"的贾谊，看作"贞烈遭危"的鲧，这种评价是非常之高的。

失败原因：人际关系失衡

晴雯是红楼职场上所有的丫鬟中一位有模有样、有一技之长的"白领"，其"绣工"在所有"白领"中技高一筹。且看原著：

晴雯道："这是孔雀金线织的，如今咱们也拿孔雀金线就象界线似的界密了，只怕还可混得过去。""麝月笑道："孔雀线现成的，但这里除了你，还有谁会界线?"晴雯道："说不得，我挣命罢了。"

就职场地位来看，她与袭人一样"职场经历丰富"，曾一同在"红楼董事长贾母"身边工作过，又因为深受贾母器重而同时调任贾宝玉的身边"挂职锻炼"(挂准姨娘之职)。但是，晴雯为何最后却落得被逐屈死的"悲惨"下场呢?！究其原因，主要是因为：

其一，名不正，事不顺。各位读者都知道《红楼梦》中的"判词"，甄英莲真"应怜"，娇杏很"侥幸"，晴雯却是"霁月难逢"，她是贾母看重而放在宝玉屋里面的，而王夫人却不喜欢晴雯，她喜欢的是对她绝对忠诚又心甘情愿替她监视宝玉屋里一举一动的袭人，而袭人也是贾母所器重的。相比较而言，袭人的职场地位得到双重认可，名正言顺事也顺；而晴雯的职场地位仅得到最高领导的认可却没有得到直接领导的认可，所谓"县官不如现管"，名不正言不顺事也不顺。所以此正是：霁月难逢天注定，职场失败命难违！

其二，性格张扬，职场"定位"不清。《红楼》是个大观园，更是一个"大职场"，园子大，水更深。晴雯不象袭人那样"韬光养晦"，只能为自己引来

“晦气”。对下属小丫鬟，她依着与宝玉的情深，排挤打压讽刺挖苦和自己一样的丫鬟“白领”，必招致祸害。对同事袭人，她公然在众人面前述说：“别以为不知道你们的好事儿”，这不是公然竖敌吗？在与宝玉闲谈时，居然直接讲出领导与碧痕“一起洗澡”，将水弄到“床”上的糗事，这不是让领导难堪吗？晴雯一出场，根本没有个丫鬟样，还以为是哪家的大小姐，气粗声壮，动不动就跟“直接领导”宝玉发脾气，虽然宝玉让着她，但是其他领导（如王夫人）若是知道了，谁还会提拔她呢？所以他如此张扬的性格，职场不失败才怪！

其三，任性妄为，与同事关系紧张。在她跌了扇子而顶撞宝玉的时候，袭人劝解，晴雯就连讽带刺回敬了袭人：

> “自古以来，就是你一个人服侍爷的，我们原没服侍过，因为你服侍的好，昨儿才挨了窝心脚。”“哎哟！这屋里单你一个人记挂着他，我们都是白闲着混饭吃的”。

晴雯最出彩的“段子”是撕扇，那宝玉是混世魔王，人家是主子，怎么来都成，一个丫鬟怎么能随意“撕扇”呢？怎么算也是“破坏公物”吧？况且，破坏“公物”也就算了，凭什么把麝月的扇子也一并撕了，这是损人不利己、公私不分、任性妄为的行为，分明与“同事”结怨。

其四，失去机遇，没有促成“飞跃”。其实有了贾母的器重和宝玉的偏爱，晴雯对自己的职场应该有个长远规划，应该有个准确而清晰的职场定位。但晴雯没有处理好与上级、平级和下级的关系，从而失去大好机遇，职场的“机遇”转瞬即逝。晴雯职场最失败的原因正是袭人最成功的地方，不会与“分管领导”处理好关系。袭人“抓住机遇”与分管领导“王夫人”“交流思想”，可是晴雯也根本没有这方面的“大脑”，令王夫人认定宝玉都是被“这小蹄子带坏”的。这也难怪王夫人最后在晴雯“四五天没沾牙”的情况下，赶出家门，悲惨病死。如果此前处理好与分管领导的“关系”，何至如此?!

其五，病补雀金裘，为工作“伤身”。本来晴雯就带病在身，为了领导的“面子”，却不顾自己的身体，带病工作，将自己本已大好的身体又加重了。

> 晴雯先将里子拆开，用茶杯口大的一个竹弓钉牢在背面，再将破口四

> 边用金刀刮的散松松的，然后用针纫了两条，分出经纬，亦如界线之法，先界出地子后，依本衣之纹来回织补，补两针，又看看，织补两针，又端详端详。无奈头晕眼黑，气喘神虚，补不上三五针，伏在枕上歇一会。

职场工作固然重要，但是保重身体是第一要义。身体是自己的，没有好的身体，再好的工作岗位也是毫无意义。

总之，晴雯是典型的完美主义者，严于律己、严于待人。她能干，本职工作做得比谁都好都巧，关键时刻更能“勇补孔雀裘”。可惜她各层面上的人际关系都没有搞好，一句“风流灵巧招人怨”正是她惨淡结局的最好体现。然而，晴雯从业道路上最大的缺失，并不是她真情挚性，而是缺少一份切实可行的职业规划。下一步目标是晋升为姨娘还是外嫁？她没有想过，于是一旦失业，没有了当下的生活，整个人生旋即崩溃。相比晴雯，袭人在能力上虽有不足，但人际关系却搞得相当好。更有完整的职业规划和从业目标——成为宝玉的姨太太。且不论此人到底是仁是诈，她成功的关键在于有目标，并且肯为了自己的目标做出持久切实的努力和付出。

四大丫鬟的职场启示

构建“职场蜘蛛网”

研究表明，在职场上，“10％的成绩＋30％的自我定位＋60％的关系网络”，才能够形成最后成功的人生和事业。这个60％的关系网络真的很重要。在职场里，目光短浅的人，一定是不注意人际关系的。他认为是做事，他不去想做人。有学者研究过，每一个人，他认识的人，或者他的关系网，一般都是500个人，有了这500的人，就可以认识所有的人，办成所有的事，就好像蜘蛛结了一个网，如果和这500个人关系都很好，就像蜘蛛王一样有很强大的力量。“上帝给了人三个8小时，一天24小时，第一个8小时用于工作，第二个8小时用来睡觉，第三个8小时，要去经营人与人之间的关系。”换句话说第三个8小时用来做人。

夏金桂、王熙凤、晴雯、司棋等人的教训足以让我们引以为戒的，在职场当中千万不要出现人际圈失衡这样的事情，但要是出现了，该如何调整呢？可以记住四个法则：

法则一：把自己当别人，也就是说你在处理人际关系的时候，永远要有一个很平和的心态，你也是一个别人。

法则二：把别人当自己，也就是要去想到，己所不欲勿施于人。

法则三：把别人当别人，也就是说，你要尊重别人，别人能力高，你要尊重，别人能力低你也要尊重。

法则四：把自己当自己，也就是说，不要把自己看得太高，也不要把自己看得太低。只要做到了这四条，你就可以心态平和地和这个职场的所有的人，处理好关系。

做事跟做人的结合，才是一个成功的职场。在职场里，不要把身边的人分成三六九等，分成对自己有用还是没用，这样就肯定目光短浅，而是要和所有的人都建立良好的人际关系

附录：红楼职场标签

1. 贾　母：快乐董事长

人物介绍：贾府的老祖宗、最高领导

性格特点：慈祥和蔼、有品位、会生活

管理模式：以人为本、无为而治

职场特征：知人善用、善于均衡各方利益

职场类型：董事长

适合职业：董事长、总经理

职场名言："你们别管，我自有道理"

职场效果：家庭与事业并重、工作与生活平衡

成功理由：福商（由智商、情商、心商、财商、健商共同构成）高

职商指数：99

2. 王夫人：女高管的玻璃天花板

人物介绍：贾母二儿媳、贾政之妻、贾珠元春宝玉之母

性格特点：伪善、能力强但私心重

管理模式：无为而治与不作为并存，简单粗暴式管理

职场特征：感情用事、公私不分、不善管理

职场类型：总经理

适合职业：退居二线
职场名言："岂不是有意绝我"
职场效果：离成功差一步之遥
失败理由：感情用事、私心过重
职商指数：60

3. 王熙凤：职场飙车族

人物介绍：贾琏之妻、荣国府的管家
性格特点：有杀伐决断之能，且锋芒毕露
管理模式：集权式的刚性管理
职场特征：工于心计、权力玩家、执行力强
职场类型：常务副总经理
适合职业：市场营销部或财务部门经理
职场名言："有什么不能的"
职场效果：人际圈失衡
成功理由：有管理能力及家庭背景
职商指数：70

4. 李　纨：笑到最后的职场胜女

人物介绍：王夫人儿媳、贾珠之妻、贾兰之母
性格特点：平和低调，稳重踏实
管理模式：借力打力的管理模式
职场特征：抓住机会、稳扎稳打
职场类型：贾府家族
适合职业：工青妇、企业文化部门的管理者
职场名言："不问你们的废与兴"
职场效果：由职场剩女变为通吃的职场胜女
成功理由：定位清晰
职商指数：95

5. 贾探春：不让须眉的巾帼英雄

人物介绍：贾政赵姨娘之女、贾环姐姐、和蕃王妃
性格特点：性格刚强，为人公正
管理模式：责权利相结合的管理模式

职场特征：勇于改革创新、直线思维

职场类型：贾府总经理助理

适合职业：市场部、财务部等部门的经理

职场名言："我但凡是个男人，可以出得去，我必早走了，立一番事业，那时自有我一番道理。"

职场效果：兴利除宿弊

成功理由：锐意进取、大胆创新

职商指数：95

6. 薛宝钗：八面玲珑的职场高手

人物介绍：薛姨妈之女、薛蟠妹妹、王夫人儿媳、宝玉之妻

性格特点：性格乖巧，为人圆滑

管理模式：以人情为本的管理模式

职场特征：处事淡然，做事无情；稳重平和，恭顺体谅；圆滑隐忍，深明大义；

职场类型：贾府总经理助理

适合职业：公关部、人力资源部等部门的经理

职场名言："失了大体统，也不象。……这庶几不失大体……岂不失了你们这样人家的大体?"，"……大家齐心顾些体统。……何如自己存些体面……"等。"

职场效果：小惠全大体

成功理由：情商高、善于平衡人际关系

职商指数：95

7. 鸳　鸯：跳槽与卧槽的选择

人物介绍：贾母贴身首席大丫鬟

性格特点：忠诚，理性，友善，公道

管理模式：刚柔相济的管理模式

职场特征：执行力强、精明大气、眼光敏锐

职场类型：高管身边的得力助手

适合职业：机要秘书

职场名言："据我看，天下的事未必都遂心如意"

职场效果：人际圈和谐

成功理由：远见卓识

职场指数：95

8. 平　儿：职场万能胶

人物介绍：王熙凤大丫鬟、贾琏之妾

性格特点：平和通透，有同情心。

管理模式：柔性管理，采用柔性管理方式，与王熙凤的刚性管理形成刚柔相济的互补。

职场特征：忠心耿耿、委曲求全、执行力强。

职场类型：常务副总经理助理。

适合职业：公关部或人力资源部经理、办公室主任。

职场名言："大事化为小事，小事化为没事，方是兴旺之家"。

职场效果：人际圈很和谐

成功理由：左右逢源

职商指数：95

9. 刘姥姥：成功再就业

人物介绍：贾府远房亲戚，快乐的庄稼人

性格特点：老实本分、朴实善良、知恩图报

管理模式：务实型管理

职场特征：有谋略、重实效、定位准、生存能力强

职场类型：女清客

适合职业：融资、策划、危机管理部门

职场名言："这长安城中遍地都是钱，只可惜没人会去拿去罢了"

职场效果：达到甚至超过预期目标

成功理由：能够抓住机会、创造机会

职商指数：95

10. 晴　雯：错位的职场人生

人物介绍：贾宝玉的丫鬟

性格特点：伶牙俐齿，风流灵巧，典型的完美主义者

管理模式：完美型的刚性管理

职场特征：严于律己、严于待人

职场类型：中层领导、部门经理

适合职业：自由职业者

职场名言：我宁可不要，冲撞了太太，我也不受这口软气

职场效果：人际圈失衡，易被人陷害，“上不能容于主，下不能容于奴”

失败理由：职场定位不准

职商指数：70

11. 夏金桂：烧过头的三把火

人物介绍：薛蟠之妻、富二代

性格特点：泼辣、善妒、狠毒

管理模式：集权式的刚性管理

职场特征：独断专行、骄横无礼、权力欲强

职场类型：职场上的“空降兵”

适合职业：啃老族、不适合职场

职场名言：“要做当家的奶奶，比不得作女儿时腼腆温柔，需要拿出这威风才能钤压得住”

职场效果：人际圈严重失衡

失败理由：专横跋扈、为所欲为

职商指数：50

12. 香　菱：笑对职场好心态

人物介绍：甄士隐之女、薛蟠之妾

性格特点：单纯善良，难得糊涂

管理模式：柔性管理

职场特征：与人为善、执着、善于保持良好心态

职场类型：高管秘书

适合职业：秘书

职场名言：“我不记得了”

职场效果：被强势高管挤压甚至剥夺职场发展空间

成功理由：笑对职场

职商指数：80

第十章　红楼梦中的人力资源

人力资源总量与特征

人力资源总量

人力资源指智力及体力正常的人。人口资源是人力资源加上不具有劳动能力的人口。要分析贾府的人力资源总量,先要分析贾府的人口总量。贾府的人口总量,在小说中尽管多次提到,但没有一个准确的数据。

第 2 回冷子兴演说荣国府中,说"如今的这宁荣两门也都萧索了",贾雨村不解地问:"当日宁荣两宅的人口也极多,如何就萧索了?"这是说,贾府原来的人口是"极多"的。现在虽然萧索了,但也还会有一个相当的数量。第 5 回,贾宝玉梦游太虚幻境,看到薄命司里的《金陵十二钗》簿册,奇怪地问:"常听人说金陵极大,怎么只十二个女子? 如今单我们家里上上下下,就有几百女孩儿呢。"光女孩儿就有几百个,整个贾府人口的数量可想而知。第六回,刘姥姥一进荣国府,说到"按荣府中一宅中合算起来,人口虽不多,从上至下也有三四百丁"。这"三四百丁"只是荣国府的人口,还没有包括宁国府的人口,两府合起来,要比这多得多。第 15 回,秦可卿停灵铁槛寺,说这座家庙原是宁荣二公修造,如今后辈人口繁盛,其中贫富不一,或性情参商,送灵时有在这里住的,也有不在这里住的。"后辈人口繁盛",当然不仅是现在的宁荣二府,也包括一些其他的支派,但主要是宁荣二府。因此说贾府有上千的人,大概差不多。这里包括主子,包括奴仆,也包括一些长住的客人。奴仆有在府内的,也有在府外的。贾府在南京的旧宅,铁槛寺等几个家庙,还有多处田庄,都要有人经管,人员不会很少。贾府这么多人，谁能认得全？麝月说的“我们认人问姓还认不清呢”，也是大实话。

贾府被查抄以后，就彻底地萧索了。宁国府除了贾珍、贾蓉，只剩下尤氏婆媳和贾珍的两个侍妾，一个下人都没有了。荣国府曾经对下人作过两次清点。第一次是刚刚抄家，贾政命赖大对管事家人所作的清点，结果是：除去贾赦入官的人尚有30余家，共男女220名。这里不包括贾赦入官的人，也不包括其他奴仆，就已经是一个很大的数字了。应当说，这时候的人还是很多的。但是到了第二次，抄家之后一两个月，贾母病逝的时候，再加清点，人口就骤减了。王熙凤因要照管里头的事，便命周瑞家的拿出花名册。凤姐一一瞧了，统共只有男仆21人，女仆19人，余者俱是些丫头，连各房算上也不过30多人。人为什么少了？一个是一些有钱的家人见贾府势败，装穷躲事，甚至告假不来，各自另寻门路去了；一个是贾政理家，为节省开支，奉贾母之命将人口减少了。这就是“树倒猢狲散”吧。

总的来说，红楼梦中提到贾府的人，大体有6类，其中有名有姓的分别为：主人39人，主要亲属41人，贾府族人33人，丫头侍者95人，仆人73人，女优伶12人。

人力资源特征

人力资源众多，人才资源后继乏人

在红楼梦的故事初开始之时，贾府就已经开始走上了衰落之路。究其衰落的原因，用冷子兴的话说：一是人口众多，费用沉重，几近入不敷出；二是后代无能，无法振兴家业。

这一真相，是通过一个局内人、旁观者冷子兴的角度点出的。冷子兴是王夫人陪房周瑞家的女婿，对贾府的情况了熟于胸，曹雪芹又是借他来带出贾府的整个背景，所以他的话不但可信，而且颇有深意。在第2回里，贾雨村和冷子兴相见，冷子兴对贾府做了一番评论，他说：

“如今的这宁荣两门，都萧疏了，不比先时的光景”。……“主仆上下，安富尊荣者尽多，运筹谋画者无一，其日用排场费用，又不能将就省俭，如今外面的架子虽未甚倒，内囊却也尽上来了。这还是小事。更有一件大事：谁知这样钟鸣鼎食之家，翰墨诗书之族，如今的儿孙，竟一代不如一代了。”

从他的话里，我们可以看出贾府的人力资源特点之一是：人口众多但人才缺乏。

宁国府到贾敬尚算不错，进士出身，不虚贾府“钟鸣鼎食之家，翰墨诗书之族”之号。可惜的是贾敬一味迷恋黄老之术，让贾珍承袭了官爵，自己“只在都中城外和道士们胡羼”。这位贾珍可谓是贾府第一败类，荒淫无度，连自己的儿媳妇、小姨子都不放过，和自己的侄子贾蔷关系也暧昧不明，乱伦苟且之事可谓无所不为。而贾珍的儿子贾蓉，和自己的父亲不遑多让。有这样的后代，贾府焉有不衰之理？所以十二钗秦可卿的判词里说“漫言不肖皆荣出，造衅开端实在宁”，明指贾府的衰败是由宁国府开始。荣国府倒是出了一位出色的后代，那就是贾政。林如海说他“为人谦恭厚道，大有祖父遗风，非膏粱轻薄仕宦之流”。贾政自幼喜爱读书，深受荣国公的宠爱，“欲以科甲出身”，可想贾政之才。虽然最后没有和贾敬一样有清贵的进士出身，但他得到皇上的眷顾额外赐官，一直做到工部员外郎，相当于建设部助理部长，证明了他的才干。贾政在朝中颇有势力，能够轻轻松松给贾雨村谋一个应天府的官职。

贾政虽然是次子，却居住在荣府正房，侍奉贾母。相比之下贾赦就备受冷落了：作为长子，他虽然袭了爵，但与荣府分房而居，被贾母所厌恶。被贾母厌恶也有原因，贾母说他年纪一大把，放着好好的官不做，身子不保养，左一个小老婆右一个小老婆。他为了一个丫鬟不惜与贾母反目，为了得到自己想要的扇子把无辜的石呆子送入冤狱。这样人品低劣的儿子既得不到一个明智的母亲的宠爱，更不用说给整个家族带来益处。贾赦贾政的儿子们，贾琏不算奸恶之徒，但也不过是一个风流好色的纨绔子弟；贾环资质平庸、人物猥琐；贾宝玉虽然才德兼备，但个性乖张，和当时的社会价值背道而驰。唯一一位家长眼中合格的儿子贾珠又过早逝世。所以王夫人曾痛哭贾珠，“要是有你在，死一百个宝玉我也不管了！”

荣宁二府在红楼梦开篇时，就已经有凋零之态。尤其是宁国府已经颓废。不但掌权者污秽不堪，人丁也单薄，从贾代化起已经三代单传。这对宁府一支的发展传承来说是致命的。相比之下荣国府尚算人丁富庶，又有贾政在，一房独撑贾氏家族大局。

人力资源结构不合理,阴盛阳衰现象严重

曹雪芹《红楼梦》的最大一个特点,就是书中的女人比男人出色。伟大的现实主义作家曹雪芹以其文学家的慧眼,清醒地认识到那以男性为中心的贵族社会内里蛀空,一切靡烂、卑劣和腐朽,都是无可挽救的,特别是贾府爷儿们,这些坐吃山空、尸位素餐以至荒淫无耻的男性贵族,在他的笔下,确实是"昏惨惨似灯将尽",而"不配有更好的命运"。他把全部同情和爱,给予了清净洁白的女儿们,明确宣布要"为闺阁昭传",热烈地赞颂了那些行止见识"高于堂堂须眉"的裙钗。因此在小说里贾府的阴盛阳衰现象是非常严重。

对于"所记何人何事",曹雪芹是作了这样反覆的强调:

> 自又云:"今风尘碌碌,一事无成,忽念及当日所有之女子,一一细考较去,觉其行止见识,皆出于我之上。何我堂堂须眉,诚不若彼裙钗哉?"…我之罪固不免,然闺阁中本自历历有人,万不可因我之不肖,自护己短,一并使其泯灭也。我虽未学,下笔无文,又何妨用假语村言,敷演出一段故事来,亦可使闺阁昭传……

贾府的女性可谓是"春色满园关不住",林黛玉的诗情、薛宝钗的练达、史湘云的豁达,即便是不怎么起眼的小丫鬟,都有着令人意想不到的特色。除了袭人的擅变、晴雯的正直、紫鹃的忠诚等等,连麝月的藏拙、小红的狡黠都十分鲜明生动。更有探春志高远大,聪明过人,小小年纪挑起治家重任,令读者不禁为之眼睛一亮!王熙凤的才干也令许多管理者欣赏,平儿的明辨是非更具有非凡的魅力。红楼中女子不仅貌美,而且出色,她们有的纯情,有的刚烈,有的至善,有的内秀,当然也有的阴狠毒辣、表里不一。

相对于女子的出色,贾府中的男丁却令人大失所望。作为贾家唯一走正道的官员,贾政是一位老学儒,他虽然文采诗章不显得多么耀目,但却对子女的教育颇有研究,这也是男丁中的一位杰出长者,可是这位长者一生郁郁不得志。考功名却名落孙山,做了官却又政绩平平。论贪污他也不过只是犯过一些小错误,大错误他也犯不来,也没那样的胆量。他结朋交友不少,却都是一些迂腐无能的平庸之辈。即使女儿做了皇妃,却也只是加封了一个不怎么大的官衔。世袭的职位没有他,因为他是次子。从在家族中,他当家的资格又不怎么牢靠,毕竟是"家有长子,国有大臣。"贾政不管能耐有多大,最终只能管教的也就是贾宝玉、贾环和贾兰，以及元春、探春——自己的儿子、女儿和孙子了。

作为红楼梦中唯一一个德才貌兼备的男性，贾宝玉可谓是青出于蓝而胜于蓝，但论文采他比不上黛玉和宝钗，更比不上他的姐姐元春；论处世，贾宝玉这个混世魔王除了躲在富贵温柔乡里，只知道关心几个女孩子以外，对国事、家事一概都不留意，远远比不上他的妹妹探春。贾宝玉生来受祖母宠爱，尽管父母寄期望于他，但是寄生在锦衣玉食的大家氏族里的他，根本不知道生存的艰难，又由于贾政过分地拔苗助长，处处对贾宝玉严厉训戒，结果却适得其反。

再比照贾琏的轻浮浪荡纨绔，贾珍父子的禽兽丑行恶行，贾赦的贪婪狠毒好色，贾府的男性真是令人不齿。贾赦连母亲身边最亲近的婢女鸳鸯他都逼婚，强抢石呆子的古扇，花天酒地之后拿女儿迎春抵债，可见他的个人生活腐烂堕落到了什么程度！可见贾府的世界真是冰火两重天。男人被赋予责任，却偏偏好吃懒做，腐化堕落。女人勤勉持家、勤学攻读，却无前程可言，这正是当时重男轻女的社会制度所造成的。

作者开篇就说："竟不如我半世亲睹亲闻的这几个女子，虽不敢说强似前代书中所有之人，但事迹原委，亦可以消愁破闷，也有几首歪诗熟话，可以喷饭供酒。"在一个封建男权社会里，作者以铺彩流华的笔墨，重写女子的才貌，揭示贾府阴盛阳衰的严重现象，这在当时还算是一件很稀罕的事。曹雪芹公然向封建习俗挑战，由衷地发出自己的肺腑之声："满纸荒唐言，一把辛酸泪，都云作者痴，谁解其中味？"

人力资源类型与用人模式

人力资源类型

如果从德才两个维度来划分，可以分为：德才兼备型、有德无才型、有才无德型、德才皆劣型。

1. 德才兼备型。从人才观角度看，"德"体现为人才的忠诚度、使命感与责任心，"才"体现为人才的工作能力和沟通水平。换言之，一个德才兼备的人，必须是忠诚度高、使命感强、有责任心、工作能力强、沟通水平高的人。在贾府中，元春、黛玉、宝钗、探春、平儿、鸳鸯、贾宝玉等都属于这种类型人才的代表人物。纵观古今中外的用人准则，德才兼备型都会得到重用的。如探春、宝钗，由于德才兼备，最终都得到了重用。

2. 有德无才型。一个有德无才的人，是忠诚度高、使命感强、有责任心的人，但工作能力不强、沟通水平不高。在贾府中，李纨、迎春大体上属于这种类型人才的代表人物。对待有德无才型人才的用人准则是可用。如李纨，王夫人就认为她“尚德不尚才的”，在王熙凤小月病假在家时，一切“暂令李纨裁处”，说明这类人才是可用的。

3. 有才无德型。有才无德的人，是一个工作能力强、沟通水平高但忠诚度不高、使命感不强、没有责任心的人。在贾府中，王熙凤、夏金桂等都大体属于这种类型的人才。对待有才无德型人才的用人准则是慎用。如王熙凤有很强的管理能力、沟通协调能力，但由于她为人心狠手辣、贪赃枉法，在贾府日益衰败且内部矛盾重重时，贾母王夫人别无他法才启用她，无非是想借她强势泼辣的手腕来维持贾府的日常运转，协理宁国府秦可卿丧事也是在无人可用之际才借用她代为管家的。可见对待这类人才要慎用。

4. 德才皆劣型。一个德才皆劣的人，是一个忠诚度低、使命感差、没有责任心而且工作能力差、沟通水平低的人。在贾府中，邢夫人、赵姨娘、贾环等都属于这种类型人才的代表人物。对待德才皆劣型人才的用人准则是不用。如贾赦的正妻邢夫人不但性格倔强“有一股子左劲”，头脑愚蠢，“禀性愚强，只知承顺贾赦以自保”，而且吝啬贪婪，“婪取财货为自得，家下一应大小事务，俱由贾赦摆布”，毫无才干可言。所以她尽管是贾母的大儿媳，但在书中得不到重用，是二儿媳王夫人得到重用而管家的。可见对待这类人是不用的。

表1　贾府人力资源类型

人力资源类型	德才兼备型	有德无才型	有才无德型	德才皆劣型
基本特征	品德好、能力强	品德好、能力差	能力强、品德差	品德差、能力差
代表人物	元春、黛玉、宝钗、探春、平儿、鸳鸯、贾宝玉	李纨、迎春	王熙凤、夏金桂	邢夫人、贾环、赵姨娘、薛蟠
用人原则	重用	可用	慎用	不用

用人模式

贾母与王夫人用人模式的比较

贾母作为贾府最高的统治者，其对人对事物的衡量标准，直接影响到整个贾家的路线方针。而其选择丫鬟的标准，却不像王夫人找听话的奴才这么简单处理。从以下几个例子就可以看出贾母对于丫鬟的选择标准。

贾母身边第一得意的丫鬟是鸳鸯。鸳鸯身为下人，却比很多主子更加尊贵，之所以鸳鸯可以如此（如无人敢驳老太太的意见，她可以），完全是贾母的欣赏和全面肯定而致。鸳鸯的好处有：(1) 外貌：蜂腰削背，鸭蛋脸面，乌油头发，高高的鼻子，两边腮上微微的几点雀斑。(2) 行事：公正无私，细致精心尽责，周全体贴。(3) 性格：善良，重情义，敢担待，不卑不亢，刚烈。(4) 最难得其为贾母代言时，她能站在一定的高度，毫不气虚，也不仗势弄人。

从鸳鸯的得宠我们可以看出：贾母要的不是听话的没骨头的奴才，她要求丫鬟要象鸳鸯一样，不仅要符合基本方针上的要求（忠心、正义），还要有性格、有主见。当然还要心地好，模样不是最拔尖，但一定要比较出众。在贾母眼里，忠仆者众，众中挑合心意的才是重点。

宝玉身边的丫鬟，贾母也早有安排和见地。第七十八回王夫人回晴雯被逐事时，贾母一语道中标准：这些丫头的“模样”、“爽利”、“言谈”、“针线”多不如她（晴雯），将来只她还可以给宝玉使唤得。而袭人则“本来从小儿不言不语”、“只说她是没嘴的葫芦”，并没有取中她。

从以上分析可以得出贾母选人用人的四项基本原则：模样是第一的，贾母身边都是水葱儿，贾母爱色，只喜欢美人；爽利，则是指性格直爽，用现代人的观点是“有性格”，有真性情，不盲目委屈迎合，也不自我压抑；言谈，要能说会道，而且要在情在理，但不反对抓尖儿；针线，是指劳动能力，要心灵手巧。对照这四项基本原则，在众丫鬟中，鸳鸯、晴雯、平儿、司棋等人均是上上之选，而在所有的姑娘奶奶中，王熙凤、林黛玉最符合标准。

王夫人则是秉承“世事洞明皆学问，万情练达及文章。”利用凤姐、提拔宝钗、培养探春、笼络袭人、赶走晴雯，集中体现了王夫人的用人术和权衡术。

王夫人平时退居幕后，但在选用前台经理人上的眼光非常之准，对提拔年轻人不遗余力。尽管曹雪芹在《红楼梦》中没有提到，王熙凤之所以能够成为常务副总经理掌管贾氏公司的日常事务管理、甚至之所以能够成为贾琏的媳妇的原因，一定是王夫人在贾母面前公关、安排的结果，因为贾母早就不再插手贾府的日常工作了。当然，王熙凤自身卓越的管理才能是必要的前提条件，她也不愧是王夫人得力的臂膀，在她的管理之下，贾府在相当长的一段时间里运行是比较稳定的。

王夫人对宝钗的任用，其实是另有深意的。宝钗是王夫人的外甥女，从小知书达理，又有才能，按照封建社会的道德标准来衡量，她是标准的大家闺秀，王夫人自是喜欢，竭力要促成她与宝玉的婚事。王熙凤虽然是自己的内侄女，可毕竟是贾赦和邢夫人的亲儿媳妇，不是自己的嫡系，长远来看，依靠王熙凤心里终究不踏实，王夫人深谋远虑，积极培养宝钗的管理能力，以便日后将管理贾氏公司的重担交给宝钗。

王夫人为什么要培养探春？一方面是因为探春有才能，另一方面探春知书达理，虽不是她的亲生女儿，但非常体谅王夫人，处处为王夫人说话。探春对自己亲生母亲赵姨娘的种种行为并不迁就，这也让王夫人很受用，培养探春既可以为自己博得贤淑的美名，又获得一名得力干将，她自己又何乐而不为呢？

而对袭人的任用，也体现了王夫人的眼光。第 34 回《情中情因情感妹妹错里错以错劝哥哥》中，袭人对王夫人说了这样一番话：宝玉在大观园里住着毕竟男女有别，随着年龄的增长，终究不便，怕惹出什么事端来。因此，请求择机将宝玉从大观园内搬出。王夫人听了，“如雷轰电掣一般，正触了金钏儿之事，心内越发感爱袭人不尽”。她发现了袭人的好处，开始着意培养她，笼络她。第 36 回《绣鸳鸯梦兆绛芸轩 识分定情悟梨香院》，王夫人嘱咐王熙凤将袭人的“档案”从老太太那里调到宝玉处，还长了袭人的工资，享受“姨太太”的待遇。这一番动作抓住了袭人的心，也把原来是“贾母的人”的袭人拉拢过来，作为自己忠实的下属，培养成了宝玉身边的间谍，于是宝玉的一言一行都在王夫人的监控之下。

王夫人狠抓人事权，还突出表现在赶走晴雯这件事上。在王夫人看来，晴雯是“狐狸精”，不符合封建女性的道德标准，会对宝玉产生不好的影响，因此，她决定将晴雯从宝玉身边赶走，但是晴雯本是老太太房里的丫鬟，“是老太太给宝玉的”，按贾府规矩，要回过老太太才能处理。王夫人权衡再三，尽管在抄完大观园后，没有抓住晴雯的任何把柄，但还是先斩后奏，把晴雯撵了出去。在她看来，把晴雯赶走以避免给宝玉带来不良影响，比得罪贾母更重要。

从以上分析可以看出：王夫人用人以对自己绝对忠诚为准则，性格要温顺没有脾气，唯自己的马首是瞻。所以她选用的是奴才而非人才。

表 2　贾母与王夫人用人模式的比较

比较项目	贾　母	王　夫　人
用人准则	以德才兼备为准则	以忠诚为准则
偏重的人才	王熙凤、黛玉、晴雯、鸳鸯等	宝钗、袭人等
用人态度	用人不疑、充分信任、非常关心下属，如对鸳鸯	用人猜忌，苛责对人，收买人心，如对金钏、晴雯很苛求，收买袭人
管理效果	员工非常忠诚，鸳鸯最后以死报答贾母的知遇之恩	员工压力很大，如逼死金钏屈死晴雯

王熙凤母与李纨用人模式的比较

王熙凤身边除了平儿，一直没有合适的大丫鬟，据说先前有几个，结果一个个地都因她看不上眼，渐渐都让她打发走了。象王熙凤这样聪明能干而又极其讲究脸面的人，身边的丫鬟如果像袭人那样笨手笨脚、笨嘴拙舌，或者像晴雯那样有一张不饶人的利口，这哪里能让凤姐容得下呢？不要说一般、普通以上的丫鬟不行，就是差那么一点点的，也绝对不会使她满意。

王熙凤身边的平儿这个丫鬟，可以说是精挑细选，是从人才里面筛选出来的人才。凤姐行权时，她一边为主子仗威势，一边给主子参谋主意，绝对效忠于主子，并且处处给主子台阶下。在探春、宝钗、李纨三人党面前，探春每提出一个想法，平儿就说王熙凤先前都有过这样打算的，只因某某原因没有实施。可见平儿对王熙凤的效忠到了何种地步。平儿终究就是人中之人，凤中之凤。

平儿做人合乎大道，《道德经》中云：大道如水。平儿做人可谓刚柔相济。面对主子发怒、行权，平儿如水一般柔顺。面对主子身体不适，不能亲自管理园子的时候，平儿站出来开始行权。小小一个丫头，屈是一个下人，伸就是一个人上之人，甚至是比主子还有能耐，比主子还威风的当权者。而这种威风八面的行权，给主子长了很多面子，给主子助长了很多实力。所以王熙凤舍不下平儿，而平儿对王熙凤又如何如此深知！

从以上分析可知：王熙凤偏重的人才是忠诚度高、能力超强的人才，如平儿、小红（林红玉）等。但王熙凤对待所用之人严厉苛责，甚至有所猜忌，如因丈夫与鲍二家的偷情而打平儿事件，就可以看出她对最忠于自己的平儿都猜忌，更何况其他人，致使下属员工的压力非常大。所谓伴君如伴虎，王熙凤有着别人无法比拟的威势，而平儿居然在她面前，应付自如，游刃有余，可见平儿具有极高的智商、情商和职商。

相比较而言，李纨由于她本人比较低调平和、耐得住寂寞，所以她用人准则也是要求员工低调平和、耐得住寂寞。总体而言，她还是很善待下属的，员工在她手下的工作压力也不大。如在第三十九回的螃蟹宴上，大家正是一团高兴时候，李纨因平儿触动心事，说起贾珠在世时，也有几个房里人，可惜这些人守不住，日日在屋里不自在，只好趁年轻都打发了。“若有一个守得住，我倒有个膀臂。”说着滴下泪来。说明她在用人方面还是很善解人意的，尊重下属的选择。

表 3　王熙凤母与李纨用人模式的比较

比较项目	王　熙　凤	李　纨
用人准则	忠诚、能力强	低调、平和
偏重的人才	平儿、小红（林红玉）等	
用人态度	严厉苛责、猜忌（如打平儿事件）	善待员工
管理效果	员工压力大	员工压力不大

贾府三春用人模式的比较

贾府三春用人模式，在抄检大观园时展示得淋漓尽致。

(1) 探春：保护下属

抄检大观园，是陆续在七处进行的，当抄检大军来临时，惟有探春毫无畏惧惊慌，“秉烛开门而待”。对抄检冷言讥讽，针锋相对，只许抄检自己，不许抄检下人：“我就是头一个窝主……我原比众人歹毒……只说我违背了太太，该怎么处治，我去自领。”关键时刻，挺身而出，保护下人。可见探春的用人准则首先是德才兼备，她对员工充分信任、严格对待、保护下属，其管理效果就是员工很忠诚敬业，不会犯错误。

(2) 迎春：无能为力

抄检大观园的最后一处，就是迎春的住处。而恰恰是在这里，搜出了迎春的大丫头司棋的“罪证”，那个绣春囊正是司棋与其恋人表弟潘又安的私物。于是抄检告一段落。（见第 74 回）忙过了中秋节之后，王夫人始来处理抄检中的事情，首当其冲，自然是司棋被赶出去。司棋毕竟是迎春多年的丫鬟，今司棋被逐，迎春确有“不舍之意”、“难舍之情”，而司棋“也曾求了迎春，实指望迎春能死保赦下的”，而迎春，一则“语言迟慢，耳软心活，不能做主”，二则“事关风化，无可如何”，终于不发一言，眼看着司棋被带走了。司棋临别时哭道：“姑娘好狠心，哄了我这两日，如今怎么连一句话也没有？”说迎春“好狠心”，也许略显过分，但为别人之事，无论善恶，始终一言不发，确是事实！作为贾府的一位千金小姐，何以是这样的一种人生态度？也许除了天性懦弱之外，庶出的身世，处境的险恶，周围强者如林，也是促使她选择了这样的“人生态度”的原因吧。可见迎春的用人准则首先是不给自己惹事，她对员工听任、放纵，所以员工容易犯错误，而关键时刻她又不能挺身而出保护员工，其管理效果就是员工因所犯错误而被解雇。

（3）惜春：冷酷无情

在抄家的时候，惜春和迎春的基本态度都是“随他去吧”，但是不同在于，迎春虽然软弱，但多少还有点不忍，还给了司棋一个物件留作纪念，算是还有点人性。但是贾惜春不但不替入画说一两句话，反而撺掇着别人把入画往外撵。连凤姐和尤氏都觉得入画没什么大错，但是她还是不依不饶，非要把入画撵出去才罢休，好让自己彻底和这事摆脱关系。冷酷到这种地步，几乎是没有一点人情味，真的是让人心寒。当时的情景是够入画心寒的：一边是入画在苦苦地哀求，保证东西确是贾珍所赐，一边是惜春在要求凤姐“别饶他这次方可。这里人多，若不拿一个人作法，那些大的听见了，又不知怎样呢。嫂子若饶他，我也不依。”好像入画是她惜春的仇人，欲置之死地而后快。可见惜春的用人准则首先是绝对不允许出差错，她对员工从严要求、不徇私情，员工一旦犯错误她绝不姑息，其管理效果就是员工不仅得不到保护，她还落井下石冷酷无情，强行解雇员工。

表4　贾府三春用人模式的比较

比较项目	探　　春	迎　　春	惜　　春
用人准则	德才兼备	不惹事	绝对不允许出差错
所用人才	侍书(待书)	司棋	入画
用人态度	充分信任、严格对待、保护下属	听任、放纵下属	从严要求、不徇私情
管理效果	员工忠诚、不犯错误	员工得不到保护，容易犯错误	员工得不到保护还落井下石

黛玉与宝钗用人模式的比较

比较黛玉与宝钗用人模式，本文从她们对待贴身丫鬟切入。

(1) 黛玉与紫鹃：情同手足

红楼梦里，紫鹃和黛玉的感情是很深的，黛玉也很信任依赖紫鹃。从身份上说，黛玉与紫鹃是主子小姐跟奴才丫头的关系，但是在实际生活中，紫鹃所感觉到的是黛玉对她的尊重和依赖，黛玉把紫鹃当成可以说知心话的亲姐妹，她接受紫鹃的帮助和保护。表面上黛玉也会不知好歹地拒绝紫鹃的好心，说什么我吃不吃药跟你有什么关系之类的浑话，其实她这样说这样做，就像孩子对自己的家长耍赖皮一个样，因为她视紫鹃为亲人，只有亲人才能成为自己无助时宣泄情绪的渠道。作为世代为奴的紫鹃，能够被黛玉这样美丽多才的小姐看重，能够以自己微薄的力量帮助保护小姐，这对紫鹃来说无疑是人格上、精神上的重大升格。她们之间的恩义是双向的，是真挚的，是纯情的。与有些所谓大家闺秀的以小恩小惠诱人是完全不一样的。

以上分析可以看出：黛玉与紫鹃情同手足；黛玉用人以情感为重；紫鹃发自内心地关心照顾黛玉。这种用人模式的效果很好，情感达到了亲密无间的理想状态。

(2) 宝钗与莺儿：主仆关系

莺儿是从小就在宝钗身边的丫头，她与宝钗的关系永远是分明的主仆关系，宝钗用她来笼络宝玉身边的每一个人，却从不将她当做心腹来看待，莺儿在宝钗面前对与错都是不敢回嘴的。宝钗时时摆出大家小姐的款来，时时以礼教来提醒别人，对自己身边的丫头婆子却从不教导。

第 20 回中贾环在宝钗那与莺儿赌钱赖账，看莺儿说的话：

> 莺儿满心委屈，见宝钗说，不敢则声，只得放下钱来，口内嘟囔说："一个作爷的，还赖我们这几个钱，连我也不放在眼里。前儿我和宝二爷玩，他输了那些，也没着急。下剩的钱，还是几个小丫头子们一抢，他一笑就罢了。"宝钗不等说完，连忙断喝。

这是宝钗已经说了她了，可她口内还是在抱怨，一个丫头，又是客边，对主家的主子怎么可以这样说话呢，这就是莺儿不知礼的地方。35 回替宝玉打络子时：

宝玉笑道："我常常和袭人说，明儿不知那一个有福的消受你们主子奴才两个呢。"这话相当于调戏了，如果是紫娟一定正颜回他，可是莺儿笑道："你还不知道我们姑娘有几样世人都没有的好处呢，模样儿还在次。"

这好处是什么？一个不识字的贴身丫头知道的小姐的好处一定是闺阁中不能道与外人听的，可是这丫头却这样说出来了，不知宝钗是怎么讲礼法的。

宝钗对各房都是很笼络的，连贾环赵姨娘那边也照看到了，对宝玉房里更上心，上至袭人，下至宝玉都不识的小红，外至茗烟她都安排了人笼络，可是莺儿偏不了解她的苦心，在五十九回中就因为柳条一事与宝玉房中的婆子发生了不睦。

以上几个事件可以看出：宝钗与莺儿主仆关系分明、等级森严；宝钗用人以忠诚为重，不要给自己惹事；莺儿被教训时并不心服口服。这种用人模式的效果差强人意，没有达到像黛玉与紫鹃那样亲密无间的理想状态。

表5　黛玉与宝钗用人模式的比较

比较项目	林　黛　玉	薛　宝　钗
用人准则	情感为重	忠诚为重，不给自己惹事
所用人才	紫鹃等	莺儿等
用人态度	姐妹关系，充分信任	主仆关系，等级森严
管理效果	情同手足，效果很好	效果差强人意

人力资源评估与排序

人力资源是家族或企业长盛不衰、赢得竞争优势的重要源泉。对家族或企业现有人力资源数量、质量和作用发挥状况进行评价，对家族或企业发展战略和生产经营管理所需人力资源进行预估，是人力资源规划工作的重要内容，也是系统识别人力资源领域存在风险的有效措施。

冷子兴对贾府人力资源的评价

冷子兴对贾雨村笑言："如今生齿日繁，事务日盛，主仆上下安富尊荣者尽多，运筹谋划者无一。……这还是小事，更有一件大事。谁知这样钟鸣鼎食之家，翰墨诗书之族，如今的儿孙，竟一代不如一代了！”他进而告诉读者，宁国府贾敬和贾珍爷俩，父亲好道，其他都不关心；儿子一味高乐，没人敢管。荣国府太夫人贾母健在，育有贾赦、贾政和贾敏两儿一女。贾赦有两个儿子，长子贾琏，不肯读书，捐了个同知，帮着贾政料理家务。贾政有儿子贾珠、贾宝玉、贾环和女儿元春及探春；贾珠早亡，留下儿子贾兰；贾宝玉抓周时一出手便抓了脂粉钗环，贾政视其为酒色之徒；贾环是姨娘所生，不知未来好歹。元春因贤孝才德，选入宫中作了女史。迎春、探春和惜春三位小姐都跟在祖母这边一处读书，个个不错。

这是冷子兴对贾家人力资源现状的认识。主仆上下人员众多，大都安富尊荣，存在着人力资源过剩问题。儿孙们不务正业，难以形成好的表率，管理必然出现问题。一代不如一代，反映出贾家人力资源开发机制存在问题，难以适应未来发展对高级管理人才的需求。一些优秀人才多是女儿家，这些人迟早都是要嫁出去的。

冷子兴做的是古董贸易，他是周瑞的女婿，周瑞和其媳妇是王夫人的陪房。其职业背景和经验积累，以及充分的信息来源，正是他作出上述评价的根据所在。

王熙凤对两府人力资源的评价

王熙凤协理宁国府时首先想到了五件事，有三件属于人力资源管理内容，有一件与人力资源管理高度相关。人口混杂表明人力资源管理力度不够，数量不清楚，短缺或过剩在所难免。事无专执意味着没有定岗定职定责，无法要求员工尽职尽责。苦乐不均影响着员工积极性和创造性的发挥，降低了工作效率。家人不服钤束，不求上进，表明劳动纪律松懈，管理者失职，员工混日子现象突出。由此可见，宁国府人力资源管理现状何等严峻！

病中的王熙凤听罢平儿对李纨、探春和宝钗三人协助王夫人管理荣国府的汇报后，与平儿一起对荣国府的几位主人进行了一番分析。在她眼里，宝玉不中用。李纨是个佛爷，也不中用。迎春更不中用。贾兰尚小。贾环是个燎毛的小冻猫子，只等有热灶火坑让他钻去。三姑娘探春心里事事明白，嘴上言语谨慎，王夫人也疼爱，知书识字有文化，比她更厉害。显然，荣国府后备高级管理人才严重缺乏。

人力资源的优化与配置

人力资源的优化与配置分为工作分析、人力资源规划、招聘配置、培训开发、绩效管理、薪酬管理、劳动关系管理等方面。

人力资源分析

人力资源优化与配置的逻辑起点是从胜任特征分析入手，在“冷子兴演说荣国府”一回中主要对贾府主子的胜任特征分析入手，“敏探春兴利除宿弊”一回则既有王夫人对探春、李纨、薛宝钗的胜任特征分析，也有探春、李纨、薛宝钗对下人的胜任特征分析。尤其是敏探春分析了管理大观园的岗位，明确了职责，提出了岗位目标。

通过对人力资源现状和未来需求的分析评估，岗位空缺、人员不足，人员多余、人浮于事，能力差者和能力强者，尽职尽责者和偷懒耍滑者，都会浮现出来。不利方面和各种问题，即是人力资源领域存在的风险。针对识别出的风险可以有的放矢地开展风险管理和内部控制，进而对人力资源引进、开发、使用、培养、考核、激励、退出等各个环节的管理和控制提出具体工作要求。

人力资源规划

这方面思想最多的无疑在王熙凤协理宁国府料理秦可卿丧事中体现的最为充分。王熙凤对宁国府当时存在的人力资源状态进行了大盘点，指出“五大弊病”：第一件，人口混杂，遗失东西，这是典型的因岗位职责不明确，工作分工不清晰，导致人才归位使用的混乱，过闲过累不均衡；第二件，事列专管，临期推诿；第三件，需用过费，滥支冒领；第四件，任无大小，苦乐不均；第五件，家人豪纵，有脸者不能服管束，无脸者不能上进。一朝天子一朝臣，新官走马上任三把火。她就发表了措辞极其强硬的就职演说：“既托了我，我就说不得要讨你们嫌了。我可比不得你们奶奶好性儿，诸事由得你们。再别说你们‘这府里原是这么样’的话，如今可要依着我行。错我一点儿，管不得谁是有脸的、谁是没脸的，一例清白处治。”根据这一思路，王熙凤开始制定规则，按岗定编，强化监管。这一措施收到了效果，宁国府的面貌立刻改变了。由此可见，王熙凤的权威性确实是很强的，而且执行是相当严厉的，即便是一些有资历的人，也不给面子，小惩大诫，杀鸡给猴看。

招聘配置

贾府女主人的引进

贾母是金陵世勋史侯家的小姐。贾政的妻子王夫人是京营节度使王子腾的妹妹。贾琏娶的是王夫人的侄女王熙凤。到后来，贾宝玉又娶了薛宝钗。史家、王家、薛家和贾家并称金陵四大家族。贾母堪称董事长，王夫人实为总经理，王熙凤是执行总经理。正是这祖孙三代女主人，撑起了贾家的一片天，站稳了贾家的一块地。

贾家从其他三大家族娶媳妇，讲究的是门当户对，看重的是女方家庭的政治地位、社会关系和经济状况，看重的是她们在这样的家庭中自小耳濡目染、接受教育和各种大家庭管理经验的积累。这种情况与企业从其他著名企业挖来著名职业经理人可谓异曲同工。

企业可通过多种渠道搜寻潜在候选人，比如发布公告、网络招聘、员工推荐等。贾琏娶了王熙凤，是亲上作亲的联姻，很可能是王夫人从中作的媒。王夫人比谁都更了解她的侄女，也深信推荐王熙凤绝对不会影响自己的声誉，还能增强她的实力。正因为这样，员工推荐的候选人往往是比较优秀的。

针对潜在候选人，重其才更重其德，以德为先，以价值取向和责任意识为重。贾家媳妇中，贾珠媳妇李纨是尚德不尚才之人，在她的教育培养下，儿子贾兰成了贾家的唯一希望。王熙凤有才无德，对贾家既有功，更有过。贾蓉媳妇秦可卿，颇具管理天赋和战略眼光，但在德行操守方面也出了问题。

贾府员工的招聘

在“敏探春兴利除宿弊”一回中，探春采取自荐与举荐相结合的方式，结合贾府下人职场胜任特征，确定管理园子的人选，从而实现人力资源的合理配置。

在迎接元妃省亲事件中，人力资源招聘配置体现得更明显。贾元春晋封凤藻宫尚书，加封贤德妃，随后便迎来了元妃省亲的大喜事。为了建造省亲别院，先要拆除宁国府会芳园的墙垣楼阁和荣国府东边下人所住房屋，然后进行工程的设计和建造。大观园竣工后，还要进行园内绿化，室内装修装饰。还要组建一个戏班子，配齐各种角色至少需要十二人。面对如此大的工程和各色工作，现有奴仆难以满足工作需要。必须引进大量工程技术人员、施工人员，增加园丁和仆人，招聘演员和教习等。贾蔷去姑苏聘请教习、采买女孩子、置办乐器行头，主要是一项专业人才引进工作。苏州、昆山一带是昆曲的发祥地，唱戏的女孩子和专业教习很多，属于专业演员市场。招聘演员苗子，去姑苏就是去了专业人才市场。

贾府还通过其他渠道和方式招聘奴仆。如为了生计，很小的时候袭人便被父母卖到了贾家。而且，签订了死契。贾家外来的各类仆人、丫头很可能都签订有合同。确定选聘人员之后，企业就应当依法与录用员工签订劳动合同，建立劳动用工关系。对于掌握或涉及关键技术、知识产权、商业秘密、国家机密的工作岗位，还要与相应岗位员工签订保密协议，明确保密义务。

培训开发

贾府重视人力资源开发工作，建立员工培训长效机制，有利于营造尊重知识、尊重人才和关心员工职业发展的文化氛围，有利于加强后备人才队伍建设，促进全体员工的知识、技能持续更新，不断提升员工的服务效能。人力资源使用是完成各项具体工作任务的过程，建立健全和有效实施人力资源激励约束机制，对各级管理人员和全体员工进行严格考核与评价，有利于确保员工高效优质完成工作，有利于员工队伍处于持续优化状态。

贾母对袭人的开发

开发主要针对职业技能、职业品质和潜在能力进行，岗前及在职培训是开发员工能力的重要手段。袭人经常规劝宝玉，有一次她这样说道：

> “自我从小儿来了，跟着老太太，先服侍了史大姑娘几年，如今又服侍了你几年。如今我们家来赎，正是该叫去的，只怕连身价也不要，就开恩叫我去呢。要说为服侍的你好，不叫我去，断然没有的事。那服侍的好，是分内应当的，不是什么奇功。我去了，仍旧有好的来了，不是没了我就不成事。”

从中可以看到：

第一，袭人首先服侍的是贾母，她心地纯良，肯尽职任，得到了贾母的赞赏。这其中肯定渗透着贾母对她职业技能和职业品质的悉心培养。

第二，史湘云是贾母娘家的侄孙女，贾母非常疼爱她，经常在贾府里住。这就有了安排袭人服侍湘云的机会。或许贾母早就有所考虑，先让她服侍湘云以积累经验，再安排她到宝玉身边工作。在企业里，制定各级管理人员和关键岗位员工的定期轮岗制度，明确轮岗范围、轮岗周期、轮岗方式等，形成相关岗位员工的有序持续流动，有利于全面提升员工素质。

第三，在袭人看来，服务工作做的好，是分内应当的，不是什么奇功。如此责任意识，充分反映了她优秀的职业品质，其经验值得现代职场人士借鉴。

贾家对宝玉的开发

北静王第一次见到宝玉时，便以身说法，建议贾政要防止老太太等人对宝玉的过分溺爱，以免荒失学业。两家是世交之谊，北静王的告诫良言，提的及时，提的到位。然而，贾家却做不到。

贾家在宝玉的培养和开发上是彻底失败的。正如宝玉一出场，作者即用《西江月》二词，对宝玉作出了盖棺定论般的评价。词中写道：

> 无故寻愁觅恨，有时似傻如狂。纵然生得好皮囊，腹内原来草莽。潦倒不通世务，愚顽怕读文章。行为偏僻性乖张，那管世人诽谤！富贵不知乐业，贫穷难耐凄凉。可怜辜负好韶光，于国于家无望。天下无能第一，古今不肖无双。寄言纨绔与膏粱，莫效此儿形状！

事实证明：不学习何来满腹经纶？不实践何以通晓世务经济？不乐业何以持续富贵？不负责何以振兴家业？不担当究竟要让谁来担当？

绩效管理与退出机制

王熙凤对迟到者的处罚

王熙凤协理宁国府的第一个工作日，便有一名员工迟到了。忙罢急事，她对此人予以严厉处罚，打了二十板子，革了一个月的银米。只此一件，宁国荣的下人便领教了凤姐的厉害，再不敢偷闲，开始兢兢业业地工作起来。

控制出勤是人力资源使用和考核的重要内容。企业需要制定考勤制度，明确工作时间和休假时间，进行考勤记录和检查。员工要严格遵守考勤制度，按时上下班，对于违反考勤制度的人员要按规定进行惩罚。王熙凤对于迟到员工的惩罚，在那个时代，在那样的家族，无可厚非。但是，在现代企业里，对于违反考勤制度的员工，如此处罚断然使不得。依法依规依章，是企业必须要遵循的基本底线，企业需要保护雇员免受管理机构的任何专横对待。

员工退出机制

员工退出不可避免，企业应当按照法律法规，结合自身实际，建立健全员工退出(如辞职、解除劳动合同、退休等)机制,明确退出的条件和程序,确保员工退出机制得到有效实施,防范退出过程中的法律诉讼或企业声誉受损风险。

宫里的一位老太妃死了,朝廷发布禁令,有爵之家一年内不得筵宴音乐,庶民三月内不得婚嫁。有戏班和演员的官宦之家,便开始遣散相关人员。这是政府出现特殊情况和实施相关政策导致的特殊职业员工停业下岗或转岗情形,用人单位需要按规定进行妥善处理。贾家对教习人员,每人发给八两银子的辞退福利。对于要离开贾府的四个女孩子,每人也给了一定的辞退福利。对于那些不想走、愿意留下的女孩子,作转岗安排。转岗后,积极学习新岗位基本技能的人,很快适应了新的工作要求。另外一些人每日在园中游戏,不学新技,无法满足岗位职责要求,最终遭到了贾府的清退。

薪酬管理

贾府的薪酬管理主要包括各级主子、奴才的月钱等的薪酬体系。

贾府的丫头们每月都有一份月例银,且有等级之分,这既反映了丫头们地位、能力和贡献上存在着的差异,也有激励丫头们努力上进的因素,还有效率优先、兼顾公平的思想。

头一等的大丫头每月一两银子,主要在贾母和王夫人处工作。二一等的大丫头每月钱一吊,宝玉屋里的晴雯、麝月等拿的即是这种水平的薪酬。小丫头每月钱五百,宝玉屋里的佳蕙等人是这个等级。姨娘们的丫头原是每月一吊钱,后来调减为每月五百钱。

因为袭人服侍宝玉尽职尽责,规劝宝玉及向王夫人建言有功,贾家把她视为姨娘的人选,王夫人决定从自己每月的月例银子里拿出二两银子一吊钱来给袭人,凡是有赵姨娘、周姨娘的,均有袭人的。对袭人的这种激励,体现了薪酬制度与业绩考核的挂钩,做到了薪酬安排与员工贡献的协调。

劳动关系管理

倒茶事件解聘茜雪

茜雪这个人物只在第 8 回出现了一次,只一段文字:

> 宝玉吃了半碗茶,忽又想起早起的茶来,因问茜雪道:"早起沏了一碗枫露茶,我说过,那茶是三四次后才出色的,这会子怎么又沏了这个来?"

茜雪道:"我原是留着的,那会子李奶奶来了,他要尝尝,就给他吃了。"宝玉听了,将手中的茶杯只顺手往地下一掷,豁啷一声,打了个粉碎,泼了茜雪一裙子的茶。又跳起来问着茜雪道:"他是你那一门子的奶奶,你们这么孝敬他?不过是仗着我小时候吃过他几日奶罢了。如今逞的他比祖宗还大了。如今我又吃不着奶了,白白的养着祖宗作什么!撵了出去,大家干净!"说着便要去立刻回贾母,撵他乳母。

私传信物赶走司棋

傻大姐捡到了香囊后,王夫人命王熙凤抄检大观园,在抄捡之中司棋的外婆王善保家的欲拿别人的错,结果反查着了自己的外孙女,查出司棋箱子里有一封情书和一些男人之物,从而被赶出大观园。司棋母亲又不同意他与自己的表弟结婚,表弟潘又安又胆小如鼠,一副懦弱的样子,她自觉没趣,撞墙而死。

遭人诬陷撵走晴雯

王夫人对晴雯起关注是因为王善保家的一番话,时值绣春囊在园中被发现,王善保家的觉得"那些丫鬟们不大趋奉他,他心里不自在,要寻他们的故事又寻不着",因此她在王夫人面前说:"这些女孩子们,一个个倒像受了诰封似的,他们就成了千金小姐了。"更是指名点出晴雯"妖妖调调,大不成个体统"。王夫人怕"宝玉倘或叫这蹄子勾引坏了",因此打算会会晴雯。不料又碰到晴雯衫垂带褪的春睡刚起之态,让王夫人"不觉勾起方才的火来",直斥:"我看不上这浪样儿!谁许你这么花红柳绿的妆扮!"过后几天,王夫人亲查,硬是让人把四五日水米不进的晴雯从炕上拉下来,蓬头垢面的,王夫人甚至吩咐:"把他贴身的衣服撂出去,馀者留下,给好的丫头们穿。"可谓薄情到了极点,丝毫不见"善人"的面目。

家庭衰败辞退奴仆

贾府是个诗礼簪缨之家,钟鸣鼎食之族,它由"烈火烹油,鲜花着锦"的盛世,无可奈何地走向日暮途穷的"未世",最后"忽啦啦似的大厦倾错惨惨似的灯将尽",一败涂地,表演了一出"树倒猢狲散"的家庭悲剧。贾府的衰败是由多方面造成的:一是主子养尊处优,下人得过且过;二是主子滥用职权,损公肥私;三是奴仆刁钻,离心离德;四是儿孙一代不如一代,后继无人;五是贾府的太过奢靡。因为贾府的衰败,最后不得已辞退了大量的奴仆,只剩了一片白茫茫的大地真干净!

附表：贾府中的人口及关系

贾府主人	主要亲属	族 人	丫鬟侍者	仆 人	女优伶
1. 贾演（宁国公，兄） 2. 贾源（荣国公，弟） 3. 贾代化（宁公四子之一） 4. 贾代善（荣公之子） 5. 史太君（贾母，代善夫人） 6. 贾敷（代化长子，八九岁亡） 7. 贾敬（代化次子） 8. 贾赦（代善长子） 9. 邢夫人（贾赦夫人） 10. 贾政（代善次子） 11. 王夫人（贾政夫人） 12. 贾敏（代善之女） 13. 林如海（贾敏夫婿） 14. 贾珍（贾敬之子） 15. 尤氏（珍夫人） 16. 贾琏（贾赦之子，庶出） 17. 王熙凤（贾琏夫人，王夫人侄女） 18. 贾珠（贾政长子，早逝）	1. 史鼎（忠端侯，贾母侄子，史湘云叔叔） 2. 史鼎夫人（湘云婶子） 3. 史湘云（贾母侄孙女） 4. 卫若兰（湘云夫） 5. 王子腾夫妇（王夫人兄嫂，凤叔婶） 6. 王子胜（子腾弟） 7. 王仁（凤之兄） 8. 王信夫妇 9. 王成（之父与王夫人父叔侄联宗） 10. 狗儿（王成之子） 11. 板儿（王成之子） 12. 刘氏（王成之妻） 13. 青儿（王成之女） 14. 刘姥姥（刘氏之母） 15. 薛姨妈（王夫人姐王子腾妹） 16. 薛蟠（薛姨妈之子） 17. 薛宝钗（薛姨妈之女） 18. 香菱（丢失的英莲，薛	1. 贾复（东汉将军） 2. 贾化（镇国公？） 3. 贾代儒（私塾先生） 4. 贾瑞（代儒之孙） 5. 贾蔷（宁府正派玄孙，母娄氏，贾珍收养） 6. 贾菌（荣府近派重孙） 7. 贾璜（嫡派 8. 贾璜之妻（金荣姑妈） 9. 贾代修 10. 贾敕 11. 贾效 12. 贾敦 13. 贾琮 14. 贾王扁（之母，之妹喜鸾） 15. 贾珩 16. 贾王光 17. 贾璎 18. 贾琼（之母；之妹四姐儿） 19. 贾琛 20. 贾璘 21. 贾芸（后娶小红） 22. 贾菖 23. 贾荇 24. 贾菱	1. 李嬷嬷（宝玉乳母） 2. 宋嬷嬷（宝玉嬷嬷） 3. 袭人（珍珠，宝玉丫鬟） 4. 麝月（宝玉丫鬟） 5. 秋纹（宝玉丫鬟） 6. 晴雯（宝玉丫鬟） 7. 茜雪（宝玉丫鬟） 8. 媚人（宝玉丫鬟） 9. 碧痕（宝玉丫鬟） 10. 绮霰（宝玉丫鬟） 11. 檀云（宝玉丫鬟） 12. 佳蕙（宝玉丫鬟） 13. 金星（宝玉丫鬟） 14. 紫绡（宝玉丫鬟） 15. 春燕（宝玉丫鬟） 16. 小燕（宝玉丫鬟） 17. 四儿（蕙香）（宝玉丫鬟） 18. 坠儿（宝玉丫鬟） 19. 小红（红玉）（宝玉丫鬟，后与凤姐，嫁贾芸，林之孝女儿） 20. 茗烟（宝玉小厮） 21. 锄药（宝玉小厮） 22. 焙茗（宝玉小厮） 23. 扫红（宝玉小厮） 24. 引泉（宝玉小厮） 25. 扫花（宝玉小厮） 26. 挑云（宝玉小厮） 27. 伴鹤（宝玉小厮） 28. 墨雨（宝玉小厮） 29. 双寿（宝玉小厮） 30. 双瑞（宝玉小厮） 31. 李贵（宝玉仆人，李嬷嬷之子） 32. 昭儿（贾链小厮）	1. 赖大（及赖大家的，荣府总管） 2. 林之孝（家的，女儿小红） 3. 周瑞（家的，王夫人陪房） 4. 来旺（家的，凤姐陪房） 5. 王善保（家的，司棋外婆） 6. 吴新登（荣府银库总管） 7. 戴良（荣府仓上总管） 8. 张材（家的） 9. 王兴（家的） 10. 程日兴 11. 多官（多混虫，晴雯姑舅哥） 12. 多姑娘（多官妻） 13. 郑好时（家的） 14. 鲍二 15. 鲍二媳妇 16. 祝妈（承包竹子） 17. 田妈（承包稻子） 18. 叶妈（茗烟母，包香料） 19. 单大良（伙计） 20. 柳家的（厨役） 21. 柳五儿（柳家之女） 22. 方椿（花匠） 23. 白老媳妇（金钏之母） 24. 住儿（小厮）	1. 龄官（划蔷的女子） 2. 宝官（唱小生） 3. 玉官（唱正旦） 4. 文官（后服侍贾母） 5. 芳官（唱正旦，后与宝玉） 6. 蕊官（唱小旦，宝钗） 7. 藕官（唱小生，黛玉） 8. 葵官（唱大花面，侍湘云） 9. 豆官（唱小花面，与宝琴） 10. 艾官（唱老外，探春） 11. 茄官（唱老旦，后服侍尤氏） 12. 药官（唱小旦，寿夭）

续 表

贾府主人	主要亲属	族 人	丫鬟侍者	仆 人	女优伶
19. 李纨(贾珠夫人) 20. 贾宝玉(贾政次子) 21. 林黛玉(贾敏之女) 22. 贾元春(贾政之女) 23. 贾迎春(贾赦之女，庶出) 24. 贾探春(贾政赵姨娘之女) 25. 贾惜春(贾敬之女) 26. 贾环(贾政赵姨娘之子) 27. 贾蓉(贾珍之子) 28. 秦可卿(贾蓉夫人) 29. 许氏(蓉续弦) 30. 贾兰(贾珠之子) 31. 巧姐(琏凤之女) 32. 嫣红(赦妾) 33. 翠云(赦妾) 34. 赵姨娘(政妾) 35. 周姨娘(政妾) 36. 佩凤(珍妾) 37. 偕鸳(珍妾) 38. 文花(珍妾) 39. 秋桐(琏妾)	蟠之妾) 19. 夏金桂(薛蟠之妻) 20. 薛蝌(薛蟠堂弟) 21. 薛宝琴(薛蝌之妹) 22. 梅翰林之子(宝琴未婚夫) 23. 夏三(夏金桂过继兄弟) 24. 金桂母亲 25. 邢忠夫妇(刑夫人兄嫂) 26. 刑岫烟(邢忠之女，薛蝌未婚妻) 27. 邢德全(刑氏之弟) 28. 孙绍祖(迎春丈夫) 29. 周琼(探春公公) 30. 周琼之子(探春丈夫) 31. 周财主及其女人 32. 周财主之子(巧姐丈夫) 33. 李守中(李纨父) 34. 李纨寡婶 35. 李纹(李纨堂妹) 36. 李绮(李纨堂妹) 37. 秦业(可卿养父)	25. 贾芷 26. 贾芒 27. 贾蓁 28. 贾萍 29. 贾藻 30. 贾蘅 31. 贾芬 32. 贾芳 33. 贾芹(其母周氏)	33. 庆儿(贾链小厮) 34. 赵嬷嬷(贾链乳母) 35. 赵天梁(赵嬷嬷之子) 36. 赵天栋(赵嬷嬷之子) 37. 靛儿(链丫鬟) 38. 兴儿(链小厮) 39. 隆儿(链小厮) 40. 千儿(链小厮) 41. 平儿(凤姐丫鬟) 42. 丰儿(凤姐丫鬟) 43. 彩明(凤姐丫鬟) 44. 素云(李纨丫鬟) 45. 碧月(李纨丫鬟) 46. 炒豆儿(李纨丫鬟) 47. 王嬷嬷(黛玉乳母) 48. 雪雁(黛玉丫鬟) 49. 紫娟(黛玉丫鬟) 50. 春纤(黛玉丫鬟) 51. 周奶妈(湘云乳母) 52. 翠缕(湘云丫鬟) 53. 莺儿(宝钗丫鬟) 54. 喜儿(宝钗丫鬟) 55. 文杏(宝钗丫鬟) 56. 臻儿(香菱丫鬟) 57. 司棋(迎春丫鬟) 58. 绣桔(迎春丫鬟) 59. 莲花(迎春丫鬟) 60. 待书(探春丫鬟) 61. 翠墨(探春丫鬟) 62. 婵姐儿(探春丫鬟) 63. 入画(惜春丫鬟) 64. 彩屏(惜春丫鬟) 65. 彩儿(惜春丫鬟)	25. 赖大母亲 26. 赖尚荣(赖大之子，柳湘莲等朋友) 27. 秦显(家的，司棋婶娘) 28. 费大娘(邢氏陪房) 29. 潘又安(司棋姑表弟) 30. 余信(荣府下人) 31. 王荣(荣府伙计) 32. 张若锦(荣府伙计) 33. 赵亦华(荣府伙计) 34. 钱启(荣府伙计) 35. 金彩夫妇(鸳鸯父母亲) 36. 金文翔(鸳鸯兄，贾母买办) 37. 文翔妻(老太太洗浆) 38. 何婆(芳官干娘) 39. 青燕(何婆之女) 40. 夏婆子(藕官干娘，青燕姨妈，探春丫鬟婵姐儿外婆) 41. 叶婆(青燕姑妈) 42. 小鸠(青燕妹妹) 43. 柳五儿之舅 44. 钱槐(柳五儿舅之子，赵姨娘内侄) 45. 可人(已亡丫鬟) 46. 良儿(荣府丫鬟) 47. 迎春乳母(赌博那场出现)	

续　表

贾府主人	主要亲属	族　人	丫鬟侍者	仆　人	女优伶
	38. 秦钟(秦业儿子,宝玉私塾同学) 39. 尤氏继母 40. 尤二姐(尤氏继母带来的女儿,贾链妾) 41. 尤三姐(尤氏继母带来的女儿,为柳湘莲自尽)		66. 小螺(宝琴丫鬟) 67. 小鹊(赵姨娘丫鬟) 68. 小吉祥(赵姨娘丫鬟) 69. 鸳鸯(贾母丫鬟) 70. 鹦鹉(贾母丫鬟) 71. 翡翠(贾母丫鬟) 72. 珍珠(贾母丫鬟) 73. 琥珀(贾母丫鬟) 73. 玻璃(贾母丫鬟) 75. 喜鸾(贾母丫鬟) 76. 傻大姐(贾母丫鬟) 77. 金钏儿(王夫人丫鬟) 78. 玉钏儿(王夫人丫鬟) 79. 同喜(薛姨妈丫鬟) 80. 同贵(薛姨妈丫鬟) 81. 彩云(贾环丫鬟) 82. 彩霞(贾环丫鬟) 83. 彩鸾(贾环丫鬟) 84. 绣鸾(贾环丫鬟) 85. 喜儿(贾珍小厮) 86. 寿儿(贾珍小厮 87. 银蝶(尤氏的) 88. 宝珠(可卿的) 89. 瑞珠(可卿的,撞死) 90. 昭容(元春丫鬟) 91. 彩嫔(元春丫鬟) 92. 抱琴(元春丫鬟) 93. 善姐(尤三姐丫鬟) 94. 宝蟾(金桂丫鬟) 95. 小舍(金桂丫鬟)	48. 王住儿媳妇(赌博那场出现) 49. 林之孝两姨亲家(赌博那场出现) 50. 吴兴家的 51. 郑华家的 52. 来喜家的 53. 张妈(看园子后门) 54. 黑儿(林婆之子) 55. 巧姐奶妈 56. 司棋母亲 57. 包勇(原甄家仆役) 58. 李德 59. 李十儿(贾政随从) 60. 拴儿(贾政小厮) 61. 赖升(宁府总管) 62. 焦大(宁府下人) 63. 俞禄(宁府小管家) 64. 赖升两个儿子(随贾蔷买戏子) 65. 乌进孝(宁府庄头) 66. 乌进孝之弟(荣府庄头) 67. X儿(宁府丫头) 68. 兴儿(宁府丫头) 69. 娇红(宁府丫头) 70. 张德辉(薛家铺总管) 71. 老苍头(薛蟠乳父) 72. 莺儿妈(懂香料配制) 73. 李祥(薛家伙计)	

主要参考文献

[1] [清] 曹雪芹,高鹗.红楼梦[M].北京:人民文学出版社,1994.
[2] 宋 淇.红楼梦识要[M].北京:中国书店出版社,2000.
[3] 陈维昭.红学与二十世纪学术思想[M].北京:人民文学出版社,2000.
[4] 顾锋.管理学[M].上海:上海人民出版社,2004.
[5] 张国庆.行政管理学概论[M].北京:北京大学出版社,2000.
[6] 丁启文.贾母搞运动[J].燕山新话,2004,(4).
[7] 柏悦.论荣国府真正的掌权者王夫人[J].龙岩师专学报,2003,(4).
[8] 张川.论邢夫人[J].东岳论丛,1994,(5).
[9] 陈秋玲.探春宝钗管理模式的对比[J].上海大学学报(社会科学版),1999,(6).
[10] 卢华龙.论家族企业的交接班危机及其防范[J].宁波广播电视大学学报,2004,(2).
[11] 张应树.论企业内部控制机制[J].山西煤炭,2004,(2).
[12] 黄留珠.红楼梦中王熙凤的管理术[J].中国企业家,1995,(2).
[13] 童庆炳.曹雪芹的艺术观[J],北京师范大学学报(社会科学版),1980,(01).
[14] 王铮.从《红楼梦》贾府治家谈刚性管理与柔性管理[J].华东经济管理,2003,(S1).
[15] 李希凡、李萌著.传神文笔足千秋——《红楼梦》人物论.文化艺术出版社,2006.
[16] 铃铛.红楼梦管理密码.湖南人民出版社,2009.

[17] 陈文新著.《红楼梦》的现代误读. 齐鲁书社,2008.

[18] 闫红著. 误读红楼——细说花事到荼靡. 天津教育出版社,2007.

[19] 海阔著. 红楼商道管理学：红楼与管理情商. 中国民主法制出版社,2011.

[20] 海阔著. 红楼商道职场学：职场中的水文化. 中国民主法制出版社,2011.

[21] 海阔著. 红楼商道营销学：十三型人格看红楼. 中国民主法制出版社,2011.

[22] 萨孟武.《红楼梦》与中国旧家庭. 广西师范大学出版社,2005.

[23] 翁礼华. 大观园里的女财长. 中国资产评估. 2004,(08).

[24] 贺三宝.《红楼梦》理财思想探析. 会计之友. 2007,(12).

[25] 张连起.《红楼梦》里有理财——房地租与高利贷. 财务与会计. 2008,(04).

[26] 刘丽君.《红楼梦》中的财务管理方法浅析,中国总会计师. 2006,(02).

[27] 卢孟夏. 也谈凤姐放账. 中国金融家. 2007,(07).

[28] 胡文彬. 红楼人物谈—胡文彬论红楼梦[M]. 北京：文化艺术出版社,2005.

[29] 俞平伯. 红楼新解[M]. 西安：陕西师范大学出版社,2005.

[30] 周策纵. 红楼梦案—周策纵论红楼梦[M]. 北京：文化艺术出版社,2005.

[31] 柴欣. 不同文化背景下的"女强人"人生轨迹——王熙凤与思嘉丽形象比较[J]. 怀化学院学报(第 20 卷),2006,(01).

[32] 甘建明. 王熙凤与探春的"视差"比较[J]. 红楼梦学刊,2006,(02).

[33] 贺信民. 红情绿意[M]. 北京：中国社会科学出版社,2006.

[34] 雷冬梅. 假如王熙凤生活在今天[J]. 语文建设,2004,(09).

[35] 张爱玲. 红楼梦魇[M]. 哈尔滨：哈尔滨出版社,2003.

[36] 鲁迅. 中国小说史略[M]. 北京：人民文学出版社,1952.

[37] 张国星编. 胡适、鲁迅、王国维解读《红楼梦》[M]. 沈阳：辽海出版社,2001.

[38] 胡文彬. 红楼梦人物谈——胡文彬论红楼梦[M]. 北京：文化艺术出版社,2005.

[39] 周汝昌. 红楼小讲[M]. 北京：北京出版社,2002.

[40] 西岭雪. 红消香断有谁怜：红楼十二钗典评[M]. 西安：陕西师范大学出版社,2008.

[41] 刘心武.刘心武揭秘古本《红楼梦》[M].北京：人民出版社 2006.
[42] 刘心武.刘心武揭秘红楼梦[M].东方出版社，2005.
[43] 吴明月.红楼梦人生解码：情场、职场、官场、商场[M].北京：团结出版社，2009.
[44] 周汝昌.红楼梦辞典[M]. 广州：广东人民出版社，1987.
[45] 李辰冬.红楼梦研究[M].重庆：重庆正中书局，1942.
[46] 王士超注释 李永田 整理.红楼梦诗词鉴赏[M].北京：北京出版社 2004.
[47] 郭锐，葛复庆.红楼梦诗词赏析[M].武汉：崇文书局，2007.
[48] 林语堂.眼前春色梦中人：林语堂平心论红楼[M].西安：陕西师范大学出版社，2007.
[49] 周汝昌.红楼艺境探奇[M].重庆：重庆出版社，1986.
[50] 王翠艳编.名家图说元迎探惜[M].北京：文化艺术出版社，2007.
[51] 王东江.凤姐两次办理丧事结果为何不同？[N].广州日报，2012-6-1.
[52] 吴小毛.王熙凤式管理的成功与失败[N].经理日报，2009-10-30.
[53] 胡适，等.名家正解红楼梦[M].北京：北京出版社，2007.

后　　记

2011年，本书作者向所任职的上海大学提交开设通识课“《红楼梦》中的经济管理”申请并获得批准，随后即开始着手编写“《红楼梦》中的经济管理”讲义，旨在给选课学生提供课后阅读的参考资料。不料选这门通识课的学生人数还不少，他们都告知我说这本讲义编写得不错，我不以为然，更愿意相信是友好善良的学生对我的鼓励和宽慰。讲义新颖性、可读性虽然有一点，也有一些自己的观点，但我深知编写时间非常仓促，不尽人意之处不少，我深感对不起选课并阅读了讲义的学生，一直想在第一版的基础上编写修订第二版，但苦于没有时间、精力和勇气潜心去修订。正在我纠结时，上海大学出版社副总编焦贵萍老师先后多次联系我，希望我把“《红楼梦》中的经济管理”讲义完善一下，并整理出书。我被她的诚心、执着和敬业精神所打动，终于下定决心修改完善讲义，并整理出版。目的就是督促自己克服惰性，就是在这样的背景下这本《〈红楼梦〉中的经济管理》得以成书并出版了，因此我要衷心感谢上海大学出版社的焦贵萍女士和其他编辑老师，感谢你们的鼓励、帮助和辛勤付出。

本书在编写过程中参考了大量历史文献，出处都已在书后附上。但由于编写讲义和成书时间较长，加之自己的精力有限，难免挂一漏万，如有遗漏敬请谅解！